ÉPOUSE

MÈRE

MENTEUSE

OUVRAGES ÉCRITS PAR SUE WATSON

EN FRANÇAIS

La Belle-sœur

Toi, moi, elle

Le Chalet enneigé

Épouse, mère, menteuse

EN ANGLAIS

<u>Thrillers psychologiques</u>

Wife, Mother, Liar

You, Me, Her

The Lodge

The Wedding Day

The Nursery

The Resort

The New Wife

The Forever Home

First Date

The Sister-in-Law

The Empty Nest

The Woman Next Door

Our Little Lies

SUE WATSON

ÉPOUSE MÈRE MENTEUSE

Traduit par Raphaëlle Pache

Bookouture

L'édition originale de cet ouvrage a été publié en 2025 sous le titre *Wife, Mother, Liar*
par Storyfire Ltd. (Bookouture).

Publié par Storyfire Ltd.
Carmelite House
50 Victoria Embankment
London EC4Y 0DZ

www.bookouture.com

Le représentant légal dans l'EEE est Hachette Ireland
8 Castlecourt Centre
Dublin 15 D15 XTP3
Ireland
(email: info@hbgi.ie)

ISBN : 978-1-80550-355-2
eBook ISBN : 978-1-80550-354-5

ically
PROLOGUE

Elle avait toujours été là pour moi, ma meilleure amie qui vivait dans la maison d'à côté. Deux jeunes mariées au printemps de leurs vies, emménageant chacune dans sa nouvelle demeure, l'avenir s'étalant devant elles comme une nappe de pique-nique sur une pelouse d'un vert éclatant. Nous étions si jeunes et si invincibles à l'époque : rien ne pouvait nous atteindre. C'était du moins ce que nous pensions.

Au fil des ans, nous avons dansé pieds nus dans nos jardins, bu trop de vin, partagé les bons et les mauvais moments, ri, pleuré, nous sommes disputées et réconciliées. Et cet été-là, alors que nous étions toutes deux enceintes et ivres de joie, nous nous asseyions sur le pas de nos portes pour discuter, boire une tisane, caresser nos ventres et rêver de nos futurs bébés, tout en redoutant les nuits sans sommeil. Et lorsque, plus tard, ces deux bébés ont crapahuté en couche sur le tapis, nous nous sommes émerveillées de l'amour que nous leur portions.

Pour leur premier jour d'école, nous avons marché derrière eux, qui se tenaient par la main, cheveux brossés et chaussures cirées ; excitées et nerveuses, nous les avons doucement laissés partir, malgré nos deux cœurs qui se brisaient.

Des années plus tard, lorsque nos enfants sont partis ensemble pour le bal de fin de lycée, nous avons marché derrière eux, qui se tenaient par la main, cheveux brossés et chaussures cirées ; excitées et nerveuses, nous leur avons adressé un grand signe de la main pendant qu'ils s'éloignaient dans une voiture de luxe, malgré nos deux cœurs qui se brisaient à nouveau. Jeunes et invincibles comme nous l'avions été, mon amie qui vivait dans la maison d'à côté et moi.

Comment aurais-je pu imaginer qu'un jour, je voudrais la tuer ?

1

JILL

J'attends mon amie Wendy au cottage que j'ai loué au Pays de Galles pour notre voyage entre « filles », bien que nous soyons plus guère des « filles », désormais. Lorsque je lui ai proposé de partir pour un week-end en janvier, elle n'a pas semblé très enthousiaste, mais je lui ai alors promis « de la grande cuisine, du prosecco et des cieux étoilés », et elle s'est laissé convaincre.

Mon téléphone vient de sonner. C'est elle justement.

Désolée, j'arrive, je viens de faire naître des jumeaux !

Je souris. Wendy est sage-femme et, retard, fatigue, bonne ou mauvaise humeur, elle met toujours ça sur le compte d'une naissance. Tim, mon mari, avait l'habitude de plaisanter là-dessus, lorsqu'elle se faisait attendre pour nous rejoindre au cinéma ou au théâtre. « Ce sera un accouchement par le siège, ou des quadruplés – alors qu'elle ne travaille même pas ! »

Le cottage que j'ai réservé est charmant, très calme et, si on fait abstraction de la ferme d'en face, sans voisins à des kilomètres à la ronde. Il y a eu beaucoup de bruit dans ma vie, ces derniers temps, et j'aspire au calme de cet isolement. J'aime déjà son silence. Et après avoir fait courir mes doigts sur le manteau de la cheminée et la télévision, en quête de poussière, j'approuve aussi sa propreté. Je suis maniaque là-dessus. Tim disait toujours : « Ce n'est pas de la propreté chez toi, Jill, c'est de la maladie mentale. »

Il exagérait, bien sûr. Je ne suis pas obsédée, j'aime juste que tout soit propre et bien rangé, il n'y a rien de mal à ça. J'ai inspecté les chambres. L'une d'elles est un peu plus grande, décorée dans une belle nuance bleu pâle. Je la laisserai à Wendy. La chambre beige, plus petite, me convient, même si j'ai dû enlever le vieil ours en peluche du lit. Ce genre d'objet peut contenir des acariens et des bactéries, j'en ai des frissons rien que d'y penser.

Je m'assois sur le canapé pour le tester aussi, en caressant le tissu moelleux du plaid. Comme je ne tiens pas en place aujourd'hui, je vais dans la cuisine où se trouve un joli buffet gallois orné de grosses poteries. Je l'adore, cette vaisselle étincelante, mais je ne suis pas sûre qu'elle soit du goût de Wendy, qui affectionne les intérieurs contemporains minimalistes, ce qui est hilarant pour quelqu'un d'aussi désordonné.

Je regarde par la fenêtre. C'est la fin de l'après-midi, mais la nuit tombe vite, telle une immense couverture sombre. Toujours aucun signe de Wendy.

« Les cieux étoilés du Pays de Galles sont magiques, maman, m'a dit Leo lorsqu'il m'a parlé de cet endroit. Il n'y a pas de pollution lumineuse et j'ai vu la constellation du Lion plus clairement que jamais ! »

Je souris au souvenir de son enthousiasme. Depuis qu'il est tout petit, mon fils adore montrer la constellation du Lion et revendique la tête de lion dessinée par les étoiles comme étant la sienne. Au retour d'un voyage scolaire là-bas, il y a deux ans, il a insisté pour que nous visitions cet endroit : « Je n'ai jamais vu autant d'étoiles. Elles se chevauchent presque. Il faut absolument y aller. »

J'ai donc réservé ce séjour pour son père et moi, nous imaginant bien emmitouflés et partant dans l'obscurité afin d'observer les étoiles de Leo. Mais tout s'est envolé en fumée la semaine dernière, lorsque j'ai découvert sur le téléphone de mon mari le texto qui a tout changé. Il prenait une douche, après le travail, lorsque son téléphone s'est allumé. D'habitude, je m'abstiens d'y jeter un œil, redoutant ce que je risquerais d'y lire. Ce soir-là pourtant, quelque chose m'a poussée à passer rapidement de son côté du lit et à attraper l'appareil. Je n'ai pu voir que le début du message, et je l'ai parcouru en diagonale. Le texto, envoyé par un expéditeur enregistré comme : « Pete du travail », était un message de félicitations, complimentant Tim pour quelque chose qu'il avait fait avec sa langue la veille au soir. J'ai poussé un cri et reposé le téléphone, face vers le bas. En repensant à la soirée précédente, j'ai réalisé que cette « performance » pour laquelle il recevait des louanges avait apparemment eu lieu pendant que je l'attendais à la maison avec un ragoût d'agneau cuit à feu doux pour le dîner.

« D'après "Pete du travail", tu es génial au lit », ai-je lancé avec désinvolture alors qu'il entrait d'un pas hésitant dans la chambre, car il était en train de se sécher les cheveux avec une serviette.

Il a levé les yeux et je lui ai lancé le téléphone.

« Est-ce que je la connais ? » ai-je demandé calmement tandis qu'il enroulait la serviette autour de ses hanches. Il faut croire qu'il se sentait vulnérable. « Encore une aventure ? »

Il a secoué la tête. « Je suis désolé, Jill. »

Je me suis concentrée sur les gouttes d'eau qui se frayaient un chemin à travers les poils de son torse.

« Tu l'aimes ? »

Il a acquiescé.

Ça m'a ébranlée. Tim ne parle jamais d'amour ; ce n'est pas un mot qu'il utilise beaucoup, même avec moi. Ses infidélités ont toujours été des histoires de sexe, du moins le pensais-je, mais apparemment cette histoire-ci était différente. J'ai tout de suite compris que quelque chose s'insinuait entre nous, que cette femme n'était pas comme les autres, qu'elle tirait sur les fils fragiles qui nous maintenaient à peine ensemble.

Il y en a eu d'autres, mais comme nous touchons à la fin de la quarantaine, que nous sommes mariés depuis près de vingt-cinq ans, j'en étais venue à penser qu'il s'était enfin rangé. Toutefois, il avait recommencé à se montrer négligent ces derniers temps, rentrant tard à la maison, sortant de la pièce pour passer des coups de fil, il s'était remis à envoyer des émojis en forme de cœur rouge que j'entrevoyais, même depuis l'autre extrémité de la pièce. Et voilà qu'il allait dans la salle de bains en laissant traîner son téléphone pour mettre fin à ce mariage déjà en phase terminale. Ma découverte du message lui facilitait grandement la tâche en lui évitant d'avoir à m'avouer la chose. Tout à fait typique de Tim, que choisir la manière la plus couarde pour me mettre au courant.

« Pourquoi ? Pourquoi maintenant ? Qu'est-ce qu'elle a de spécial ? »

Il a haussé les épaules. « Elle m'apprécie, elle me voit. »

J'ai levé les yeux au ciel. « Elle te voit ? Mais qu'est-ce que ça veut dire, bon sang ? Tu as encore regardé *Couples Therapy* à la télé, Tim ? »

Sans un mot, il a quitté la pièce, laissant une traînée d'eau sur le plancher verni. Après avoir entendu le claquement de la porte de la salle de bains, j'ai attendu que la douleur vienne, cette vague de douleur familière devenue comme un souvenir musculaire. Mais cette fois-ci, rien. Au fil des ans, il avait lentement éteint mes sentiments. Je suis descendue, et plus tard, il est apparu dans la cuisine, tout habillé, penaud.

« Je suis désolé, Jill, je ne voulais pas te faire de mal."

Quelle blague, venant de lui ! J'ai passé la plus grande partie de notre mariage à souffrir de ses incessantes liaisons. D'une certaine manière, c'était un soulagement qu'il s'en aille enfin : je n'aurais pas pu supporter plus longtemps ses mensonges. J'ai vécu un mariage solitaire, passant ma jeunesse à attendre qu'il rentre à la maison, ne sachant jamais de quel lit il venait de sortir, ni le parfum de quelle femme je sentirais. Une vraie torture.

« Presque vingt-cinq ans... Il faut croire qu'on ne fêtera pas nos noces d'argent, finalement...

— Pardon ! »

Il s'est lourdement assis à la table de la cuisine.

« Donc, tu pars vraiment cette fois ?

— Oui. Je pense que c'est mieux ainsi.

— Je ne t'ai jamais suffi, n'est-ce pas ?

— Tu étais toujours trop occupée par ton travail, et surtout après la naissance de Leo, j'ai toujours eu l'impression qu'il passait en premier », a-t-il répondu.

Cette déclaration m'a mise en colère : il essayait de me reprocher les soins que j'avais prodigués à notre enfant pour se dédouaner de son infidélité. Comment osait-il ? La colère a envahi ma poitrine. J'ai dû faire un effort pour ne pas le gifler. Je voulais lui crier dessus, lui dire qu'il n'était pas un homme, qu'il n'était pas un mari ni un père, qu'il n'était qu'un coureur de jupons qui avait ruiné ma vie et celle de mon fils. Mais à quoi bon ? Je n'avais pas l'énergie nécessaire et il était trop tard.

« Est-ce que je dois partir ce soir ? a-t-il demandé devant mon silence.

— C'est à toi de voir.

— Je peux rester cette nuit si tu veux ?

— Non, pars maintenant, c'est mieux comme ça. »

Il a eu l'air un peu surpris, mal à l'aise même.

« Tu pensais que j'allais te supplier de rester ?

— Non... ce n'est pas ça, c'est juste qu'Angela passe la nuit auprès de sa mère qui ne va pas bien. Et je n'ai pas les clés de chez elle.

— Vraiment ? Donc Angela ne t'a même pas donné ses clés, alors que toi, tu sacrifies ton mariage pour elle ? Si j'étais toi, je me serais assuré de pouvoir entrer dans ma prochaine maison avant de quitter celle-ci. »

Le sarcasme qui suintait de mes paroles lui est passé au-dessus de la tête.

« Écoute, tu sais quoi ? Pourquoi tu ne resterais pas juste ce soir ? ai-je soudain proposé. Je nous préparerai un bon dîner, on boira notre vin préféré. Une nuit de plus ensemble, et on se dit au revoir ? »

Il n'a même pas pris le temps de la réflexion. « Cela me semble parfait », a-t-il répliqué, prêt à être infidèle à la femme qui l'attendait quelque part ailleurs. J'ai presque eu de la peine pour cette Angela.

« D'accord. Je me mets aux fourneaux, dans ce cas. » Je me suis levée de table et il m'a tendu la main, pour m'enlacer par la taille puisque je me tenais près de lui.

« Merci, Jill, tu es vraiment gentille avec moi. Je ne te mérite pas.

— Non, en effet. Mais je mets une condition à cette soirée : tu ne lui envoies pas de textos, tu ne l'appelles pas en cachette et pas d'émojis Cœurs en douce. Si tu veux dîner et passer une dernière soirée avec moi, je veux avoir ton attention pleine et entière pour cette fois.

— Bien sûr. » Et il a commencé à m'embrasser dans le cou et à faire courir ses mains sur mon corps.

« Commençons par dîner », ai-je protesté en le repoussant doucement.

Il a gloussé. « D'accord. Tu veux de l'aide ?

— Non, je me débrouille, va donc te détendre. Après tout, c'est ta dernière soirée ici. Angela n'a peut-être pas toutes les chaînes de sport. Allez, file. »

Il m'a embrassée à nouveau, mais cette fois, comme un enfant embrasserait sa mère pour la remercier de lui avoir acheté un nouveau jeu vidéo.

J'ai souri.

« Hé, et ton téléphone ?

— Je n'enverrai pas de texto à Angela.

— Hmm, fais-moi plaisir et jette-le dans ce tiroir. »

Ayant trop promis pour discuter, il a immédiatement abandonné son téléphone dans le tiroir pendant que je commençais à faire fondre le beurre dans la poêle. Puis j'ai mis du poulet à cuire pour des tourtes maison, les préférées de Tim. Il profiterait ainsi d'un bon dîner avec l'ancienne titulaire du poste tout en savourant la perspective de se retrouver le lendemain avec la nouvelle.

Dès qu'il est allé se vautrer sur le canapé devant l'écran où évoluaient ballons et crétins dans leurs tenues ridicules, j'ai discrètement ouvert le tiroir.

« Jill. » Il est soudain apparu dans l'embrasure de la porte. Je me suis empressée de refermer le tiroir et j'ai levé les yeux.

« Oui ?

— Merci de te montrer aussi compréhensive à ce sujet.

— Je pense juste qu'après toutes ces années, nous devons mettre un terme à ce mariage proprement. » J'ai souri. « Sans animosité », ai-je ajouté en revenant à mon poulet. Au bout de quelques secondes, je me suis retournée : il était parti. Je me suis donc rapidement dirigée vers le tiroir et, tout en gardant un œil sur la porte, j'ai sorti le téléphone avec précaution. J'ai tapé son code d'accès. Il était tellement stupide qu'il avait utilisé sa propre date de naissance et ne l'avait jamais changé. J'ai consulté ses messages, que j'ai fait défiler pendant un moment : tous ces soirs où il lui avait promis de me quitter et où, le lendemain, il s'excusait de ne pas l'avoir fait : « Jill était ivre » ; « Jill a pleuré » ; « Jill m'a supplié de rester ». J'ai particulièrement aimé : « La mère de Jill est morte, j'ai besoin d'une semaine de plus. » Ma mère est morte il y a plus de trente ans. Rien n'est sacré pour Tim, impitoyable dans la poursuite de son propre bonheur.

J'ai donc laissé mes doigts parler et, en utilisant certaines des phrases qu'il avait utilisées dans des SMS précédents, j'ai commencé à en rédiger un à Angela.

> *Salut, Angie, je suis désolé. J'allais parler de nous à Jill ce soir et lui demander le divorce, mais je me suis rendu compte que je l'aimais toujours. Nous avons eu une longue discussion et nous allons partir pour une deuxième lune de miel. Ces quelques semaines en tête à tête nous permettront de retrouver ce que nous avons perdu. Il faut que tu l'acceptes, je l'aimerai toujours et que ça ne changera jamais. Bonne chance, bébé.*

Sur ce, j'ai éteint le téléphone et je l'ai remis dans le tiroir. Ce n'était pas la première fois que je mettais fin à l'une de ses liaisons, mais ce serait la dernière.

Nous avons donc passé notre dernière soirée ensemble, autour d'un bon repas et d'une bouteille de vin, et nous nous sommes dit au revoir selon mes conditions. Après quoi, j'ai fait ma petite valise, direction le cottage au Pays de Galles.

Je sors une partie des provisions que j'ai apportées et je me prépare une tasse de tisane aux boutons de rose. Je regarde les cuisses de poulet dans le réfrigérateur... Peut-être aurais-je dû opter pour quelque chose d'un peu plus chic ? Wendy aime les paillettes et le glamour, et bien que j'aie apporté quelques bouteilles de prosecco et des chocolats de luxe qui me restent de Noël, je ne suis pas sûre que cela suffise à l'impressionner.

Ôtant mon pull en laine, je m'applique du rouge sur les lèvres. Je tiens à ce que ma vieille amie voie que le célibat me va à ravir. C'est d'ailleurs dans ce but que je me suis offert un nouveau jean et des baskets à la mode pour ce week-end.

Wendy s'est toujours habillée jeune. Elle a une belle silhouette, un teint frais, choisit toujours ses vêtements selon les dernières tendances, même si ses tenues font parfois un peu *Love Island*. Je ne l'ai pas vue depuis des mois, mais la dernière fois que je l'ai croisée au supermarché, il y avait quelque chose de différent chez elle. Je l'ai remarqué dès qu'elle s'est dirigée vers moi avec un panier rempli de vin. Son front était tellement lisse et tendu qu'elle ne pouvait pas froncer les sourcils. Je suis sûre qu'elle s'est aussi fait gonfler les lèvres, car elle pouvait à peine fermer la bouche.

« J'ai peut-être entamé la quarantaine, mais je n'ai pas encore rendu les armes », a-t-elle annoncé dans le rayon des haricots en sauce. Je pense qu'elle s'est réinventée. J'ai entendu dire que Robert l'avait quittée pour aller vivre en Espagne. Wendy et moi sommes donc probablement toutes les deux célibataires, désormais.

Je suis seule depuis quelques jours, mais je ne me sens ni triste ni vaincue. Au contraire, j'ai l'impression d'être plus forte : je sais enfin qui je suis et ce que je veux pour la première fois de ma vie. Chacun son truc, mais contrairement à Wendy, mon salut ne passera pas par des lèvres repulpées ou des injections de Botox. J'ai décidé de me sauver d'une manière différente, en trouvant des réponses et en prenant ma revanche.

Exit donc la Jill grisonnante aux cheveux courts, aux chaussures confortables et aux petits cardigans bien soignés. Je me suis fait teindre les cheveux, j'ai troqué mes vêtements bleu marine et noir contre des tenues colorées et j'ai acheté en ligne de superbes baskets à 90 livres sterling. Je savais qu'il me les fallait, elles étaient trop « cool », comme aurait dit Leo. D'accord, le mannequin qui les présentait était une jeunette aux longues jambes d'une vingtaine d'années tandis que je suis une quasi quinquagénaire aux jambes courtes. Tim a toujours été celui qui commandait en ligne. Nous recevions des colis pour lui presque tous les jours : de nouveaux vêtements, de l'eau de toilette de luxe, toutes sortes de choses... Je ne posais même pas de questions. Maintenant, c'est mon tour, alors j'ai entré les détails de ma carte de crédit et, les yeux mi-clos, j'ai cliqué sur la case « Acheter maintenant ».

J'ai failli annuler juste après avoir acheté, mais je me suis convaincue que c'était un bon achat, même s'il était aussi fou que décadent.

Il n'a fallu que quelques jours pour que le colis arrive. Je me suis fait l'effet d'une enfant à Noël, et dès l'instant où je les ai vues, je suis tombée de nouveau amoureuse. Orange fluo... Qui eût cru que je porterais des baskets fluo ? Chez le dentiste, j'ai lu dans un magazine que le fluo était tendance. Je n'ai guère prêté attention à ce qui m'entoure, ces derniers temps, donc je ne peux pas savoir si c'est vrai. Le monde s'est en quelque sorte arrêté la nuit où mon fils et la fille de Wendy sont partis pour leur bal de fin de lycée, la nuit où seul l'un d'eux est rentré à la maison.

2

WENDY

Je me garai devant le cottage, qui avait l'air assez joli, quoique un peu bizarre. En quelques secondes, Jill était dans l'allée, gesticulant, tentant de me guider comme un contrôleur aérien en folie. C'était plus distrayant qu'utile, mais le spectacle me fit rire. Je baissai la vitre.

— Tu t'essayais à quoi, là ? Au tango argentin ? On aurait dit une audition pour *Danse avec les stars*.

Nous éclatâmes de rire à l'unisson. Une fois que j'eus garé la voiture, elle se fraya un chemin sur le sol glacé, les bras grands ouverts en signe de bienvenue.

— Et maintenant, elle me fait *Holiday on Ice* !

Mon ton faussement horrifié l'amusa.

— J'aimerais bien te voir traverser ce chemin glacé sans glisser, répliqua-t-elle.

— Arrête de patiner, et viens donc m'embrasser ! criai-je en ouvrant ma portière.

— Tu m'as manqué, marmonna-t-elle dans mon cou tout en s'accrochant à moi.

En cet instant, je retrouvai les années de notre amitié, les jours de joie, d'amour et d'horreur, tout se rembobina dans ma tête comme les séquences d'un vieux film. C'était la colle qui nous liait, depuis toujours et, de façon curieuse, pour toujours.

— Viens, le cottage est magnifique, déclara-t-elle en prenant quelques-uns de mes sacs avant de rentrer tandis que je récupérais le reste de mes bagages dans le coffre de la voiture. Une tasse de thé d'abord, ou tu veux déballer tes affaires ? s'enquit-elle alors que je m'engageai dans le couloir où je la suivis jusqu'à la cuisine.

Je remarquai soudain ses cheveux.

— Jill, tu es blonde maintenant ?

Elle passa une main dans sa nuque.

— Oui, je voulais changer.

— Ça te va bien, la complimentai-je même si c'était un mensonge.

Le blond platine est une teinte trop dure pour les femmes de notre âge. Je suis blonde, je l'ai toujours été, mais en vieillissant, j'ai suivi les conseils de mon coiffeur et j'ai opté pour un ton plus doux et plus flatteur.

Je décidai de commencer par déballer mes affaires. J'étais fatiguée par le trajet et j'avais besoin de quelques instants pour reprendre mes esprits. Je montai dans une chambre entièrement bleue, pas du tout à mon goût, mais cela n'avait aucune importance : elle était assez jolie et très « Jill ». J'avais repéré dans la cuisine l'énorme commode en pin Welsh sur laquelle Jill s'était extasiée ; elle ne tarissait pas d'éloges à propos de cette monstruosité. Jill avait toujours aimé les vieilleries : pour l'essentiel, sa maison était remplie de meubles hérités de ses parents décédés. Comme si elle n'avait jamais vraiment découvert ce qu'elle aimait, elle, comme si elle ne s'était jamais installée dans sa propre vie, mais contentée d'emprunter aux autres. J'avais toujours eu des goûts bien définis. Je savais ce que j'aimais et je me fichais de ce que pensaient les autres. Nous étions si différentes que je me demandais souvent comment nous avions pu devenir des amies aussi proches.

Jill et moi étions tellement à l'opposé que les autres ne comprenaient presque jamais notre amitié... Je n'étais d'ailleurs pas sûre que nous l'ayons comprise non plus, en fait. Jill et moi étions un peu comme ces couples mariés qui semblent très heureux, mais dont on se demande ce que chaque époux voit l'un chez l'autre, quel fil invisible les relie. « De quoi vous pouvez bien parler toutes les deux ? Tu ne la trouves pas un peu... fade ? Elle est très coincée, non ? Comment tu fais pour la supporter ? » me disaient mes autres amis. Certains laissaient même entendre qu'elle était ennuyeuse, mais je n'avais jamais pensé cela de Jill. Je n'avais de toute façon jamais analysé notre amitié à ce point : elle était arrivée comme un arbre pousse ou comme une génoise monte. Nous étions devenues amies comme ça.

Je n'ai jamais oublié la première fois que j'ai vu Jill, près de vingt-cinq ans plus tôt, même si j'avais l'impression que l'événement remontait à quelques jours. Son mari Tim et elle emménageaient à côté de chez nous, et elle s'était garée devant leur maison, dans une grande camionnette. Lorsqu'elle en était descendue, j'avais été surprise de la découvrir si jeune et si mince. J'étais en admiration. Je n'aurais pas été capable de conduire une grosse camionnette de déménagement avec tous nos biens à l'intérieur, mais ce petit bout de femme avait réussi à manœuvrer le lourd véhicule dans la circulation et à le garer proprement devant sa nouvelle demeure. Avec le recul, on peut dire que c'était là Jill dans toute sa splendeur : tout au long de notre amitié, elle a été la débrouillarde, la bricoleuse, la jardinière. Elle pouvait déplacer des rochers dans le jardin et, une fois, elle avait déterré un vieux plant de rhododendron dans notre jardin, que Robert, mon mari, n'avait pas réussi à déloger. Jill allait récupérer les chats coincés dans les arbres, les enfants dans les étangs, changeait les pneus, réparait les prises et peignait les cadres de fenêtres en se balançant sur un escabeau. Rien ne l'effrayait.

Ce fameux premier jour, je l'avais observée depuis la fenêtre de notre chambre, alors qu'elle tentait de soulever de lourds cartons et d'énormes sacs-poubelles pour les porter jusque dans sa maison. J'avais entendu dire que c'était un couple qui emménageait, mais comme il n'y avait aucun signe de Monsieur, j'avais envoyé Robert en renfort. Après avoir un peu ronchonné, il avait remonté à contrecœur notre allée et l'avait bientôt aidée à décharger la camionnette.

Je la revoyais encore à présent dans le bas de survêtement et le T-shirt ample qui dissimulaient sa silhouette mince et athlétique, pendant qu'elle portait une commode sans l'aide de personne. Plus tard, nous avions rencontré Tim, qui n'était pas du tout ce à quoi je m'attendais après avoir rencontré Jill : il était du genre si beau qu'on se retournait sur lui, bien soigné, adepte de la musculation, avec un bronzage permanent. Robert le jugeait m'as-tu-vu, quand moi, je le trouvais mignon. Mais Jill était tout le contraire : un visage frais, des vêtements raisonnables. La seule touche de glamour chez elle était ses cheveux, qui donnaient l'impression qu'elle était allée chez un très bon coloriste. Lorsque je lui avais demandé quel était son coiffeur, elle m'avait répondu en riant que son « coloriste » n'était que le reflet du soleil qui avait illuminé leur lune de miel.

À l'époque, je les enviais, tant ils étaient amoureux. Ils descendaient Lavender Close main dans la main. La façon dont il la regardait me faisait fondre, et elle n'avait d'yeux que pour lui. Ils étincelaient, tout simplement.

Un soir, je les avais invités à prendre un verre. Nous avions le même âge, nous étions jeunes mariés et nous rîmes beaucoup. Nous avions les mêmes attentes concernant les enfants et nos carrières, et après cette soirée, nous étions devenus amis tous les quatre. Nous étions souvent fourrés les uns chez les autres pour dîner, boire un verre ou organiser un barbecue ; nous étions même partis en vacances ensemble. Le week-end, Jill et moi déjeunions toutes les deux et faisions les magasins pendant que les gars allaient au football ou au pub. Au début, c'était une amitié sans effort, nous les considérions comme des membres de notre famille et passions de très bons moments avec eux.

Nous connûmes plusieurs années de longs étés chauds, de Noël étincelants, de naissances de bébés et de fêtes d'anniversaire lorsque de quatre, nous passâmes à cinq, six, puis sept et huit. Nous n'arrivions pas à croire à notre chance : que nos voisins soient devenus nos meilleurs amis et aient enrichi notre vie. Je pensais trouver dans cette aubaine l'assurance que cette vie durerait toujours. Si on m'avait dit qu'un jour, je ne supporterais même plus de les regarder, je ne l'aurais pas cru.

— Tu te souviens de ce qu'on disait ? Qu'on vivrait tous dans la même maison de retraite quand on serait vieux ? lançai-je.

Mes valises désormais défaites, j'étais assise à la table de la cuisine, où je buvais un thé pendant que Jill beurrait des pains aux raisins grillés. Elle me tournait le dos, mais elle s'immobilisa un instant, puis se retourna.

— J'aimerais pouvoir revenir en arrière, soupira-t-elle.

La tristesse que je lus sur son visage me donna envie de la serrer dans mes bras.

— Oui, moi aussi. Certaines personnes ne connaissent jamais l'amitié que nous avons eue. Je serai toujours reconnaissante à la vie pour ces années.

Elle garda le silence et se remit simplement à beurrer ses petits pains.

— On était heureuses à l'époque et on peut l'être à nouveau, Jill, suggérai-je.

— Tu as raison.

Elle traversa la cuisine et, ayant posé son assiette de gâteaux, elle m'effleura l'épaule.

— Merci d'être venue, ma chérie... ce week-end. J'apprécie

vraiment. Je sais qu'un week-end ici en plein hiver, ce n'est pas le genre de glamour auquel tu es habituée, mais...

— Je n'aurais manqué ça pour rien au monde, j'avais hâte de te voir, mentis-je en prenant un pain chaud et beurré dans lequel je m'empressai de mordre.

— C'est un endroit charmant, non ? Très propre et joliment décoré, dit-elle avec enthousiasme.

Pourtant, lorsqu'elle m'eut rejointe à la table, je vis qu'elle était aussi éteinte que les aquarelles accrochées au mur. Le blond platine vidait ses joues du peu de couleur qui s'y attardait. Adieu les cheveux ensoleillés par la lune de miel, adieu les yeux étincelants.

Nous mangeâmes nos pains aux raisins dans un silence gêné, ce qui n'était jamais arrivé auparavant. J'en étais venue à détester le silence ; il me rappelait la perte.

— C'est nouveau ? demandai-je en montrant les baskets orange qu'elle portait.

Très fluo et pas très Jill.

Elle sourit, levant son pied pour que je l'admire.

— Tu as toujours été la Spice Girl sportive, ce genre d'équipement te va bien, commentai-je afin de me montrer aimable.

Mais ces chaussures faisaient beaucoup trop jeune pour elle.

— Je n'étais pas sûre de mon achat. Tu les trouves bien, elles ne font pas trop jeune pour moi ?

Elle rayonnait devant mon approbation apparente, et mon cœur se brisa un peu pour elle.

— Non, ne sois pas bête, pas du tout, mentis-je. Elles sont géniales... vraiment cool, ajoutai-je, supposant qu'elle devait se les être dégotées à bas prix dans l'une des boutiques de seconde main de la rue principale du centre-ville.

Elle allait avoir du mal, question finances, maintenant que Tim était parti : il gagnait bien sa vie en tant que pompier. L'uniforme lui était toujours allé à ravir, d'ailleurs. Pour être honnête, je dirais que c'était du gâchis, qu'il soit en couple avec Jill.

Je continuai à manger ma pâtisserie dans le silence qui s'installait à nouveau. Ces derniers temps, nous sentions toutes les deux le poids de ce que nous avions à dire et nous esquivions tant de sujets délicats que nous causions exclusivement de choses insignifiantes. Nous avions essayé d'avoir la fameuse conversation à de multiples reprises, mais nos tentatives s'étaient toujours soldées par des larmes, si bien que désormais, nous ne pouvions même plus nous aventurer sur ce terrain-là.

— Mince, il y a tellement longtemps qu'on n'est pas parties ensemble, toi et moi... lâchai-je sans conviction, histoire de meubler le silence douloureux.

— Oui, je dirais que notre dernier week-end ensemble, toutes les deux, remonte à notre escapade à Londres.

Elle sourit à ce souvenir.

— On s'était bien amusée. C'est toujours une bonne chose de quitter la maison, les enfants qui braillent et les maris ennuyeux.

Elle s'esclaffa devant ce qu'elle perçut comme une marque d'irrévérence de ma part à l'égard de Robert.

— Tu te souviens de la fois où on avait loué un cottage dans le Devon ?

Je lève les yeux au ciel.

— Oui, avec le chauffage qui ne fonctionnait pas et des lits durs comme de la pierre.

— Le chauffage était hyper capricieux, en effet, renchérit-elle avant d'hésiter, puis : Oh, mon Dieu ! Je viens de me rappeler que c'était l'époque où Robert pensait que tu avais une liaison !

Elle gloussa et porta une main à sa bouche pour simuler l'horreur.

— Il n'arrêtait pas d'appeler, et comme tu ne répondais pas, il s'était mis à me demander si j'étais au courant de quelque chose. « Je sais qu'elle voit quelqu'un », il répétait. C'était horrible.

— Ce n'était pourtant pas le cas, répliquai-je en sentant mon visage devenir écarlate. Je ne voyais personne.

— Si.

Je la regardai.

— Pourquoi tu dis ça, Jill ?

— Parce que tu m'en avais parlé, s'esclaffa-t-elle. Tu voyais quelqu'un du travail. Je crois qu'il s'appelait Dan.

— Je ne me rappelle pas.

— Si, il travaillait en radiographie, si je ne me trompe pas.

Je secouai la tête, faisant semblant d'avoir perdu la mémoire alors même que je me sentais très mal à l'aise. Retrouver de vieux amis dont on n'est plus très proche, c'est comme revoir d'anciens amants : l'intimité laisse son empreinte, et qu'il s'agisse de sexe ou de secrets, impossible revenir en arrière. Ils savent, et vous aussi : le rideau a été levé il y a longtemps.

— Tu ne te souviens pas de quelqu'un avec qui tu as couché ? insista-t-elle, sans me quitter du regard.

— Je me rappelle Dan, mais pas avoir eu une liaison avec lui. Robert a dramatisé, conclus-je, avant d'ajouter au plus vite : Dis, il est encore trop tôt pour ouvrir le prosecco ?

Elle éclata de rire.

— Pendant un week-end entre filles, il n'est jamais trop tôt pour ouvrir le prosecco.

— J'allais prendre une douche, mais est-ce que je peux faire d'abord quelque chose pour t'aider ? demandai-je sans trop d'enthousiasme, après nous avoir servi une flûte de bulles bien fraîches.

— Non, c'est parfait, vas-y, dit-elle gentiment.

La douche fut aussi rafraîchissante que le prosecco, et en regagnant la chambre, enveloppée dans une serviette, je levai les yeux vers la fenêtre, stupéfaite d'y voir autant d'étoiles. Je ne m'étais jamais retrouvée dans un endroit aussi isolé : pas de voitures, pas de gens, juste l'obscurité à des kilomètres à la ronde, comme si je vivais à la limite de la civilisation.

Je m'approchai de la croisée en resserrant ma serviette autour de moi et je contemplai le ciel nocturne. Ce fut seulement lorsque je voulus m'éloigner et m'habiller que je vis la silhouette de la maison. Il était difficile de la distinguer, au milieu de l'obscurité totale, mais il s'agissait bien d'une maison, car je voyais une lumière allumée à la fenêtre du rez-de-chaussée. Je plissai les yeux pour essayer de la distinguer plus nettement, et en les levant vers le toit, je constatai qu'il y avait aussi de la lumière à l'étage. Et bien qu'il soit presque impossible de voir quoi que ce soit, je parvins à repérer des formes. Quelqu'un était assis là, l'œil rivé à un télescope. Et ce télescope pointait droit sur moi.

3

JILL

Je n'ai pas réussi à m'endormir la nuit dernière, mais le message de Leo dans ma boîte vocale m'a remonté le moral. « Maman, je viens de passer mon examen d'anglais. La question portait sur *Ne tirez pas sur l'oiseau moqueur* et j'ai tout déchiré ! » Son enthousiasme et son optimisme me font toujours du bien et j'ai fini par sombrer, rêvant d'un ciel plein d'étoiles.

Je me suis réveillée ce matin avec davantage d'optimisme et l'impression de pouvoir gérer la situation dans laquelle je me trouve, mais pour commencer, j'ai besoin d'une tasse de thé.

— Salut, Jill !

Wendy se tient dans l'embrasure de la cuisine, avec ses longs cheveux lâchés et son rouge à lèvres. Elle a, noué autour du cou, une énorme écharpe duveteuse entrelacée de fils brillants.

— Tu es ravissante, je constate avec mélancolie.

Je ne pourrais jamais porter une écharpe avec des fils métallisés.

— Ça te tente, une petite balade, ce matin ?

— Merci. Oui, une petite promenade dans les environs, ce serait chouette, rien de trop difficile. Je ne suis pas une fanatique de la randonnée comme toi.

Je ris.

— Si tu appelles « randonnée » les fameux dix mille pas par jour, alors oui, je suis une randonneuse. Du thé ?

Elle secoue vigoureusement la tête.

— Du café, et fort, s'il te plaît... Tu sais qu'il y a une vieille maison de l'autre côté de la rue, un peu en retrait ? fait-elle en jetant un coup d'œil par la fenêtre.

— Oui, c'est une ferme qui appartient à un couple, les Venables. Ils y vivent et c'est aussi eux qui possèdent ce cottage.

— Les propriétaires ? Purée... Eh bien, la nuit dernière, ils avaient un énorme télescope à la fenêtre.

— Oui, ce sont des astronomes amateurs.

— Sauf que leur télescope ne pointait pas vers le ciel, mais vers ma fenêtre.

Je hausse les épaules : il arrive à Wendy d'exagérer, et aussi séduisante soit-elle, je suis sûre qu'elle ne reçoit pas toute l'attention dont elle prétend être l'objet.

— Peut-être qu'ils ont appris, pour ton séjour ici, et qu'ils veulent un cliché de paparazzi, je plaisante.

— Comment les en blâmer ? J'étais enveloppée dans une serviette blanche, totalement nue en dessous. Une telle photo leur rapporterait des milliers de livres.

Nous gloussons toutes les deux. Il nous reste donc un peu de notre ancienne complicité. Je n'ai pas vu cet aspect de sa personnalité depuis très longtemps. Je suis heureuse que l'ancienne Wendy soit toujours là, quelque part, malgré tout ce Botox. Je pourrai peut-être l'atteindre et lui parler vraiment, avant que nous nous disions au revoir ce week-end.

Nous nous asseyons avec nos boissons pourtant, devant la vapeur qui s'échappe de nos mugs, je sens que notre conversation se tarit lentement, bientôt remplacée par une solide tension. C'était aussi le cas hier soir, aucune de nous ne savait quoi dire. Cela me rend triste et anxieuse. Quand cela s'est-il produit ? Comme si je ne le savais pas...

— On ne s'est pas parlé depuis un bail. Ton invitation m'a surprise, lâche-t-elle sans me regarder dans les yeux.

— Je sais, on n'a pas été en contact depuis plus d'un an, non ? Pas depuis...

— Non, ça a été difficile.

— Oui, c'est vrai. J'ai voulu décrocher mon téléphone, mais je ne savais pas quoi dire.

— Pareil pour moi.

— Je suis contente que tu sois venue. Je pense juste que ce serait une bonne chose que toi et moi essayions de revenir où on en était. Enfin, si tu le souhaites ?

— Oui, évidemment.

Faux. Je vois bien qu'elle n'en a aucune envie.

— Il y a des choses que j'aimerais te demander, des choses que j'aimerais expliquer... et je comptais le faire ce week-end, sans aucune distraction.

Cela va être difficile, mais il nous faut seulement survivre aux deux prochains jours, puis nous pourrons dire au revoir.

— Naturellement, je suis sûre qu'il y a des sujets dont nous voulons toutes les deux parler. Peut-être qu'on devrait juste s'installer et... aller se promener, puis partir de là ?

Wendy n'a jamais été douée pour les conversations difficiles : elle prend les choses à la légère, voire les balaie sous le tapis, en espérant que le problème finira par se résoudre de lui-même.

Deux jours après ma première fausse couche, elle a frappé à la porte et lorsque j'ai ouvert, elle se tenait là, cheveux blonds et brillants, dans une impeccable chemise blanche sur un jean délavé. Elle tenait un cadeau joliment emballé à deux mains.

Je n'arrivais pas à penser correctement. La perte m'avait

frappée très durement, et ce matin-là, j'avais eu une montée de lait, blague cosmique et malsaine que je n'arrivais pas à digérer.

« Mon lait est arrivé », ai-je bredouillé.

Dans ma détresse, je crois que j'espérais que mon amie, sage-femme de surcroît, me réconforterait, saurait quoi me dire.

« Oh ! Ça arrive avec les fausses couches à un stade avancé de la grossesse. J'ai des compresses que je peux te donner, a-t-elle ajouté, avant de me fourrer son cadeau entre les mains. C'est une bougie Jo Malone, a-t-elle précisé, comme si cela pouvait compenser la perte de mon bébé.

— Merci.

— Tu m'as dit que tu avais toujours rêvé d'une bougie Jo Malone. »

J'avais également toujours rêvé d'un bébé, et je brûlais d'en parler... mais elle était incapable de lancer la conversation là-dessus, c'était trop inconfortable pour elle.

Je me souviens avoir refermé la porte et être rentrée, complètement engourdie. Je n'ai pas ouvert le cadeau, je me suis assise, seule, et j'ai pleuré. Plus tard ce même jour, un paquet de coussinets mammaires a été glissé dans ma boîte aux lettres. Je ne l'ai pas revue pendant plusieurs jours, puis elle m'a appelée pour me dire qu'elle organisait un dîner et que Tim et moi étions invités. Elle a précisé : « Je pensais faire ma *pavlova* », mais n'a pas pipé mot sur ma perte.

« Comme si de rien n'était, avais-je rapporté à Tim. Elle est sage-femme, elle est confrontée à ce genre de choses tous les jours, alors pourquoi elle ne peut pas au moins aborder le sujet, m'en parler ? »

Il s'était borné à hausser les épaules : il n'était pas non plus très doué pour se confronter à la réalité de la vie, sauf, je l'ai compris plus tard, s'il s'agissait d'une femme à mettre dans son lit.

Sur le moment, je n'ai pas saisi, j'étais trop blessée par son manque apparent d'intérêt. Aujourd'hui, en revanche, je comprends que si Wendy est une sage-femme remarquable, c'est justement parce qu'elle sait rester détachée. Elle doit le faire, sous peine de ne pouvoir s'acquitter de son travail. De la même manière, elle a dû rester détachée émotionnellement de ce que je traversais, mais Wendy « la professionnelle » m'a offert une aide pratique – un beau cadeau et des compresses mammaires. Au cours de sa carrière, elle a vu des choses terribles, subi des pertes affreuses et, comme elle le dit toujours, « il est plus difficile d'être sage-femme qu'infirmière, parce qu'une sage-femme a toujours deux patients ».

Aujourd'hui, bien des années plus tard, elle semble toujours avoir des difficultés avec l'intimité maladroite des amitiés et à aborder les sujets douloureux. Je décide donc de lui laisser l'espace dont elle a besoin, en espérant qu'elle finira par se raviser et que nous pourrons parler. Je sais que ce qui s'est passé est aussi brutal pour elle que pour moi, mais de même que dans le cas de la fausse couche, j'ai besoin d'en parler. En outre, je ne peux pas rester dans l'ignorance, parce qu'il y a des choses à propos de cette nuit-là que nous devons explorer toutes les deux, et j'espère que parler me permettra de me sentir mieux, d'exorciser certains démons. Plus important encore, à nous deux, peut-être pourrons-nous découvrir un élément qui a échappé à la police.

— Alors, comment ça va, Robert et toi ? je demande.

Elle hausse les épaules, et ses lèvres regonflées de frais, qui se pincent légèrement, trahissent son malaise.

— Je ne le vois pas beaucoup.

— J'ai entendu dire qu'il était parti en Espagne.

— Oui, il est là-bas en ce moment. Ahh... ces tasses sont mignonnes, non ?

Elle fait semblant d'apprécier la tasse à fleurs dans laquelle elle boit son thé.

Je souris.

— Wendy, je sais ce que tu es en train de faire : tes techniques d'évitement ont toujours été maladroites.

Elle lève les yeux au ciel.

— Je trouve ces tasses jolies, c'est tout...

Elle s'apprête à développer, puis hésite et, s'éloignant de la conversation, glisse des tranches de pain dans le toaster. Il y a quelque chose qu'elle ne me dit pas à propos des enfants, à moins que cela ne concerne Robert ? Je suis intriguée, mais une fois encore, je laisse tomber, de crainte de la voir se refermer comme une huître. Si je la mets trop mal à l'aise, elle pourrait s'inventer une urgence et ficher le camp. Il est clair qu'elle n'éprouve guère de plaisir à évoquer leur rupture. Je peux lire en elle comme dans un livre ouvert.

Je me souviens de la première fois où ils nous ont invités. Wendy semblait ravie de nous voir. « Je suis contente que vous soyez venus, m'a-t-elle chuchoté à l'oreille. Tous les autres sont si ennuyeux. » Je l'ai suivie dans la cuisine, où elle nous a aussitôt servi un verre. Robert est alors apparu, rayonnant. Je l'ai tout de suite apprécié. Il était toujours souriant et j'aimais sa gentillesse : il ne jugeait pas les gens. Lorsque Wendy et moi médisions des autres voisins, il nous réprimandait sur le ton de la plaisanterie, mais je voyais bien que cela le mettait mal à l'aise.

« Il est trop bien pour moi », constatait Wendy, et j'étais d'accord avec elle.

— Il m'arrive de penser aux gens que nous étions, à ces deux couples qui vivaient côte à côte, à tous les espoirs et à tous les rêves que nous avions, je reprends, désireuse de la remettre sur la voie.

Il faut qu'elle se remémore notre amitié, notre proximité, si je veux espérer la voir s'ouvrir et me parler.

Son expression se fait moins dure.

— C'était une chouette époque, murmure-t-elle.

Elle est sincère, je le sais. J'entrevois la jolie jeune femme vêtue dans des tons de jaune pâle, venue avec une tarte aux pommes, le lendemain de notre emménagement. Bien des années ont passé, elle n'a pas beaucoup changé. Ses cheveux sont toujours blonds, son teint frais, mais elle le doit peut-être au Botox ? N'empêche, pour l'essentiel, elle est cette femme qui nous a accueillis en nous offrant une pâtisserie. J'espère seulement pouvoir l'atteindre avant qu'il ne soit trop tard. À l'époque, en tant qu'épouse de fraîche date, peu sûre d'elle et flanquée d'un mari bien trop beau, je me suis sentie un peu menacée par la jolie fille qui se tenait sur le pas de ma porte avec un gâteau. Mais une fois que je l'ai connue, j'ai vite appris à l'apprécier et nos conjoints sont également devenus grands amis. Robert, le mari de Wendy, travaillait pour Médecins sans frontières, une organisation qui fournit des soins médicaux aux personnes en situation de crise dans le monde entier. Il sauvait des vies dans des zones de guerre et de conflit, et Wendy ne trouvait rien de mieux à faire que de se plaindre qu'il ne soit pas là pour l'emmener à telle ou telle fête.

Par voie de conséquence, nous l'emmenions avec nous, si des amis communs organisaient des réjouissances : Tim avait l'une de nous à chacun de ses bras. Je me souviens d'être allée chez l'un collègue de travail de Tim. Une fois, aux alentours de Noël, nous avions été invités à prendre un verre. « On emmène Wendy ? » a-t-il proposé. Lorsque nous sommes arrivés, elle a rapidement trouvé quelqu'un avec qui discuter. Je me tenais près de Tim, dont un de ses amis s'est approché pour le féliciter de sa « splendide » femme. Il parlait de Wendy et Tim a dû lui expliquer que sa femme, c'était moi. J'étais mortifiée. Je suis sûre que si je n'avais pas été là, il n'aurait pas détrompé son ami. La consternation sur le visage du type m'a donné envie de pleurer. Son regard est passé d'elle à moi sans masquer l'horreur qu'il éprouvait à constater que quelqu'un d'aussi beau que Tim s'était retrouvé avec moi. Tim aimait l'avoir près de lui, car en plus d'être belle, elle était amusante. « Invitons les Jones », suggérait mon mari chaque fois que nous envisagions d'organiser quelque événement social.

« Wendy te plaît ? » lui demandais-je parfois, mais il niait toujours, prétendant qu'elle était « juste hyper marrante ». Je supposais que Tim trouvait toutes les femmes attirantes, sauf moi, et Wendy était canon, avec sa silhouette tout en courbes et sa façon aguicheuse de parler aux hommes. Elle en était consciente, elle aussi. Je me souviens qu'un de nos voisins l'avait qualifiée de « mangeuse d'hommes », ce qui m'avait semblé un peu excessif.

Je m'arrache au passé et je sirote mon thé. C'est ce que je fais souvent ces jours-ci : je pense au passé et je m'y noie. J'ai trop de temps à ma disposition, surtout depuis que Tim est parti.

— Quand j'ai appris que j'étais enceinte, tu as été la première personne à qui je l'ai annoncé, dis-je à Wendy. Avant même d'en parler à Tim.

— Oh, mon Dieu, oui ! Je me souviens très bien de ce jour-là. La semaine d'avant, j'avais appris que j'allais avoir Olivia, et je ne pouvais pas me résoudre à te le dire. Je savais que tu serais heureuse pour moi, bien sûr, mais je savais aussi que cela te briserait le cœur, parce que tu avais tellement envie d'avoir un bébé.

— Ah, ça aurait été difficile, mais Tim et moi avions décidé que si nous ne réussissions pas à avoir nos propres enfants, nous emprunterions les vôtres.

— Oui, nous avons toujours été contents de vous faire garder nos enfants... Bon, peut-être pas à Tim, mais à toi, tu étais si douée avec eux.

— J'aimais tes enfants, je les aime toujours.

Et ça reste en suspens entre nous, cette chose que ni elle ni moi ne sommes prêtes à reconnaître.

— La naissance de nos bébés à quelques jours d'intervalle, ça a été comme un rêve devenu réalité.

Je continue à alimenter la conversation pour que nous parvenions enfin à aborder le sujet principal.

— Je me rappelle avoir pensé : « On ne peut pas faire mieux. » Et en effet ! je conclus en poussant un long soupir.

— Je sais, le chemin a été semé d'embûches, hein, ma chérie ? concède-t-elle.

— Mais regarder nos bébés grandir, quelle joie !

Je préfère repenser à ces journées épuisantes, infernales, magnifiques, horribles et enivrantes qui ont suivi mon accouchement à travers un prisme exclusivement positif.

Olivia est née quelques semaines avant Leo, et dès son arrivée, on aurait dit qu'elle était le seul enfant de Wendy. Laquelle était pourtant déjà mère de Josh et Freddie, mais ils semblaient se confondre avec le paysage, pour leur mère. Aux yeux de Wendy, il n'y avait qu'Olivia, et à partir de ce moment-là, ses garçons ont dû se débrouiller plus ou moins seuls, pendant que leur sœur était traitée comme une princesse.

— Je voulais qu'Olivia ait tout ce que je n'ai jamais eu. Mes parents n'avaient rien, donc moi non plus, mais j'ai toujours dit qu'elle aurait tout.

Elle semble au bord des larmes.

— Tu as été obsédée par ta petite dès sa naissance, je renchéris.

J'ai toujours pensé qu'elle voyait en Olivia sa chance de rédemption : sa fille réussirait à l'école, ferait une belle carrière, épouserait l'homme idéal, tout ce que Wendy pensait secrètement avoir raté.

— J'étais obsédée, tu as raison. Après deux garçons, j'avais enfin une fille. Mais bizarrement, Olivia a aussi marqué un tournant dans notre mariage.

— De quelle manière ?

— Après sa naissance, Robert a commencé à travailler davantage à l'étranger. Je me rends compte qu'il y avait toujours beaucoup de travail chez Médecins sans frontières. Mais on lui proposait des postes ici au Royaume-Uni et lui, il se portait volontaire pour partir : il choisissait une zone de guerre plutôt que sa famille, Jill.

— Je sais que cela t'énervait, mais Robert est un homme bon, il voulait juste rendre le monde meilleur.

— N'empêche qu'il passait des mois entiers loin de la maison alors que nous avions trois beaux enfants à qui leur papa manquait.

— C'est vrai, mais ils t'avaient, toi, et tu es une mère formidable. J'aimais bien entendre ses histoires d'opérations dans un champ boueux, moi, les accouchements pratiqués sous une tente pendant que les bombes tombaient à l'extérieur.

— Ton mari sauvait des gens du feu, mais il rentrait chaque soir à la maison, lui.

— Parfois, je murmure.

— J'ai simplement l'impression qu'il nous a abandonnés, après la naissance d'Olivia. Notre mariage n'a plus jamais été le même.

— Je ne me suis jamais rendu compte que tu voyais les choses ainsi. Tu lui en parlais ?

— J'ai essayé, mais il n'était jamais à la maison. Je me demande parfois si c'est la raison pour laquelle Olivia est devenue un peu pénible à l'adolescence : elle n'avait pas de figure paternelle à laquelle se référer.

Olivia était une enfant adorable, mais lorsqu'elle est devenue adolescente, Wendy l'a transformée en une petite bête féroce à force de la gâter : Olivia n'arrêtait pas de se disputer avec sa mère lorsqu'elle n'obtenait pas ce qu'elle voulait. Elle faisait des caprices pour un rien, s'attirant toujours des ennuis avec d'autres filles, jusqu'à ce qu'elle grandisse un peu et que les garçons fassent leur apparition. À ce moment-là, les ennuis ont été de nature très différente.

— Elle a en effet semblé se mettre en colère à l'adolescence, je lâche, ce qui est un euphémisme.

— Elle tient son caractère de son père. J'ai essayé de la calmer, mais ça n'a fait qu'empirer les choses. Quand elle s'est rapprochée de Leo, tout a changé. Elle est devenue beaucoup plus gentille.

Je choisis d'ignorer ce commentaire. Je ne crois pas que Leo ait changé Olivia, et je ne pense pas non plus qu'elle soit devenue plus gentille ; elle était toujours aussi autoritaire et querelleuse la dernière fois que je l'ai vue, c'est-à-dire le soir où nos enfants sont allés ensemble au bal de fin d'année.

Mon ventre se serre à la simple pensée de cette nuit-là. J'avais un mauvais pressentiment si prégnant que j'ai supplié Leo de ne pas s'y rendre. Je savais qu'il se passerait quelque chose, mais jamais mes pires craintes ne m'auraient poussée à imaginer que l'un d'eux allait mourir.

4

WENDY

Après le petit déjcuner, Jill et moi partîmes à l'assaut d'une matinée glaciale au Pays de Galles. Des rafales me cinglaient la tête et l'air était si froid que le simple fait de le respirer me serrait la poitrine.

— Robert te manque ? demanda Jill tout à trac.

— Hmm... Les enfants, oui, la vie à Lavender Close aussi... notre vie me manque, répondis-je, ignorant délibérément sa question. C'est triste que tout ait changé. Je pensais que nous y vivrions jusqu'à la fin de nos jours.

— Moi aussi.

— Il a rencontré quelqu'un d'autre ? demanda-t-elle.

Nous cheminions sur une route de campagne.

Le givre faisait scintiller le macadam dans cet air vif.

— Non... on fait juste une pause.

— Et toi, tu as rencontré quelqu'un ?

Elle se retourna pour me dévisager, à la recherche d'indices sur mon visage.

Je secouai la tête. Je n'étais vraiment pas armée pour un interrogatoire de la part de Jill. Ça ne la regardait pas, et Robert et moi étions convenus de ne parler à personne de la situation. Après ce qui s'était passé, nous essayions juste de nous reconstruire.

— Tim te manque ? demandai-je, désireuse de détourner l'attention de moi.

— Il n'est pas parti depuis longtemps, répondit-elle après une réflexion de quelques secondes. Je suis triste, parce qu'après avoir passé des années à me demander où il était et avec qui, j'avais fini par concevoir l'idée naïve et même stupide qu'il pourrait revenir vers moi, admit-elle. J'espérais que l'âge flétrirait son regard libidineux et que nous aurions enfin le mariage dont j'avais toujours rêvé. Malheureusement il y avait un obstacle à mon rêve en la personne de Tim. Il aimait tomber amoureux et, au bout d'un moment, il finissait par s'ennuyer. Ça a été la même chose avec moi, il était accro au début.

— Cela explique beaucoup de choses, dis-je.

— J'ai été stupide, je sais. Les gens ne changent pas.

— Je pense que certains couples ne sont tout simplement pas faits pour être ensemble et, aussi triste que ce puisse être, la seule solution est de se séparer, car l'alternative, c'est du chagrin et des regrets de part et d'autre.

— Tu penses vraiment que nous n'avions pas d'autre solution que de nous séparer ? demanda-t-elle en tournant rapidement la tête pour me regarder en face.

— Oui. Au début, vous sembliez vraiment amoureux, mais il y a eu le stress lié à la conception d'un bébé, et quand vous avez eu Leo... les choses ont semblé changer.

— Certes, mais bon, tout change quand on a un bébé.

Elle soupira.

— Je veux dire que toi, tu as changé, et je sais que Tim l'a remarqué, lui aussi.

— Oh, vraiment ? Donc Tim a discuté de notre mariage avec toi, c'est ça ?

Elle souriait, feignant de blaguer, mais je vis à la tension de ses traits que cette remarque l'avait vraiment mise en colère.

— Il ne parlait pas spécialement de toi, nous étions juste... nous étions tous amis, répliquai-je gaiement, feignant d'ignorer le sous-entendu.

— Mon mari a toujours eu un faible pour toi.

Eh bien, le voilà, le sous-entendu.

— Tim et moi, on s'entendait bien, il était toujours facile de parler avec lui...

Nous continuâmes à marcher et je désignai un oiseau dans un arbre aux branches dénudées, avec l'espoir de la distraire, mais j'aurais dû me douter que même une bombe nucléaire n'aurait pu détourner une Jill focalisée sur un objectif. Elle ne laissait jamais tomber, même lorsqu'un sujet devenait pénible ; elle était implacable.

— Tim et toi, vous alliez fumer dans le jardin et vous y restiez pendant des plombes, commença-t-elle, ressassant ses craintes comme si c'était hier.

— Robert et toi parliez pendant des heures, vous aussi : plus d'une fois, on a regagné nos lits respectifs, Tim et moi, en vous laissant en bas en train de discuter.

— Robert ne faisait que se montrer poli, il cherchait juste à me remonter le moral. Je sais qu'il me trouvait ennuyeuse. Pas comme Tim et toi qui rigoliez ensemble, à vous raconter des tas de blagues. Je vous entendais derrière le garage quand vous alliez faire votre « pause cigarette ».

Elle s'était raccrochée à des tas de choses qui finissaient par la détruire, au fil des ans, mais elle ne voulait pas lâcher.

— C'étaient juste des pauses cigarette, murmurai-je comme une adolescente rancunière.

Jill détestait que Tim et moi appréciions la compagnie de l'autre, mais il était irrévérencieux, amusant et il me faisait rire. Il ne prenait jamais Jill trop au sérieux : on n'aurait pas pu faire plus antagoniste et c'était drôle de les voir s'affronter, ce qu'il faisait par jeu, tandis que Jill prenait vraiment leurs bisbilles à cœur.

Malheureusement, Jill et Robert n'avaient jamais partagé la même alchimie que Tim et moi. Robert disait que l'anxiété de mon amie était contagieuse, qu'elle le mettait mal à l'aise. Jill avait toujours été un peu à cran, mais cela s'était aggravé après la naissance de Leo.

« Ne me laisse pas seul avec elle », disait Robert.

Pourtant comme ils s'opposaient à ce que nous fumions à l'intérieur, nous devions aller dehors, près de nos garages, comme deux écoliers. J'aimais fumer et je savourais la compagnie de Tim. Je n'allais pas m'en priver : ce n'était pas mon problème si Jill rendait Robert nerveux.

— Je t'enviais, avoua-t-elle tout à trac. Tous les hommes te désiraient et toutes les femmes voulaient être comme toi.

— Oh, ce n'est pas vrai.

Je gardai la tête baissée et continuai à marcher. La déclaration était flatteuse, mais embarrassante.

— Je me disais que si je te ressemblais, Tim pourrait m'aimer à nouveau, lâcha-t-elle soudain.

Puis elle s'arrêta de marcher pour donner plus d'emphase à cette conversation malaisée.

— Tu étais drôle, brillante et jolie. Tu sais, j'ai même essayé de copier ta coiffure, mais mes cheveux étaient trop fins. Et tes robes moulantes... elles étaient ridicules sur mon corps mince et ma petite poitrine.

Je souris. Quelques mois après le début de notre amitié, j'avais en effet remarqué que Jill avait commencé à copier ma façon de m'habiller, de me coiffer et même la couleur de mon rouge à lèvres. Robert aussi s'en était rendu compte. « Elle a aimé la robe que tu portais, la dernière fois qu'on s'est vus », avait-il commenté lorsqu'elle s'était pointée dans une tenue similaire.

J'étais en train de repenser à la fois où elle s'était teint les cheveux de la même couleur que les miens quand le cours de mes pensées fut soudain interrompu par la voix d'un homme dans mon dos.

— Bonjour !

Jill et moi nous retournâmes.

— Madame Wilson ?

Un grand vieillard tendait maladroitement la main pour serrer celle de Jill. Il souriait, dévoilant des dents jaunies et inégales.

Pour commencer, elle parut déroutée, puis réalisa sans doute qu'il s'agissait du propriétaire du cottage où nous séjournions.

— Oh, bonjour, monsieur Venables. Le cottage est charmant, merci de nous accueillir. Et voici Wendy Jones, ma plus vieille et plus chère amie.

— C'est donc vous qui avez votre télescope braqué sur nos fenêtres ? lâchai-je sans sourire.

Quelque chose comme de la colère traversa le visage de notre interlocuteur et ce fut en fronçant ses sourcils broussailleux qu'il se tourna vers moi.

— Il n'est pas braqué sur le cottage, mais sur les étoiles.

Je ne voulais pas mettre Jill dans l'embarras. Elle avait réservé le cottage et manifestement échangé des emails avec eux. Mais j'étais contente de lui avoir fait savoir que son petit manège n'était pas passé inaperçu. Avec un peu de chance, il garderait son télescope pointé vers le ciel, la prochaine fois.

— C'est ce que j'ai dit à Wendy. Que vous observiez les étoiles, pas nous, renchérit Jill avec un sourire.

— J'observe les étoiles la plupart du temps, mais c'est bien pratique pour garder un œil sur nos locataires, plaisanta-t-il.

Je me gardai de rire.

— Car nous n'autorisons pas les vilaines filles à séjourner

dans notre propriété, poursuivit-il en pointant un long index dans notre direction.

Il devait approcher des quatre-vingts ans, je trouvais donc déplacé qu'il nous parle de cette façon.

Jill et moi échangeâmes un regard. Elle avait l'air aussi mal à l'aise que moi.

C'était le type qui avait braqué une saleté de télescope sur la fenêtre de ma salle de bains la nuit précédente. Il était vraiment effrayant.

Mais Jill étant Jill, elle était en mission et tenait manifestement à interroger ce type.

— Alors, monsieur Venables, vous avez vécu ici toute votre vie ?

Le regard du vieil homme passa d'elle à moi, avant de revenir sur elle. Il appréciait manifestement l'attention dont il était l'objet.

— Non, mais ma femme, si... Je crois qu'elle est née dans le coin.

Je trouvais sa réponse étrange. Il « pensait » qu'elle était née par ici, pourquoi ne le *savait*-il pas ?

— Vous n'avez pas l'air gallois. Depuis combien de temps vivez-vous ici, monsieur Venables ?

Jill était en train de le soumettre à un interrogatoire en bonne et due forme. Moi, je me moquais de son héritage, je voulais juste partir.

— Non, je ne suis pas gallois.

— Oh... vous venez d'où, alors ?

— De Worcester.

Il me considéra, puis revint à Jill. Son regard était sacrément fuyant.

— Quelle coïncidence ! C'est de là que tu viens, non, Wendy ?

Je hochai la tête sans conviction, refusant de donner la moindre information personnelle à ce vieux pervers.

— J'habitais à deux pas de chez vous, dit-il.

— Moi... vous viviez près de chez moi ? Mais comment savez-vous où j'habite, monsieur Venables ? demanda Jill.

Il eut l'air un peu confus.

— Vous vivez à Lavender Close.

— Oui, mais comment le savez-vous ? insistai-je, incapable de ne pas intervenir.

— Je... je ne sais pas, bredouilla-t-il.

Jill parut soudain comprendre comment il était au courant.

— Pardon, vous avez vu mon adresse sur le formulaire de réservation, c'est ça ?

— Je suis né près de là, mon père travaillait à l'hippodrome, fit-il avec un sourire.

Il la toisa un peu trop longtemps.

Machinalement, Jill enroula son écharpe autour d'elle pour se couvrir.

— Oh... quand avez-vous emménagé ici, alors ?

— Il doit y avoir trente ou quarante ans.

— J'imagine que Worcester a bien changé depuis que vous êtes ici, mais vous ne devez pas le savoir.

— Non, j'y retourne souvent, j'y étais pas plus tard qu'il y a quelques semaines.

— Vraiment ? fit Jill qui avait cessé de sourire. Pourquoi ?

— J'ai un cousin qui vit à Worcester.

Il s'adressait à Jill, mais ses yeux ne cessaient de glisser vers moi.

— Oh... vous ne voyez donc que votre cousin quand vous rentrez, alors ?

Il hochait la tête et souriait, tandis que ses yeux se promenaient à nouveau d'elle à moi. Je me sentais mal à l'aise et assez vulnérable sur une route déserte, au milieu de nulle part, avec cet inconnu.

— Bon, on devrait continuer notre promenade, suggérai-je à Jill, m'attendant à ce qu'elle soit d'accord avec moi.

Elle avait dû remarquer ses yeux qui s'attardaient et son comportement étrange. Pourtant, on aurait pu croire qu'elle ne m'avait pas entendue, à la voir se concentrer sur cet homme un peu bizarre.

— Nos enfants sont venus ici à l'occasion d'un voyage scolaire, commença-t-elle. Ils sont venus observer les étoiles et ont logé dans les environs.

Mon cœur se serra. Notre week-end au Pays de Galles n'était donc pas destiné à lui permettre d'observer les étoiles pour se remémorer son fils et de se rapprocher de sa vieille amie, comme elle me l'avait affirmé. Jill était toujours à la recherche d'indices. Un an et demi après les événements, elle posait encore des questions, cherchait à trouver le responsable de la mort de Leo.

— Oui, des tas d'écoles viennent ici. Les conditions sont parfaites pour observer les étoiles. Il fait très sombre, ajouta-t-il en me jetant un coup d'œil.

— Il y a deux ans, à la même époque, mon fils et la fille de Wendy étaient ici avec un groupe scolaire. Ils devaient être une trentaine en tout. Vous vous souvenez d'un groupe scolaire de Worcester ? Mon fils s'appelait Leo, et son amie, Olivia, ajouta-t-elle en le regardant dans les yeux, avec l'espoir désespéré qu'il puisse lui donner quelque chose.

Il la regarda d'un air absent.

— Je me demandais juste si vous vous souveniez de l'un d'eux, ajouta-t-elle. Ils ont dû se promener par ici.

Il secoua la tête.

— Il commence à faire froid, peut-être qu'on devrait rentrer maintenant ? insistai-je anxieusement, rechignant à poursuivre cet échange sur ce chemin isolé.

Elle avait déjà causé des problèmes et perdu des amis en les accusant de « cacher quelque chose », dans son besoin constant de déterrer de nouvelles preuves. Mais cette fois-ci, elle m'avait entraînée avec elle.

— Viens, Jill.

— Les dernières personnes à avoir séjourné dans le cottage se sont plaintes de problèmes avec la chaudière, déclara-t-il soudain, en changeant de sujet. Vous savez quoi, je passerai plus tard avec ma boîte à outils.

— J'ai froid, ça te dérange si on se remet en route ? demandai-je à Jill avec insistance.

Et elle sembla enfin comprendre. Nous nous mîmes donc en route.

— Qu'est-ce que c'était que ça ? sifflai-je alors que nous nous éloignions.

— Il s'est passé quelque chose ici, je le sais. Leo n'a plus jamais été le même après ce voyage. L'école ne veut pas me parler, ils disent qu'il n'y a pas eu de problèmes et que Leo allait bien, mais ce n'est pas vrai.

Elle se tourna vers moi.

— Je ne peux pas l'expliquer, reprit-elle, mais quand il est rentré à la maison, c'était comme si une lumière s'était éteinte en lui.

— Je n'ai rien à voir avec ces gosses.

La voix derrière nous me fit sursauter. Venables était encore derrière nous et il nous avait entendues parler.

La peur me donnait des picotements dans les doigts.

— Merde, il nous suit, murmurai-je.

Nous accélérâmes le pas et continuâmes sans nous arrêter avant d'avoir atteint le bout du chemin. Je me retournai alors. L'homme se tenait à une certaine distance, nous regardant avec la même fixité que la nuit précédente, lorsqu'il avait pointé son télescope sur le cottage.

— Il ne m'inspire pas confiance, surtout après la façon dont il s'est défendu d'avoir quoi que ce soit à voir avec les enfants.

— Je ne sais pas. Pour être honnête, Wendy, je ne fais confiance à personne depuis tout ça. Mais je suis convaincue que quelqu'un, quelque part, sait exactement ce qui s'est passé cette nuit-là, répliqua-t-elle d'un ton tranchant.

Je sentis le rouge me monter aux joues.

— Je comprends.

— Je ne veux pas être impolie, lâcha-t-elle, mais tu ne peux pas comprendre, car ta fille est rentrée à la maison, ce fichu soir. Pas mon fils.

5

JILL

— Tu n'aurais pas dû lui répondre, Jill. Il est vraiment bizarre, et s'il ressort son télescope ce soir, j'appelle la police.

— Oh non, surtout pas de police dans les parages, je réplique en regagnant le cottage dont je verrouille la porte. J'ai eu assez de policiers pour toute une vie.

— Mais il nous espionne.

— M. Venables est bizarre, certes, mais je le pense inoffensif, je déclare sans grande conviction.

Je ne veux pas qu'elle ait trop peur ; elle pourrait décider de partir, or il faut qu'elle reste tout le week-end.

— Je voulais lui parler, parce qu'il pourrait savoir quelque chose.

— Je doute qu'il sache quoi que ce soit, il m'a semblé un peu zinzin. J'ai peur d'aller me coucher ce soir, Jill. Il doit avoir les clés. Il faut qu'on barricade les portes.

— C'est sa femme qui a pris ma réservation... Je l'ai eue au téléphone : vu que c'est elle qui gère le cottage, il n'aura pas les clés.

— Tu avais des soupçons lorsque tu as réservé ? C'est pour

ça que tu as choisi cet endroit ? Je pensais que tu voulais sincèrement passer un week-end loin de tout.

— Non. Je sais évidemment que c'est la région où les enfants sont allés en voyage scolaire, mais je ne soupçonnais pas M. Venables de quoi que ce soit. Simplement lorsque nous l'avons vu aujourd'hui, je me suis dit qu'il avait peut-être rencontré Leo ou Olivia. L'auberge de jeunesse où ils séjournaient n'était pas loin d'ici.

— Oh, ma chérie, tu es encore en train de ressasser toute cette histoire, n'est-ce pas ?

— Oui, comme tu le ferais si c'était ton enfant qui était mort cette nuit-là, je rétorque avant qu'elle ne poursuive avec ce qui sera sans doute un flot de platitudes et de clichés sur la perte.

Comment ose-t-elle me dire que je « ressasse » ? Bien sûr que j'y pense encore. Elle reste là à me traiter avec condescendance alors qu'elle a trois enfants en vie sur cette terre tandis que le seul que j'ai eu est mort.

— Alors, s'il te plaît, ne m'empêche pas de demander pourquoi mon fils a été assassiné et qui l'a fait.

— Je suis désolée, je ne voulais pas...

— C'est bon, je ne joue pas la victime. Je suis la victime. Je ne suis même plus une mère : il ne me reste que quelques messages enregistrés sur mon téléphone. Je les écoute tous les soirs avant de m'endormir, c'est tout ce que j'ai.

— Je sais, je sais, Jill, et je suis vraiment désolée. Je pense que tu as mal compris. Je ne te critiquais pas de chercher des réponses et je ne te jugeais pas pour ça, c'est juste que cela peut être autodestructeur. La mort d'un être cher est un événement absurde, sans rationalité, donc notre instinct nous pousse à la trouver, cette raison. Je pense sincèrement que c'est ce que tu es train de faire.

— Je suis désolée, c'est trop commode. La police m'a dit qu'il avait été blessé à la tête avant d'entrer dans la rivière. Cette plaie lui a forcément été infligée par quelqu'un.

— On en a parlé. C'est peut-être pour ça qu'il est tombé dans la rivière : il avait bu un verre au bal, il a probablement trébuché et il s'est cogné la tête. Puis il s'est rendu en titubant dans la mauvaise direction et il est tombé dans l'eau. Je ne comprendrai jamais pourquoi tu es à ce point persuadée qu'il s'agit d'un meurtre.

— Et je ne comprendrai jamais pourquoi tu es à ce point convaincue que ce n'en est pas un ! Tu ne peux pas l'affirmer catégoriquement. À moins que tu ne saches quelque chose que tu ne m'as pas dit ? Est-ce qu'Olivia t'a dit quelque chose ?

Elle secoue la tête tout en accueillant ma suggestion avec étonnement. Mon regard est attiré par le mouchoir en papier qu'elle tient et qu'elle déchire en mille morceaux tout en se remettant à parler.

— La police... commence-t-elle, hésitante, visiblement peu sûre d'elle. La police a confirmé que Leo s'est dirigé vers la rivière, Jill. Ses empreintes étaient visibles sur le sol.

— Olivia est la dernière personne à l'avoir vu vivant, Wendy. Elle doit savoir quelque chose.

— Elle était avec lui lorsqu'il a fiché le camp du bal. Quelque chose ou quelqu'un l'avait bouleversé. Il l'a laissée en plan, mais il a très bien pu rencontrer une autre personne avant d'aller dans les bois et de finir dans la rivière.

— Apparemment, Olivia a dit à la police qu'elle lui avait couru après, avant de le perdre de vue. Mais est-ce vraiment le cas ?

— Oui, évidemment ! Elle l'a perdu de vue et ne l'a jamais revu après son départ du bal. Ensuite, elle m'a téléphoné et... je lui ai conseillé d'appeler la police parce qu'elle s'inquiétait de l'état mental de Leo.

Elle s'arrange toujours pour que sa fille paraisse complètement innocente. Ce qu'elle sous-entend par ces mots, c'est qu'Olivia a appelé la police et cherché à le sauver, mais je n'y crois pas.

— Il s'est passé quelque chose cette nuit-là, qui a bouleversé mon fils... et la personne qui l'a bouleversé sait ce qui s'est passé, j'assène.

Si Olivia ressemble à sa mère, elle a la tromperie dans le sang.

Wendy prend une inspiration.

— C'est difficile à dire, mais il t'est arrivé d'envisager qu'il ait pu se faire du mal ?

— Leo ne s'est pas ôté la vie. Il n'est pas tombé dans la rivière non plus.

— Il a pourtant envoyé un message disant qu'il n'en pouvait plus, objecte-t-elle doucement, tout en retirant sa grosse veste pour la suspendre dans le vestibule.

— Façon de parler. Il utilisait simplement des mots qu'il pensait adultes. Il avait seize ans. S'il avait pensé qu'Olivia projetait de le quitter pour son ex, il serait simplement parti. Il n'était guère plus qu'un enfant. Une relation sentimentale avec tous ses méandres n'était pas primordiale à ses yeux, il était plus préoccupé par la façon dont son équipe de football allait évoluer la saison suivante.

Elle prend une profonde inspiration, comme si elle était fatiguée de m'expliquer les choses élémentaires de la vie.

— Tu ne te rappelles pas comment tu étais à seize ans ? demande-t-elle d'une voix qu'elle a probablement empruntée à son thérapeute. Tout est intense. Mon Dieu, un ongle cassé me rendait complètement hystérique.

Comment peut-elle effectuer un rapprochement aussi grossier pour parler de l'état émotionnel de mon fils avant sa mort ?

— Je sais qu'il y a une théorie selon laquelle il aurait soupçonné Olivia de voir son ex, mais cela ne l'aurait pas affecté. Je connaissais mon fils et je savais ce qui le blessait, je m'entends dire, alors que la culpabilité m'enveloppe de son voile.

— On pense connaître ses enfants, ma chérie, mais ce n'est

pas le cas, dit-elle, comme si elle en savait plus sur Leo que moi. C'était probablement juste une amourette, mais quand tu la vis avec des hormones déchaînées, ça peut être la chose la plus intense que tu ressentiras jamais. Et imagine qu'il ait vu Olivia parler à Rory au bal, ça a dû mettre le feu aux poudres. Si on pouvait tout rembobiner et recommencer de zéro, on le ferait. Je me sens coupable, et je sais qu'Olivia aussi.

— Si ni elle ni toi n'avez rien à voir avec sa mort, vous ne devez pas vous sentir coupables, il n'y a pas de raison, je souligne.

Cette assertion semble la frustrer, ce qui achève de me convaincre que sa culpabilité est avérée.

— Je regrette tous les jours qu'ils aient commencé à sortir ensemble. C'était une grosse erreur. Tu étais contre et tu avais raison : Leo était trop fragile, il ne pouvait pas gérer une petite amie.

— Il n'était pas fragile.

— En tout cas, il était incapable de gérer les choses, et au premier problème, il a pété les plombs. Ce n'était pas la faute d'Olivia, mais tu as la moindre idée de la merde qu'elle a dû endurer ? Toute l'école l'a blâmée, Jill. J'ai dû l'empêcher d'aller sur les réseaux sociaux : les trolls étaient d'une cruauté affreuse, l'accusant virtuellement de...

Je soupire, sachant au fond de moi que Wendy ou Olivia détiennent la clé de ce qui s'est passé. Je vois bien qu'il va être impossible de tirer quoi que ce soit de Wendy, qui s'en tient rigoureusement à son scénario. Et plus j'enquête, plus elle me met des bâtons dans les roues et plus la confusion s'installe.

— Écoute, tu pensais qu'Olivia n'était pas assez bien pour ton fils, et c'est ton opinion, mais il avait peut-être un point de vue différent. Je te dis qu'il était fou d'elle, et c'est pour ça qu'il s'est suicidé.

— Leo n'était pas stupide. Il avait un énorme béguin pour

Olivia, mais ce n'était pas un amour débilitant pour lequel il aurait voulu mourir : elle n'était pas la fille avec laquelle il rêvait de passer sa vie.

— Arrête, Jill, stop !

Elle ne parle pas pendant un moment et nous restons assises sans rien dire, convaincues l'une et l'autre de savoir ce qui s'est passé, mais en vérité, les seules personnes à vraiment savoir sont Leo et son assassin.

Je ne veux pas que nous nous brouillions, nous devons rester amies, du moins pour le week-end. Je retourne donc dans notre espace de sécurité, les premiers jours de notre relation.

— Je repense souvent à Olivia et Leo sur un tapis dans le jardin, leurs petites jambes qui s'agitaient en l'air, puis quand ils ont commencé à marcher, et leurs rires de bébé.

— Oui, pendant que Robert et Tim traînaient au pub et que les garçons tapaient dans leur maudit ballon à travers le jardin. Je devais leur crier sans arrêt de faire attention aux bébés, au point d'en avoir la voix enrouée. Et nous voilà maintenant. Nos enfants sont partis, nos maris sont partis, et nous en sommes réduites à prendre l'humidité du Pays de Galles... Ne te méprends pas, continue-t-elle après une pause. J'apprécie la raison pour laquelle nous sommes ici. Je me sens juste un peu... déçue par la vie.

Elle ne considère manifestement pas sa vie avec les mêmes lunettes roses que moi. J'ai toujours pensé que son existence était parfaite, que rien ne la préoccupait vraiment, qu'elle la traversait en riant et dansant, et qu'elle s'en sortait toujours indemne. Peut-être qu'il n'en allait pas tout à fait ainsi au bout du compte ?

Si j'ai appris quelque chose en vivant à Lavender Close, c'est qu'on ne connaît jamais une personne. Amis, voisins, maris, femmes, et même ses propres enfants, on est tous des étrangers les uns pour les autres.

— Je vais préparer du thé, murmure-t-elle en passant dans la cuisine.

Je la regarde faire chauffer la bouilloire et fouiller dans le placard pour trouver des sachets. Mon seul souci en ce moment, c'est elle, car il est évident qu'elle me cache quelque chose. Wendy protège-t-elle sa précieuse fille ? Ou alors elle-même ?

J'ai bien l'intention de le découvrir ce week-end.

6

WENDY

Notre départ était prévu lundi matin, mais je voulais partir maintenant. De l'autre côté de la rue, M. Venables m'avait flanqué la chair de poule, et Jill, d'abord anxieuse et énervée, était brusquement devenue tout sourire et nostalgique du passé et de l'amitié qui nous unissait alors. J'avais du mal à la cerner, mais elle avait manifestement besoin de compagnie. Aussi difficile qu'elle puisse être, j'avais de la peine pour elle. Elle avait tout perdu et je me sentais coupable de l'avoir abandonnée après la mort de Leo. Le fait est que je m'inquiétais à ce moment-là pour Olivia et que je me devais de l'aider.

Je savais que Jill avait l'impression d'avoir été abandonnée, ce que je comprenais, mais à l'époque, en tant que famille, nous avions nos propres problèmes à gérer. Je ne pouvais pas lui parler d'Olivia, car elle aurait inventé tout un récit autour des événements et je savais qu'elle aurait supposé le pire. Je ne pouvais pas courir ce risque. Elle avait déjà raconté à la police qu'Olivia trompait Leo, ce qui n'était pas vrai. Olivia était dévastée. « Je ne l'ai pas trompé, maman, avait-elle protesté. Je l'aimais ! » Et je la croyais.

***

En début de soirée, nous commençâmes à redevenir celles que nous avions été autrefois. Nous avions passé un après-midi agréable à causer du passé, surtout des bons moments, à nous rappeler nos anciens amis et voisins... entre de nombreux accès d'hilarité. Jill semblait plus calme en sirotant son rooibos, tandis que, dehors, la nuit tombait.

L'odeur de sa boisson m'évoquait celle du fumier. Soudain nauséeuse, je voulus quitter la pièce, mais je ne pouvais pas me montrer impolie en lui disant que son espèce de thé me donnait envie de vomir. Je restai donc assise là, avec la sensation d'être prise au piège. Je la regardai scroller sur son téléphone, ses petits mouvements d'animal, ses ongles soignés, son pull col en V bien soigné et son sourire crispé. Et je sentis la panique enfler dans ma poitrine. Pourrais-je un jour échapper à cet endroit, à cette culpabilité, à cette vieille amitié anxieuse qui n'existait plus ?

Je pris mon téléphone et j'imitai Jill en faisant défiler les écrans, dans l'espoir de cacher plus ou moins l'effroi qui m'envahissait. Je gardais les yeux rivés sur le fil d'actualité, sur les gros titres qui n'avaient aucun sens parce que je n'arrivais pas à me concentrer. J'essayais d'éviter les ombres qui se formaient dans les coins négligés de la pièce. Je vis Leo et je fus submergée par la culpabilité et le regret. Le visage d'Olivia plana dans mon esprit, sa bouche ouverte, son cri silencieux remplissant ma tête.

— Comment va Olivia ? Je ne l'ai pas vue depuis longtemps, demanda soudain Jill, comme si elle avait lu dans mes pensées.

— Bien.

J'essayai de me concentrer sur l'écran de mon téléphone.

— Elle entre à l'université en septembre ?

Je réalisai à quel point cette question était poignante de sa part. Leo était pressenti pour aller à Oxbridge avant sa mort.

— Non, elle ne se sent pas prête.

Je n'avais vraiment pas envie de me lancer dans une conversation sur ma fille. Jill savait poser des questions inquisitrices. Tim disait toujours : « Jill gâche son talent dans la planification financière. Elle aurait dû être détective. Elle n'arrête pas de poser des questions. Au bout du compte, on finit par craquer et lui raconter tout ce qu'elle veut. »

— Donc elle renonce, ou elle reporte juste son entrée à l'université ?

Bon sang !

— Non, non, elle ne reporte pas. Elle ira peut-être plus tard.

— J'espère que ça n'a rien à voir avec...

— Non, l'interrompis-je, trop fort.

Elle haussa les sourcils et but encore un peu de ce thé infâme.

— J'ai vu son amie Sarah à Tesco ; elle m'a dit qu'elle était partie, qu'elle avait pris une année sabbatique ou quelque chose comme ça ?

Si elle sait, pourquoi a-t-elle posé la question ?

— Oui, elle est partie chez Robert pour quelque temps.

— Mais je croyais que Robert vivait en Espagne maintenant ?

J'acquiesçai.

— C'est en effet le cas.

— Mais pourquoi est-elle partie comme ça ? Vous étiez si proches, Olivia et toi.

— On l'est toujours. Elle veut juste voyager, en commençant par l'Espagne. Je ne peux pas le lui reprocher, répliquai-je avec désinvolture.

— Et qu'est-ce que ça t'inspire ? Parce que vous étiez enthousiastes, toutes les deux, à l'idée qu'elle aille à l'université.

Jill ne lâchait jamais l'affaire.

En sa qualité de plus vieille amie, elle me connaissait mieux que quiconque, et mon acceptation tranquille de la situation devait lui sembler aberrante. J'étais la mère qui encourageait constamment ma fille à rêver grand, à travailler dur, à finir ses devoirs, à réviser pour les examens.

— Elle va continuer dans la communication ? poursuivit-elle, sachant que nous avions dépensé beaucoup d'argent en cours particuliers afin qu'elle se décroche une place à l'université.

— Je ne sais pas, elle a juste besoin de temps pour réfléchir à ce qu'elle veut faire. Elle aime l'art... un certain type d'art.

Je cherchais à noyer le poisson, en fait. Je voulais qu'elle aille à l'université, qu'elle fasse quelque chose de sa vie. L'idée qu'Olivia parte glandouiller en Espagne n'était pas quelque chose que j'aurais accepté dans des circonstances normales. Mais les circonstances n'étaient plus normales pour nous, et Jill avait deviné que quelque chose ne tournait pas rond.

— L'art ? C'est un peu incohérent... Je croyais qu'elle voulait aller à l'université, puis travailler à la télévision ?

J'étais embarrassée, je savais exactement à quoi elle faisait allusion et je percevais le jugement dans sa voix. Constat mortifiant, la seule ambition de ma fille unique était de participer à l'émission *Love Island*, et nous n'avions réussi à la convaincre d'aller à l'université qu'en l'autorisant à faire des études de communication parce que c'était ce qui se rapprochait le plus de la téléréalité.

— Oui, mais on ne peut pas choisir la vie de nos enfants à leur place, répondis-je, en m'efforçant de paraître nonchalante, tolérante, alors que ce n'était pas le cas.

— J'imagine qu'elle pourra apprendre l'espagnol pendant son séjour là-bas. Ce serait utile, non ? suggéra-t-elle.

Je pensai à Olivia, à la jeune femme qu'elle était – et cette remarque me fit l'effet d'une gifle cinglante.

— Si.

Je retournai à mon téléphone, histoire de lui faire comprendre que la conversation était terminée.

— Si tu veux parler, Wendy, je suis là. On parlait, avant, non ? On était de vraies pipelettes. Tim se plaignait de tous les textos que je t'envoyais. « Vous n'avez pas déjà passé la plus grande partie de la journée ensemble ? Vous n'avez pas épuisé tous les sujets possibles ? » Mais il nous en restait toujours en réserve, hein ?

Elle posait maintenant son menton sur sa main et me fixait dans les yeux. Je savais qu'elle cherchait des réponses, si bien que je ne pouvais pas la regarder... parce qu'elle aurait pu voir.

Après notre rencontre avec M. Venables, nous décidâmes de remettre notre expédition pour observer les étoiles à un autre soir. J'avais peur et Jill était fatiguée.

— Aujourd'hui, on va juste se détendre et discuter autour d'un verre ou deux, décréta-t-elle. Je vais nous préparer des pâtes. J'ai trouvé une super recette.

— Voyons, Jill, tu ne vas pas encore t'occuper du repas. Cette fois, c'est moi, suggérai-je.

— Ne sois pas bête, j'adore cuisiner. Je n'ai plus l'occasion de le faire. Ça me manque. Tu sais, toutes ces années passées à cuisiner et à faire le ménage, à courir après Leo, à le déposer et à le récupérer, à rentrer à la maison les bras chargés de courses... On a hâte que la vie ralentisse ; on rêve de prendre un livre, de regarder un épisode entier de sa série préférée ou de s'offrir un long bain. Puis, un jour, les enfants grandissent ou partent et il n'y a plus d'urgence : personne n'a besoin d'être accompagné quelque part et personne n'attend pour dîner. On a maintenant tout le temps du monde, et on n'en veut pas.

J'entendais le vide dans le silence.

— Je sais, dis-je. Je ne comprends que trop bien ce sentiment : c'est la solitude qui nous gagne.

— Je ne reçois même plus d'amis maintenant. Robert et toi vous êtes séparés, les enfants sont partis et je n'ai plus l'occasion d'organiser les grands dîners de famille qu'on aimait tant, constate-t-elle en soupirant. Tu te souviens quand on s'asseyait tous le samedi soir pour regarder *The X Factor* ? Une semaine, tu concoctais une de tes incroyables recettes françaises, et la semaine d'après, je faisais des pâtes pour huit personnes. Olivia appelait ça « les gigantesques lasagnes de Jill ».

— Ces samedis soir étaient bruyants et tellement amusants.

— Oui, n'empêche, quand j'y pense, on buvait tous devant les enfants.

— Bon sang, oui, tais-toi, fis-je en levant les yeux au ciel.

Je repensai au goût trop prononcé pour la bière que Josh avait manifesté à seize ans. Aujourd'hui, à vingt-deux ans, il menait une vie universitaire qui semblait tourner autour de l'alcool. Même Robert l'avait remarqué récemment, au point qu'il m'avait demandé si je ne m'inquiétais pas pour notre aîné. « Non, avais-je répondu, un peu trop sur la défensive. C'est à cela que sert l'université, Robert ! » Mais en tant qu'épouse et mère dont le mari a passé des années à travailler à l'étranger, j'espérais que mes verres de vin du soir n'avaient pas envoyé un mauvais message à mes enfants. Le travail de Robert l'emmenait aux quatre coins du monde, loin de sa famille, des mois durant. J'avais besoin de vin, d'amis... et d'amants.

— Tim aimait ma cuisine, continuait Jill en ajoutant des poivrons hachés à la marmite sur le feu.

Elle souriait à ce souvenir, comme s'ils avaient mené une vie merveilleuse ensemble. Avait-elle oublié que je vivais à côté et que j'entendais les violentes disputes et les cris, les insultes qu'ils échangeaient ? Plus d'une fois, elle avait débarqué en larmes sur mon perron, après qu'il s'était enfui en claquant la porte à cause de quelque incident désagréable entre eux.

— Bon sang, c'était un mari pourri, dit-elle, comme si elle

lisait dans mes pensées. Je ne sais pas ce que j'aurais fait si tu n'avais pas vécu à côté. Tu étais ma thérapeute.

— Je sais, tu en avais besoin quand tu étais mariée à Tim. Tu étais toujours convaincue qu'il avait une liaison, et je te rassurais.

— Je me souviens de tous les signes habituels : « Il travaille tard, il sent le parfum et il est de mauvaise humeur », continua-t-elle en levant les yeux au ciel.

— Ça m'évoque tous les hommes que j'ai aimés, ironisai-je.

Nous rîmes toutes les deux.

— Je crois que tu as dit quelque chose de similaire à l'époque. Tu m'as toujours fait rire, Wendy ; tu m'as aidée à traverser des moments très difficiles.

— Tu te souviens quand on s'asseyait sur le pas de nos portes pour partager une bouteille de vin ? dis-je.

Son visage s'illumina.

— Oui ! Ou bien tu préparais un gâteau pour les enfants et le temps qu'ils rentrent de l'école, on en avait mangé la moitié. Et Tim disait : « Pas étonnant que tu prennes du poids, miss Piggy. »

Elle voulut sourire, mais n'y parvint pas et je vis la douleur dans ses yeux.

— Je ne devrais probablement pas te le dire, repris-je, mais quand j'ai appris que tu avais mis Tim à la porte, j'ai été fière de toi.

— Je ne l'ai pas mis à la porte, Wendy, il avait l'intention de me quitter, rectifia-t-elle d'une toute petite voix. Il a rencontré quelqu'un d'autre, quelqu'un qu'il aime vraiment et qui lui donne l'impression d'être vu.

— Oh putain ! Je suis désolée, je n'avais pas réalisé.

Mal à l'aise, je tendis instinctivement la main vers la bouteille de vin rouge que j'avais posée un peu plus tôt sur le comptoir de la cuisine.

— Prenons-le, ce verre que je t'ai promis, chef, plaisantai-je, dans l'espoir de détendre un peu l'atmosphère.

Elle vida une boîte de tomates dans la marmite et commença à touiller à des fins thérapeutiques.

— Mais j'ai entendu dire que tu avais jeté toutes ses affaires dehors.

Elle hocha la tête et je vis une étincelle briller dans ses yeux.

— J'ai aussi tailladé quelques-unes de ses chemises !

Cela me fit sourire.

— Waouh, Jill. Pendant toutes ces années, je n'avais jamais soupçonné que tu étais une dure à cuire.

— Oh, tu serais surprise, répliqua-t-elle en sirotant son vin. Je ne me laisse faire par personne.

7

JILL

J'ai cru que Wendy allait s'enfuir tout à l'heure. Ça aurait tout gâché. J'ai dû rétropédaler un peu et feindre de lui être reconnaissante de son « soutien », et je crois que j'ai réussi à la convaincre de rester, maintenant.

Passer du temps avec elle n'est pas désagréable. C'est une personne honnête, mais ses priorités sont faussées. Ses valeurs diffèrent des miennes. Elle préfère débourser une somme exorbitante pour offrir à son amie une bougie dans un emballage cadeau plutôt que d'avoir une conversation difficile ou inconfortable.

Wendy a toujours accordé de l'importance aux objets. La famille de Robert était riche et ils ont hérité de beaucoup d'argent à la mort des parents de ce dernier. Ils ont utilisé cet argent pour acheter de nouvelles voitures tape-à-l'œil et embellir leur maison en y ajoutant des extensions conçues par des architectes, des plafonds voûtés et un escalier digne d'un décor de cinéma. Si j'avais disposé d'une fortune pareille, j'aurais arrêté de travailler et passé plus de temps à la maison pour Leo, mais cela n'intéressait pas Wendy. « J'ai besoin d'être moi, pas une maman, ni la femme du docteur... pour l'instant. Et un jour, je pourrais tomber amoureuse d'un des voisins et m'enfuir avec lui. »

Wendy était désinvolte, c'était son mode de fonctionnement par défaut dans la plupart des circonstances... mais je la pensais vraiment capable de ficher le camp.

Je suis dans la cuisine, sur le point de commencer le dîner, lorsqu'elle entre. Son charme me saute aux yeux et me rappelle pourquoi je me suis toujours sentie si menacée par son amitié avec mon mari. Bien balancée, sourire chaleureux et cheveux d'un blond brillant sans la moindre touche de gris, elle porte un pull bleu poudré qui fait ressortir celui de ses yeux.

— Cette couleur te va bien, je constate.

— Merci, ma chérie, tu es toujours tellement gentille, dit-elle, rayonnante.

— Tu avais une belle robe de cette nuance, il y a dix ou quinze ans. Tu la portais quand on est allées voir *Les Misérables* à Londres.

— Oh oui, c'était une robe en lainage, trop ajustée. Je me sentais boudinée là-dedans.

— N'importe quoi. Tim m'a fait remarquer que tu étais adorable, je m'en souviens, tandis que moi, je portais une robe de lainage marron et je ressemblais à une femme des années 1950... et pas dans le bon sens du terme. Je m'étais fait teindre les cheveux et la coiffeuse avait dit que mes couleurs, c'était celles de l'automne, j'ajoute en m'esclaffant. Ce qui n'était pas le cas.

— Les roux et les bruns te vont bien.

— Pas aussi bien que le bleu à toi, si je me fie aux dires de Tim. « Tu devrais demander à Wendy où elle a trouvé cette robe et t'acheter la même », il m'a sorti, quand on est rentrés à la maison ce soir-là.

Elle lève les yeux au ciel. Je l'ai mise dans l'embarras, sans en avoir eu l'intention. C'est juste que j'ai enfoui ces affronts pendant si longtemps que j'ai l'impression de devoir les révéler, maintenant qu'il a fichu le camp. Ce n'est pas avec Wendy que j'ai eu des problèmes, mais avec lui.

— J'étais là avec ma nouvelle robe marron et il ne l'a même pas remarquée : il était trop occupé à t'admirer en bleu.

— Je suis sûre qu'il n'avait pas l'intention de te blesser.

— Non, je ne pense pas qu'il se soit soucié assez de moi pour vouloir me faire du mal. Il a juste manqué de tact, dans sa grande stupidité.

— Bien sûr qu'il a manqué de tact, c'est un homme.

Je repense à une nuit d'il y a quelques années. Wendy et Robert avaient passé la soirée chez nous et, lorsqu'ils étaient partis, Tim avait trouvé les lunettes de Wendy, qu'elle avait oubliées sur le canapé.

Je m'attendais à ce qu'il parle de les lui rapporter sur-le-champ. Ils avaient gloussé ensemble toute la soirée et j'ai pensé qu'il allait utiliser les lunettes comme un prétexte pour faire un tour chez eux. Robert était sans doute au lit. Ils avaient peut-être même manigancé cet oubli pour qu'ils puissent se retrouver. J'ai eu une vision de lui traversant leur cour et d'elle lui ouvrant sa porte dans sa nuisette sexy.

« Je les lui rapporterai demain », avais-je proposé pour le tester. À ma grande surprise, il avait accepté, et lorsqu'il s'était couché plus tard, il les avait toujours dans la main.

« Essaie-les, avait-il suggéré en s'asseyant sur le lit.

— Pourquoi ?

— Je veux voir à quoi tu ressembles. Elles me font penser à une prof que j'aimais bien quand j'avais seize ans », avait-il expliqué.

Cela m'avait fait rire, j'appréciais son attention, si rarement dirigée sur moi. J'avais donc accepté et les avais chaussées.

« Je veux te faire l'amour en imaginant que tu es mon ancienne prof.

— Vilain garçon », avais-je protesté en gloussant. L'expérience m'était apparue un peu olé olé, tandis que nous nous embrassions plus passionnément que depuis des années. Étaient-ce là l'un de ces jeux de rôle pour chambre à coucher sur lesquels j'avais lu des articles dans les magazines ?

Plus tard, alors que nous étions allongés l'un à côté de l'autre dans l'obscurité, j'avais demandé : « Est-ce que tu craquais vraiment sur une prof de ton lycée, ou tu fantasmais sur une partie de jambes en l'air avec Wendy ? »

Il s'était contenté de me tapoter le bras et s'était endormi, tandis que je restais allongée là, mal à l'aise comme toujours, sachant que je n'étais qu'un second choix.

J'y pense maintenant, car comme tout ce qui s'est passé dans nos vies depuis que nous avons emménagé à côté des Jones, cela a façonné ce que nous avons fait et les personnes que nous sommes. Je n'ai aucune preuve qu'il se soit passé quoi que ce soit entre eux, mais le comportement de mon mari m'a toujours empêchée de faire pleinement confiance à mon amie.

L'admiration que Tim vouait ouvertement à Wendy n'aidait pas : il n'a jamais caché son attirance pour elle, même à moi. « Je ne comprends vraiment pas pourquoi Wendy est avec Robert. Il boxe au-dessus de sa catégorie avec elle, non ? » avait-il lâché au tout début, avant que nous ayons nos enfants respectifs, lorsqu'en regardant quelqu'un de notre âge, nous voyions encore la personne, pas le parent.

« Tu ne te fies qu'à ce qui saute aux yeux, avais-je répliqué. Robert est attirant d'une manière plus discrète. Il est gentil, calme, et il est médecin. Qu'est-ce qu'on peut ne pas aimer chez lui ? » J'essayais sans vergogne de rendre Tim jaloux, mais il s'en fichait royalement.

Notre mariage aurait-il eu une chance, si Wendy n'avait pas vécu à côté de chez nous ? Je me serais peut-être sentie plus rassurée et il n'aurait pas été constamment confronté au rappel de ce qu'il aurait pu avoir, chaque fois qu'il franchissait notre porte d'entrée.

« Pourquoi tu voudrais de moi alors que tu peux l'avoir,

elle ? » C'était ce que je sanglotais habituellement, après avoir bu un coup de trop à l'une des fêtes de quartier et passé toute la soirée à le regarder flirter avec elle.

« Tu ne vas pas remettre ça, Jill », me répondait-il en général et, au lieu de me rassurer, il y allait ensuite d'une remarque du genre : « À force de le répéter, ça pourrait finir par arriver. » Je pensais que c'était sa façon maladroite de me dire d'arrêter d'être obsédée et de blâmer Wendy pour l'échec de notre mariage. Je suis persuadée maintenant que c'était une mise en garde.

Après cela, j'ai toujours caché quelque chose à Wendy : je n'ai jamais pu profiter pleinement de notre amitié parce que je me méfiais d'elle. J'espère pouvoir me rattraper ce week-end, je lui dois bien ça.

— Le dîner est prêt ? demande-t-elle.

— Mon Dieu, j'étais à des kilomètres de là, je glousse.

— Dis plutôt que je ne t'intéresse pas, plaisante-t-elle.

Je vérifie le four : la cuisson des pâtes va prendre au moins une demi-heure.

— Ça ne devrait plus trop tarder.

— Super, je vais nous remplir un autre verre en attendant que ça cuise. C'est chouette de passer un peu de temps avec toi, Jill.

— Oui, te revoir a fait ressurgir le passé, dis-je. Dans le bon sens du terme.

— Oui, c'est très agréable de se reconnecter.

Elle sourit et son regard se porte au-delà de moi. Soudain, son expression change.

— Merde.

— Qu'est-ce qu'il y a ?

La peur qui se lit sur son visage hérisse les poils dans ma nuque. Je me retourne pour suivre la direction de son regard. Comme il fait nuit maintenant, il n'est pas facile de distinguer quoi que ce soit, mais une silhouette se découpe à la fenêtre. Quelqu'un nous observe. Je ne vois que deux yeux.

— Purée ! je murmure en m'emparant de la bouilloire qui vient de se mettre à siffler.

Je la brandis pour que l'intrus puisse me voir et comprendre que je le menace.

— Allez-vous-en ! Si vous ne partez pas maintenant, je vous jette de l'eau bouillante en pleine face !

Sur quoi, je me dirige vers la porte. Comme la silhouette semble s'éloigner, je m'empresse d'ouvrir.

— Et que je ne vous revoie pas ! je crie en sortant dans le jardin.

Grâce à la lumière de la cuisine, je vois détaler quelqu'un qui ressemble à M. Venables.

— C'était lui, j'annonce en rentrant. Venables.

Elle est abasourdie.

— Un putain de voyeur. Je t'avais dit qu'il était bizarre. J'appelle la police.

Je tressaille tandis que la peur s'insinue lentement en moi. *Pas la police !*

— Non, ce n'est pas la peine. Je suis sûre qu'il est inoffensif, j'ajoute, craignant que la panique la fasse déguerpir. Parce que, bon, techniquement, c'est notre propriétaire, il est peut-être venu s'assurer que tout allait bien. On a sans doute réagi de manière excessive.

— Absolument pas ! Quel genre de propriétaire rôde dans l'obscurité pour regarder par une fenêtre ?

Elle a raison mais... même si je suis aussi effrayée qu'elle, je ne peux pas la laisser appeler la police.

— J'ai parlé à sa femme quand j'ai fait la réservation, elle avait l'air très gentille. Je devrais peut-être les appeler sur leur ligne fixe pour l'en informer ? Il vaut sans doute mieux commencer par là, je déclare en décrochant mon téléphone.

— Non, hors de question que je dorme ici ce soir en sachant

qu'il se balade dans les parages, proteste-t-elle, visiblement terrifiée.

— À dire vrai, on ne lui a pas donné la possibilité de s'expliquer.

— De s'expliquer pour quoi ? Il nous observait, debout dans l'obscurité, il nous espionnait, s'écrie-t-elle.

Je tente désespérément de la rassurer.

— C'est ma faute. J'aurais dû lui demander ce qu'il voulait. J'ai cru que c'était un cambrioleur qui essayait d'entrer et je me suis mise à crier et à le menacer avec la bouilloire.

— J'espère qu'il disait la vérité quand il a prétendu ne pas avoir rencontré nos enfants, murmure-t-elle.

Je me suis demandé moi aussi s'il avait menti à ce sujet, mais j'ai enterré mes interrogations bien profondément. J'ai assez à faire ce week-end. J'ai l'impression d'être à deux doigts de m'évanouir. *Pourquoi suis-je venue ici ?* Mais je connais la réponse. Je me pencherai sur le cas de Venables plus tard.

Soudain, on frappe un coup sonore à la porte d'entrée et nous glapissons toutes les deux.

— Il est revenu, couine-t-elle en m'attrapant le bras.

Elle tremble. Nous nous dévisageons et nous dirigeons ensemble vers la porte de la cuisine qui donne sur le petit couloir. Tout au bout, la grande silhouette sombre de notre propriétaire attend que nous lui ouvrions la porte. Après quoi, il y a un bruissement, un mouvement, et nous nous accrochons l'une à l'autre : le bruit d'une clé qu'on enfonce dans une serrure perce le silence.

— Il a des putains de clés, gémit Wendy d'une voix terrifiée.

Maintenant, même moi, j'ai peur, parce qu'ici, dans ce cottage isolé, sans lumière extérieure et sans personne à des kilomètres à la ronde, personne ne nous entendra crier.

8

WENDY

— J'appelle la police ! sifflai-je, à deux doigts de fondre en larmes.

Et je commençai à composer le numéro sur mon téléphone. Quelque chose appuyait, se déplaçait contre la vitre de la porte. Puis il y eut un coup brutal sur le verre, qui m'ébranla tellement que je glapis. Jill et moi nous tenions collées l'une à l'autre, enracinées dans le sol pendant que la porte d'entrée s'ouvrait lentement et que les sonneries s'égrenaient dans mon téléphone. J'attendais qu'on me réponde.

— Allô, la police ? criai-je.

Mais le réseau dut se couper, parce que la sonnerie cessa. J'allais recomposer le numéro quand quelqu'un émergea de l'obscurité du couloir.

— Y a quelqu'un ? fit une voix de femme. Non, tu as dû te tromper, Derek.

Je n'y comprenais plus rien, mais lorsque Jill alluma la lumière, je vis que la grande silhouette de M. Venables était flanquée de celle d'une petite bonne femme.

— Oh, vous m'avez fait peur ! s'écria-t-elle en plaquant les mains sur sa poitrine comme si c'était nous qui faisions intrusion chez elle.

— Pardon, mais qui êtes-vous ? s'enquit Jill, calme et polie, tandis que, très tendue, j'avais du mal à reprendre mon souffle.

— Je suis désolée, ma chère, je suis Margaret... Margaret Venables, expliqua la femme. Je vous présente mes excuses pour avoir débarqué comme ça avec Derek. Il est venu il y a quelques minutes pour réparer votre chaudière mais il m'a dit que vous n'étiez pas là. Donc je suis venue vérifier et, en voyant vos deux voitures ici, j'ai craint que vous ne vous soyez aventurées quelque part à pied.

Son regard scrutateur passa de Jill à moi.

— Nous avons décidé de venir voir comment ça se passait pour vous, mais vous n'avez pas répondu, donc nous avons utilisé nos clés. Nous n'avions pas l'intention de vous effrayer.

— Eh bien, c'est pourtant ce que vous avez fait ! répliquai-je, en colère. Nous avons cru qu'il s'agissait d'un cambrioleur ou pire. Nous étions terrifiés. Il nous a espionnées à travers la porte vitrée.

— Je suis vraiment désolée, ma chère, murmura-t-elle à nouveau.

À l'opposé de son époux, elle était corpulente, dotée d'un visage souriant et d'un complet râtelier de dents si blanches qu'elles devaient se voir la nuit, me dis-je.

— Je vais aller vérifier la chaudière, marmonna-t-il en gravissant péniblement l'escalier.

Je me sentais aussi mal à l'aise que s'ils étaient entrés par effraction. D'abord, ils s'introduisaient dans la maison et maintenant, ce type montait à l'étage.

— Nous n'avons pas eu de problème avec la chaudière jusqu'à présent, lançai-je.

Il continua cependant son ascension. Je n'aurais pas été surprise qu'il en profite pour jeter un coup d'œil à mon tiroir de lingerie. Je restai au pied de l'escalier à le regarder et je frissonnai lorsqu'il disparut à l'étage. Dieu seul savait ce qu'il mijotait.

Jill était en train de s'occuper de Mme Venables, lui préparant une tasse de thé, maintenant qu'elles s'étaient lancées toutes les deux dans une discussion fascinante sur le temps qu'il faisait. J'étais à un verre de pinot de réserver un vol pour l'Espagne et de me tirer de là quand Jill changea brusquement de sujet.

— Nos enfants sont venus ici, il y a environ deux ans, dit-elle.

Je m'armai de patience en vue d'un énième interrogatoire.

— Avec leur lycée, pour observer les étoiles. Ils logeaient juste en bas de la route.

— Oh, je crois que je me rappelle.

— Vraiment ?

Nous échangeâmes, Jill et moi, un regard surpris. C'était intéressant, car son mari ne conservait apparemment aucun souvenir d'eux.

— Oui, certains des gamins ont débarqué dans notre ferme. Ils s'étaient perdus. Je me souviens d'eux, parce qu'ils venaient de Worcester et que la famille de Derek est originaire de cette ville.

Je me retournai.

— Mais votre mari a dit ne rien se rappeler...

Jill me décocha un regard d'avertissement et saisit la balle au bond.

— Vous avez souvenir d'un garçon qui s'appelait Leo et d'une fille nommée Olivia ?

Elle était très intense, droit dans la face de Margaret, comme diraient mes enfants. D'après nos anciens voisins, Jill faisait constamment ça, interrogeant les gens, allant même parfois jusqu'à les accuser d'être impliqués dans la mort de Leo. Être témoin de ce comportement s'avérait assez troublant, et Mme Venables avait l'air pour le moins prise de court.

— Oui, je me souviens de tous les deux, dit-elle. De gentils gamins.

Jill et moi nous regardâmes.

— Olivia est la fille de Wendy, et Leo mon fils, précisa-t-elle, sans utiliser de verbe dont le temps indiquerait qu'il n'était plus de ce monde.

Cela doit être tellement cruel pour une mère endeuillée, d'avoir en permanence conscience que son enfant *a été* mais n'*est* plus.

Je posai une main sur le bras de Jill pour lui témoigner ma compassion et la réconforter, et je me penchai pour écouter ce que Mme Venables avait à répondre. Jill cherchait désespérément à coller la mort de Leo sur le dos de quelqu'un, et si l'accent était mis sur ces deux créatures bizarres de la cambrousse, elle cesserait peut-être de mêler le nom d'Olivia à cette histoire. Il y a un côté positif à tout, en cherchant bien.

— Pourquoi vous souvenez-vous de nos deux enfants en particulier ? demandai-je, abandonnant les poivrons verts dans l'évier.

Mme Venables se tourna vers moi et haussa les épaules.

— Parce qu'ils étaient gentils et que Leo a parlé de la constellation du Lion avec Derek.

Elle nous regarda tour à tour.

— Donc Derek leur a parlé ? lâchai-je. Parce qu'il nous a dit que non. C'est très étrange.

Je m'efforçai de ne pas paraître anxieuse, pourtant c'était plus fort que moi. D'après Jill, Leo avait changé pendant ce séjour, et je craignais que cela ne se retourne contre Olivia.

— Oui, nous leur avons tous les deux parlé, à l'un comme à l'autre. Derek a raccompagné Leo, après.

— Après quoi ? demanda Jill.

Je me préparai à quelque chose, sans trop savoir quoi.

— Vous êtes la mère de Leo ? demanda-t-elle en regardant Jill.

— Oui, répondit celle-ci avec impatience.

Elle tapotait du pied sur le sol, les poings si serrés que je voyais ses articulations blanchir. Je sentais son besoin désespéré et viscéral de savoir ce qui était arrivé à son fils. À ce moment-là, mon cœur l'emporta, et je m'approchai pour passer un bras autour de ses maigres épaules, maintenant voûtées.

— Leo parlait de la constellation de la tête de lion ?

— Oui, se hâta-t-elle de confirmer, histoire de ne pas perdre de temps.

— Eh bien, Derek l'a emmené l'observer dans son télescope.

Jill parut mal à l'aise.

— Celui que vous avez à la fenêtre de l'étage ?

— Oui, mon Derek est fasciné par le ciel nocturne. Leo a adoré le télescope.

— Vraiment ?

Jill en voulait plus. Je me rendis compte que ce besoin de preuves ne concernait pas seulement la mort de Leo, mais aussi sa vie : c'était un besoin primaire d'apprendre tout ce qu'elle pouvait sur son fils. Et de le serrer contre elle une fois encore.

— Tous les élèves sont montés avec votre mari ? demandai-je, inquiète. Il n'y avait pas de professeurs pour les accompagner ?

— Non, juste Leo, répondit-elle. Les autres sont restés en bas avec moi. Je leur ai proposé des gâteaux et des tasses de chocolat chaud. Des gosses adorables.

Olivia ne m'en avait jamais parlé ; elle avait quinze ans à l'époque et s'était retrouvée dans la maison d'un inconnu, à des kilomètres de chez elle. À des kilomètres de tout ! *Qu'est-ce que ma fille s'est encore abstenue de me raconter ?* Mais égoïstement, je poussai un soupir de soulagement ; au moins ma fille était-elle restée en sécurité au rez-de-chaussée, avec la femme, à manger des gâteaux à côté de ses amis. Cela signifiait aussi que Jill ne pouvait pas impliquer Olivia si ce qui avait « changé » son fils s'était déroulé à l'étage avec M. Venables.

— Leo a adoré le télescope. Celui que leur professeur avait loué pour le voyage n'était pas aussi puissant que celui de Derek.

Elle s'arrêta de parler et, regardant vers la porte, reprit :

— Coucou, mon chéri.

Derek se tenait sur le seuil, l'air en colère. Ils se dévisagèrent d'un bout à l'autre de la cuisine. J'eus l'impression de voir deux animaux sur le point de se battre, sans que je sache pour quelle raison, ni qui allait bondir en premier.

— Tu te souviens de Leo, le garçon du lycée de Worcester ? Ils sont venus ici l'année dernière. Voici sa mère.

Le visage de l'homme passa de la colère à la confusion.

— Il s'appelait Leo et vous lui avez montré la constellation de la tête de lion, avec votre télescope ?

— Oh... oui, je me rappelle maintenant, dit-il, ce qui parut plutôt étrange.

Jill n'en croyait pas un mot, à l'évidence, et, désireuse de le mettre au pied du mur, elle lui offrit une tasse de thé.

— Leo... allait bien ? Il a aimé votre télescope ? demanda Jill, dont le visage fébrile guettait la moindre bribe d'information alors qu'il s'asseyait à la table.

— Ah oui, le télescope...

Il la contempla et nous attendîmes qu'il développe, mais il n'ajouta rien. J'eus l'impression qu'il ne se souvenait pas de Leo, qu'il avait simplement répondu par l'affirmative pour complaire à sa femme. Je n'arrivais pas à comprendre la dynamique à l'œuvre entre eux, mais c'était elle qui semblait porter la culotte.

— Je crois que Leo se sentait un peu exclu, lâcha soudain Mme Venables.

Jill pivota vivement vers elle et, s'inclinant sur le côté, demanda, presque dans un murmure :

— Qu'est-ce qui vous fait dire ça ?

La vieille femme haussa légèrement les épaules, apparemment décontenancée par le regard pénétrant que sa remarque avait déclenché.

— Qu'est-ce que vous voulez dire par « exclu » ?

Jill était vraiment implacable.

— Certains des amis de Leo voulaient aller au pub. Ils avaient de fausses cartes d'identité, mais nous avons essayé de les en dissuader en leur expliquant que s'ils se faisaient prendre, ils auraient des ennuis. Leo ne voulait pas aller au pub, c'était un bon garçon, mais les autres ont tenté de le convaincre.

— Leo a toujours été un bon fils, il ne m'a jamais causé le problème, lâcha Jill avec suffisance.

Je savais que la remarque m'était destinée, parce qu'Olivia était un peu désobéissante, et Jill pensait manifestement que ma fille exerçait une mauvaise influence sur son fils. Mais le pauvre Leo n'avait pas d'autre choix que d'être un « bon fils », puisque Jill ne lui donnait jamais l'occasion de faire quoi que ce soit. Elle le couvait trop.

— Alors les autres n'ont pas réussi à le persuader d'aller au pub ? insista Jill avec gourmandise.

— Nous n'avons rien fait avec eux, intervint M. Venables.

Sa femme posa aussitôt une main sur la sienne, la serra et continua :

— Non, il a tenu bon, vous pouvez être fière de lui. Les autres sont tous sortis, et lui est resté pour regarder dans le téles- cope. Comme Derek ne voulait pas laisser Leo retourner seul à l'auberge de jeunesse, il l'y a reconduit, tu te rappelles, mon chéri ?

Elle regardait son visage, le fixant intensément jusqu'à ce qu'il réponde d'un air incertain, au-dessus de sa tasse de thé :

— Oui. J'ai ramené Leo chez lui. Je l'ai cherché, quand je suis retourné à Worcester, pour rendre visite à mon cousin.

Avant que l'une de nous ne puisse dire quoi que ce soit Mme Venables le corrigea.

— Non, mon chéri. Tu n'es pas retourné là-bas depuis des années.

Elle leva les yeux au ciel et entreprit de se lever.

— Je pense que nous ferions mieux d'y aller, il se fait tard et ces dames veulent dîner.

Jill était manifestement aussi troublée par toute cette scène que moi.

— Seulement Leo et vous ? Aucun autre élève ? demanda-t-elle à Venables, le front plissé.

L'homme consulta sa femme du regard, laquelle se tenait maintenant au-dessus de lui.

— Non, juste Derek et Leo, qui discutaient des étoiles. Ils se sont très bien entendus, n'est-ce pas ?

— Tu m'as sermonné pourtant, objecta-t-il.

— Non, Derek… fit-elle, avant d'hésiter. J'étais un peu fâchée parce que j'étais inquiète. Tu as mis du temps à revenir, plus d'une heure pour un trajet de dix minutes. Mais Leo et toi, vous avez discuté, visiblement. J'ai failli envoyer une équipe à ta recherche, mon chéri.

Elle se pencha, lui sourit en le regardant droit dans les yeux, et les poils se hérissèrent dans ma nuque. Essayait-elle de le faire taire ?

— Allez, viens donc.

Elle l'aida à se lever, manifestement pressée de le faire sortir du cottage.

La situation ne me paraissait pas normale. Leo était un lycéen, assez préservé par les soins maternels incessants de Jill. S'était-il passé quelque chose pendant qu'on le ramenait sur leur lieu de résidence et qui avait provoqué le changement que Jill disait avoir constaté chez son fils ?

Je quittai les Venables du regard pour le reporter sur mon amie. Elle avait l'air en état de choc. Je me refusai à ne serait-ce que formuler une hypothèse sur ce qui avait pu se passer. Était-ce là ce que Jill cherchait ?

Son visage était blême. Je me sentais pour ma part sur le point de vomir.

9

JILL

Après cette entrevue avec M. et Mme Venables, j'ai de sérieuses inquiétudes sur ce qui s'est passé ici avec mon fils. Je me sens très anxieuse, car tout est très confus. Pourquoi Leo n'a-t-il pas évoqué cette rencontre, ne serait-ce que pour me parler du télescope ?

Je pensais que tout ce que j'avais à faire, c'était obtenir la vérité de la bouche de Wendy, ce week-end, mais maintenant les Venables me posent question, eux aussi. Il y a quelque chose qui cloche chez cet homme, et dans la façon dont sa femme semble chercher à le faire taire. Qu'essaie-t-elle de cacher ?

— Pourquoi un septuagénaire s'intéresserait-il à un garçon de quinze ans ? De quoi ils ont passé plus d'une heure à discuter dans sa camionnette ? je lance à Wendy, après leur départ.

Elle secoue la tête.

— Je ne veux même pas y penser.

— Moi non plus.

J'ai la nausée. Une moitié de mon esprit me souffle que M. Venables s'est comporté de manière inappropriée, l'autre cherche frénétiquement une réponse plus innocente.

— C'est peut-être seulement un gentil vieillard qui aime les enfants ? je demande.

— Les adolescents ? réplique-t-elle, une pointe d'horreur dans la voix.

— Ils ont vraiment parlé pendant plus d'une heure dans une camionnette froide en plein janvier ? Et il est allé revoir Leo dans notre ville natale comme il l'a laissé entendre ? Si c'est le cas, pourquoi Leo ne nous a-t-il jamais rien dit ?

Elle hausse les épaules et ouvre une bouteille de prosecco.

— Je ne devrais pas me laisser emporter. M. Venables a l'air confus, il me semble.

— Confus ? Menteur, plutôt. Il cachait quelque chose, c'est sûr... assène-t-elle en s'acharnant sur le bouchon de la bouteille.

— Oui, j'ai eu la même impression. Il y avait quelque chose de pas net chez lui. Il était déterminé à monter à l'étage pour réparer la chaudière, seulement je ne pense pas que l'appareil avait le moindre problème.

— Surtout que la chaudière se trouve dans la cuisine, je m'en suis rendu compte après leur départ.

Elle hausse les sourcils.

— Qu'est-ce qu'il a fabriqué en haut, alors ?

— Encore une fois, je ne veux même pas y penser... si ça se trouve, il porte l'un de mes strings en dentelle, à l'heure où l'on parle !

En dépit de tout, nous éclatons de rire, juste au moment où elle parvient enfin à faire sauter le bouchon. Elle verse du prosecco pétillant dans deux verres.

— Santé ! dit-elle en trinquant avec moi.

Je suis soudain retransportée à l'été où nous nous sommes rencontrées. Une autre époque, un autre lieu, une autre bouteille de mousseux, les mêmes femmes. Ma jolie voisine aux pieds nus était sauvage et rebelle ; elle buvait trop et flirtait avec les hommes mariés, mais je l'aimais. C'est seulement plus tard que cela a changé. Devrais-je lui pardonner, la laisser partir ? Mais comment le pourrais-je, après ce qu'elle a fait ?

— Wendy, je reprends, une fois qu'elle s'est assise avec son verre, je peux te demander une faveur ?

— Tout ce que tu voudras, répond-elle, un grand sourire aux lèvres.

Elle est toujours plus heureuse, un verre à la main.

— Tu pourrais demander à Olivia ce qu'elle sait et ce qu'elle a dit à la police ? La questionner sur les Venables, sur la nuit où nous avons perdu Leo ? Je ne pense pas qu'il soit approprié que je l'appelle moi-même pour l'interroger, et en plus, elle a changé de numéro, non ? j'ajoute en croisant le regard de ma vieille amie.

Son sourire disparaît sur-le-champ, et elle repose son verre.

— Oui, elle a changé de numéro. Après Leo, elle a commencé à recevoir des messages et des appels injurieux, elle était terrifiée.

Je laisse cette déclaration en suspens. Je sais qu'elle m'en veut. J'ai dit aux gens – y compris à Wendy – ce dont j'étais intimement persuadée : qu'Olivia cachait quelque chose.

— Nous ne parlons pas à Olivia de cette nuit-là, ça la perturbe trop.

— Oh, on ne peut pas faire ça... j'ironise.

— Jill, je déteste me répéter encore une fois, mais la police et le médecin légiste sont d'accord... c'était un accident. Soit ça, soit un suicide.

— Non, il s'agissait d'un verdict ouvert. Aucune autorité n'a mentionné quoi que ce soit d'autre.

— Jill...

Elle essaie de répandre des mensonges pour étouffer l'histoire, mais je ne la laisserai pas faire.

— Personne ne sait ce qui s'est passé. C'est le traumatisme crânien qui a causé sa mort. Il était déjà décédé lorsqu'il est entré dans l'eau. Cela ne me fait pas penser à un accident ou à un suicide.

— Cela arrive, Jill. Il faut que tu arrêtes de te torturer.

— Ce n'est pas moi qui me torture, c'est toi. Si tu parlais à Olivia et que tu lui posais ces questions, elle pourrait peut-être me permettre de trouver la paix. Mais tu refuses de le faire. Pourquoi, Wendy ?

Silence.

— Tu pourrais me donner son nouveau numéro pour que je puisse l'appeler ? Est-ce que je peux l'appeler en Espagne ? Robert me laissera-t-il lui parler ?

— Non, elle est partie de chez Robert, elle voyage... dans les montagnes. Il n'y a pas de réseau.

— Je croyais qu'elle vivait avec Robert.

J'ai conscience de pousser un peu le bouchon, mais Wendy essaie activement de m'empêcher de parler à sa fille. Elle se conduit ainsi depuis la mort de Leo, et c'est l'une des raisons qui m'amènent à penser qu'elle cache quelque chose. Pourquoi a-t-elle peur que je parle à Olivia, la dernière personne connue à avoir vu mon fils vivant ?

— Elle était chez Robert, elle était... Elle est partie voyager avec une amie. Je n'ai aucune idée de l'endroit où elle se trouve.

Cela ne ressemble vraiment pas à Wendy de ne pas savoir où se trouve sa fille, et c'est bien commode.

— Bon, de toute façon, elle ne m'aurait jamais rien dit. Elle a toujours bien caché son jeu, cette demoiselle.

Je bois une gorgée de prosecco, pendant que Wendy se redresse, manifestement offensée par ces propos.

— Tu te plaignais toujours qu'elle ne te disait rien, elle ne t'a pas parlé du mandat d'arrêt visant Rory Thompson, par exemple.

Je ris pour moi-même en disant cela.

— Et elle t'a caché son tatouage pendant des années. Même moi, je l'ai su avant toi, j'ajoute d'un ton de défi.

— Ce n'est pas vrai, on en a déjà parlé.

Chacun de ses mots se termine par une petite écharde.

— Tu l'ignorais, tu m'as dit que tu avais été horrifiée quand tu l'avais découvert.

Je déteste revenir sur des confidences de l'époque où nous étions amies, mais mon fils est mort. Il n'y a plus de règles qui tiennent.

— Je n'ai pas été horrifiée, j'ai juste pensé à l'effet que cela produirait lorsqu'elle se marierait en robe blanche.

— Oui, ça n'allait pas très bien avec sa robe de bal.

— C'est un joli tatouage, nuance-t-elle, sur la défensive. Ils sont à la mode maintenant, pas comme quand on était jeunes, Jill, ajoute-t-elle en s'adressant à moi comme si j'étais une vieille dame.

— Elle s'est fait tatouer « Rory Forever ». Qu'elle a fait transformer en constellation du Lion. Après les événements...

Elle se tait.

— Il se peut que je m'en fasse faire un, reprend-elle.

Maintenant, elle commence à me faire sortir de mes gonds.

— Un tatouage ? Pour Leo ?

L'expression d'incrédulité sur mon visage doit en dire long, car elle se ratatine littéralement.

— Non, pas pour Leo... pour moi.

Je lève théâtralement les yeux au ciel et retourne à mon téléphone. *La constellation du Lion... Plutôt la culpabilité d'Olivia.*

Ça a toujours été ma pire crainte qu'elle ne l'appâte avec ses jupes trop courtes et ses hauts trop moulants. Wendy s'est toujours habillée de manière provocante, et elle a permis à Olivia de faire de même dès son plus jeune âge. Je me souviens qu'elle était venue au treizième anniversaire de Leo avec un cadeau. Elle portait une très petite jupe et son haut était beaucoup trop court pour une jeune adolescente. J'ai vu qu'il la remarquait, et elle semblait très consciente de ses regards, ce qui m'a noué le ventre. Les Jones avaient déjà causé assez de problèmes dans nos vies sans que ces deux-là ne se mettent ensemble.

« Tu as un bel avenir devant toi, ne fais pas de bêtises avec une fille », avais-je coutume de lui répéter, avec Olivia en tête. Je ne voulais pas être plus précise, inutile de faire de cette jeune fille un fruit défendu et par là même encore plus tentant.

Wendy pose un verre de vin pour moi sur la petite table d'appoint. J'éteins donc mon téléphone et je bois une gorgée.

— Bon sang, tu ne souhaites pas parfois revenir en arrière, à tes vingt ans, juste pour une semaine, ou même un jour ? lance-t-elle, manifestement désireuse de changer de sujet, d'alléger l'atmosphère.

Je pense encore aux Venables et à Leo. J'ai du mal à me concentrer sur quoi que ce soit d'autre, mais le vin m'apaise.

— Non, je n'aimerais pas, ma vingtaine a été horrible, je réponds. Cet âge est presque aussi brutal que l'adolescence. On te juge surtout sur ton apparence, les vêtements et le maquillage que tu portes, et comme j'étais quelconque et pauvre, je n'étais pas vraiment populaire. Je me sentais inutile, jusqu'à ce que j'atteigne la trentaine et que je sois appréciée pour d'autres qualités, comme ma carrière et mon statut de mère. Mais tes vingt ans ont probablement été joyeux. Tu as toujours été jolie et tu sais comment porter des vêtements seyants, j'ajoute, afin de me faire pardonner mes remarques désobligeantes sur le tatouage d'Olivia.

Elle sourit d'un air un peu penaud. Seules les femmes sont gênées d'admettre qu'elles sont séduisantes. Un homme, lui, ne se priverait pas de faire le paon.

— Je me suis bien débrouillée. J'ai eu ce type... Celui qui s'est barré.

— Oh, je crois que nous en avons toutes eu un, dis-je en repensant au mien alors qu'elle s'interrompt et se replonge dans le passé.

— J'ai failli quitter Robert pour lui.

— Je ne savais pas !

Elle avait des prétendants, lorsque Robert était absent – ça, j'étais au courant –, mais elle disait que c'était juste pour un verre ou un dîner. Elle appelait cela de la « compagnie masculine ».

Je la revois chuchoter avec Tim, et mon ventre se serre. *Maintenant que nos mariages respectifs sont terminés, va-t-elle enfin avouer ?*

Mais, de façon très frustrante, elle ramène la conversation à son mari.

— C'était un bon mari et un bon père – quand il était là –, mais comme tu le sais, son travail l'a éloigné de nous.

— Oui, c'est un père formidable, ton Robert, je conviens en me souvenant de la façon dont ses enfants se précipitaient dans ses bras chaque fois qu'il rentrait chez lui. Mais ces premières années ont été difficiles pour toi qui te retrouvais seule avec les enfants...

Je m'efforce toujours de compenser les commentaires méchants que j'ai faits plus tôt à propos d'Olivia.

— En effet, ce n'était pas évident ! Je me souviens d'un jour où je me promenais près de la maison avec Josh dans sa poussette et que presque toutes les femmes que je croisais attendaient leur prochain enfant. Elles me demandaient : « Oh, et toi, quand est-ce que tu remets ça ? » et elles avançaient en se dandinant dans la rue. Bon sang, il n'avait pas douze mois, mais la pression était réelle et j'ai été prise là-dedans, comme s'il y avait une course pour le prochain avant que nos ovaires se ratatinent ou que nos maris nous quittent. On aurait dit une ferme à bébés.

— Je suis bien placée pour le savoir, je soupire.

Je me rappelle la peine et la tristesse des femmes qui se plaignaient en geignant de leur gros ventre. J'aurais donné dix ans de ma vie pour ce qu'elles avaient, moi qui étais soudain exclue du club. Et j'avais envie de frapper les trolls à grosse bedaine bien intentionnés qui me disaient : « Tu seras la prochaine. »

— Mais tu as toujours eu l'air de t'adapter à tout, d'avoir des grossesses faciles et de gérer, alors que moi, j'échouais.

— N'importe quoi. Tu n'as probablement vu que les bons côtés. Après la naissance de Freddie, je me suis mise à fumer en cachette. J'allais m'asseoir avec une clope sur les marches de derrière pendant que Freddie hurlait dans son berceau et que Josh courait comme un fou dans le jardin en se cognant à des tas d'objets. Moi, je me contentais d'inhaler cette nicotine apaisante et je la laissais m'envahir.

— Mais tu n'aurais pas quitté Robert, si ? je lui demande, désireuse de revenir sur son commentaire de tantôt.

— J'aurais pu, seulement le type était marié. Je voulais juste des sentiments, de la passion, je n'avais jamais vraiment eu cela avec Robert.

— C'est quelqu'un que je connais ? j'insiste, frustrée de la voir éluder.

— Non, juste un type avec qui je travaillais. Ce n'était probablement rien de plus qu'une histoire de sexe... Robert et moi n'avons jamais réussi à nous entendre sur ce plan-là. Tandis qu'à mon avis, Tim et toi, si. Je le vois comme un vrai romantique.

Je hausse les épaules. Je n'ai jamais considéré mon mari comme un romantique, toutefois il était manifestement différent avec Wendy. Ils étaient à l'aise l'un avec l'autre, à la différence de Robert et moi qui étions empruntés, ensemble. Je redoutais toujours qu'ils aillent fumer une cigarette, nous laissant seuls, dans un silence gênant, à éviter le regard de l'autre. Nous restions ainsi pendant ce qui me semblait durer une éternité, jusqu'à ce qu'il trouve une excuse pour partir. « Je vais aux toilettes », ou bien, si nous étions chez nous, c'était moi qui disais : « Je vais te chercher un autre verre. » Et je me cachais dans la cuisine jusqu'à ce que les fumeurs reviennent.

Je me sens mal à l'aise rien qu'au souvenir de ces moments. Et le soulagement de les voir revenir tous les deux se transformait vite lorsque la main de Tim se glissait sur le genou de Wendy, ou qu'il posait la tête dans son cou, les yeux clos, comme si c'était normal. Ils étaient ouverts et pleins d'humour, ces flirts, ces taquineries, le plaisir exclusif qu'ils semblaient toujours partager, en dépit de la présence d'autrui. Et aujourd'hui, alors que nous sirotons notre vin en silence, mon esprit vagabonde à travers les années, et je me demande si Wendy a un jour envisagé de quitter son mari pour le mien.

10

WENDY

Après un verre de vin, Jill ne semblait pas dans son assiette, mais c'était prévisible, tout ce truc avec les Venables l'avait sans doute ébranlée.

— On est vraiment au milieu de nulle part, murmurai-je, un peu effrayée après notre rencontre avec nos étranges logeurs.

— Je sais, mais c'est le but. Demain, on ira observer les étoiles comme nos enfants l'ont fait.

— Jill, tu cherches quelque chose ici ? demandai-je. À part les Venables, s'entend. Je ne peux pas m'empêcher de penser que tu cherches toujours des réponses où elles n'existent pas vraiment.

— Ooh, il faut que j'aille surveiller le dîner, annonça-t-elle en se levant pour aller dans la petite cuisine.

Je la suivis pour tenter de la convaincre de lâcher prise. Je voulais vraiment que mon amie trouve la paix. Et, oui, il était dans mon intérêt qu'elle arrête sa chasse aux sorcières, parce qu'elle avait pointé Olivia du doigt, sous-entendu que je savais quelque chose, et aussi reproché à Tim de ne pas être arrivé à temps pour récupérer les enfants. Mais cela n'aurait rien changé car Leo avait quitté le bal plus tôt et, selon Olivia, il était dans tous ses états. Jill n'avait pas l'air de prendre ces éléments en considération, mais elle n'avait cessé d'appeler les amis de Leo et de les interroger à toute heure du jour et de la nuit. Elle voulait savoir où ils se trouvaient, qui ils avaient vu, ce qu'ils savaient. Au début de l'enquête, elle avait même suggéré à la police que l'un des professeurs pourrait être responsable. Elle visait M. Shelton, l'un des enseignants les plus gentils et les plus aimables qui soient, accompagnateur sur le voyage au Pays de Galles. Comme c'était le début de l'enquête et que la police pensait ses « preuves » légitimes, elle l'avait interrogé, avant de l'écarter. Mais apparemment, Jill continuait à l'accuser ouvertement de savoir quelque chose sur la mort de Leo.

— Qu'est-ce qu'il te faut de plus, Jill ? lui demandai-je alors que nous étions assises pour manger. Tu ne peux pas continuer à accuser des innocents et à harceler les amis de Leo. Tu causes du tort à tout le monde. Tu perturbes d'autres personnes qui l'aimaient aussi et qui veulent faire leur deuil. S'il te plaît, Jill, laisse-le reposer en paix, suppliai-je.

— Je suis sa mère et j'ai besoin de connaître la vérité, c'est tout. Appelle ça l'instinct maternel ou une simple supposition. Chaque fibre de mon être me dit que ce n'était pas un accident, et certainement pas un suicide. Je suis désolée si cela te met mal à l'aise, Wendy, mais je ne vais pas laisser tomber.

Cela ne servait à rien ; elle était comme un chien avec un os. Je connaissais suffisamment Jill pour savoir que ce n'étaient pas des paroles en l'air : elle n'allait pas renoncer. Cela me remplissait d'effroi, car j'avais l'horrible sentiment qu'Olivia allait bientôt se retrouver à nouveau dans sa ligne de mire, si ce n'était déjà le cas, et c'était terrifiant.

Je m'étais préparée à passer du temps avec Jill ce week-end-là, parce que je voulais être là pour elle. Je savais que ce séjour au Pays de Galles, dans cette zone sans pollution lumineuse que Leo semblait tant aimer, serait difficile, et qu'elle aurait besoin d'une amie. Je me réjouissais à la perspective de faire des promenades, de discuter, de partager des souvenirs et, pendant un petit moment, de redevenir auprès d'elle l'amie que j'avais été.

Jill n'avait voulu voir ni parler à personne dans les jours qui avaient suivi la mort de Leo. Nous avions tous envoyé des fleurs et des cartes, mais elle n'ouvrit jamais sa porte d'entrée et les unes comme les autres restèrent à pourrir sur le pas de sa porte. Il faisait chaud et, sans eau, les fleurs n'avaient pas tenu long-temps. Chaque jour, je les regardais mourir sous mes yeux, jusqu'à ce qu'elles soient complètement fanées.

Les funérailles avaient été horribles. Il y avait tellement de monde que l'église était remplie et les gens débordaient sur le parvis dans la chaude journée d'été. On aurait dit que pour y croire, chacun devait voir de ses propres yeux le cercueil de ce garçon de seize ans. Robert et moi étions allés ensemble à l'en-terrement. Je dirais que le choc de la mort de Leo nous avait rapprochés. Nous pleurions tous les deux sa disparition, mais je n'avais jamais vu Robert verser autant de larmes. Sans doute pensions-nous à nos propres garçons et nous souvenions-nous de Leo nourrisson, bébé, petit garçon, adolescent. Nous avions participé à son parcours, et il était déchirant de le voir s'achever aussi tôt.

C'étaient ces souvenirs qui nous liaient. Jill et moi avions un passé, mais pas d'avenir. Je n'étais pas sûre de la revoir après ce week-end, mais avant de m'engager dans ma nouvelle vie, je voulais m'assurer qu'elle aussi pourrait aller de l'avant. J'espérais vraiment que ce bref laps de temps passé ensemble marquerait un tournant et que je parviendrais à la convaincre de changer d'avis et d'arrêter de chercher un bouc émissaire. C'était de cette manière, et de cette manière seulement, qu'elle pourrait commencer à se remettre en marche, lente-ment, vers une certaine forme de vie. J'avais entendu dire qu'elle avait du mal à accepter cette perspective, mais je n'avais pas réalisé que le but de ce voyage serait de m'interroger, ainsi que les Venables et tous ceux qui croiseraient sa route.

— Jill, je sais que c'est encore tôt, cela ne fait qu'un an et demi que tu as perdu Leo, et tu ne pourras jamais vraiment tourner la page... comment tu le pourrais ? Mais je crois que ça t'aiderait d'accepter qu'il s'agit d'un accident. On ne saura peut-être jamais exactement comment il est tombé, ni ce qui s'est passé, mais ce qu'on sait, c'est que personne d'autre n'était là.

— Ah bon ? s'exclama-t-elle avec agressivité.

— À moins que tu ne sois au courant de quelque chose que j'ignore, personne d'autre n'était là, répétai-je pour la mettre à l'épreuve.

— Quelqu'un était là, Wendy ; je dois juste trouver qui. Dans les jours qui ont suivi sa disparition, j'ai demandé à la police de vérifier toutes les voitures qui se trouvaient sur le parking de l'école cette nuit-là. Ils ont fini par m'avouer que la vidéosurveillance ne couvrait que la moitié du parking.

Je m'efforçai de ne pas réagir à ce qu'elle venait d'affirmer, mais je poussai un soupir de soulagement silencieux.

— Non, mais franchement ? La vidéosurveillance ne concerne que la moitié du parking, donc n'importe qui aurait pu se pointer cette nuit-là, en voiture ou à pied, et se rendre dans les bois derrière le lycée.

— Oui, c'est lamentable, admis-je en secouant la tête.

— J'ai vécu un véritable enfer pendant toute la durée des recherches, mais au moins il y avait de l'espoir, une toute petite lueur d'espoir de le voir réapparaître, que celui qui l'avait enlevé le dépose sur le bord de la route. Et puis, quand la police s'est présentée ce matin-là sur le pas de ma porte, j'ai su, j'ai su, c'est tout !

Je me souvenais de son cri à glacer le sang dans la maison voisine, et j'avais su aussi. Le cri d'une mère est le pire son au monde. Cela m'avait fait froid dans le dos à l'époque, et encore aujourd'hui en y repensant.

— Il a fini dans la rivière, et si je peux découvrir ce qui s'est passé cette nuit-là pour qu'il quitte le bal, apparemment dans une telle détresse, alors je pourrai peut-être découvrir qui l'a jeté à l'eau. Et quoi qu'on me dise, toi ou n'importe qui d'autre, je passerai le reste de ma vie à essayer de comprendre ce qui s'est passé.

— Je comprends, Jill. Du moins autant que possible. Je n'imagine pas ce que tu dois ressentir ; comment accepter la fatalité ? La mort de son enfant dans un accident ? En tant qu'êtres humains, on cherche toujours des explications, des fins nettes, mais parfois, dans la vie, il n'y a pas de fins claires et nettes, et certaines choses n'ont pas de sens.

— Par pitié, ne me parle pas comme si j'étais une gamine, Wendy. Je sais très bien ce que c'est que la vie ! Je sais aussi que ça déplaît aux voisins, aux professeurs, aux élèves ou à toute autre personne qui pourrait en vouloir à Leo.

— Oh, Jill, ce n'est pas ça, ce n'était qu'un enfant, un enfant populaire en plus. Personne n'avait de raison de lui vouloir du mal, tout le monde l'aimait bien.

Elle se retourna et me dévisagea.

— Et Olivia ?

Mon sang se glaça. Nous n'avions que la parole d'Olivia, pour considérer que Leo et elle ne s'étaient pas disputés. Elle affirmait ne pas avoir été présente au moment de sa mort. J'étais dans l'incapacité de prouver l'innocence de ma fille et Jill le savait.

Je pris mon verre de vin et en bus une longue gorgée avant de répondre.

— Olivia n'a rien à voir dans l'accident de Leo, déclarai-je fermement et avec autant de conviction que possible.

— Et Rory, son autre petit ami ? Elle les a montés l'un

contre l'autre pendant des semaines, et il a été impliqué dans un crime au couteau l'année dernière.

— Olivia avait rompu avec Rory bien avant de commencer à sortir avec Leo, répondis-je, essayant et échouant à ne pas me faire entraîner dans cette histoire.

Je n'avais aucune idée de la date à laquelle Olivia avait rompu avec Rory, ni même si elle l'avait fait. Elle savait que je désapprouvais ce jeune homme qui ne me disait rien qui vaille. Peut-être m'avait-elle caché qu'elle trompait Leo avec lui. Qui connaît vraiment ses enfants ?

Je n'allais pas révéler à Jill que j'avais des doutes sur ma propre fille. Des doutes qui me tourmentaient et m'empêchaient de dormir la nuit. Je n'allais pas non plus lui avouer que je savais que seule une moitié du parking de l'école était couverte par la vidéosurveillance : c'était la raison pour laquelle j'avais choisi de garer ma propre voiture à cet endroit-là ce soir-là, après que Leo avait quitté le bal de fin d'année.

Mais je n'étais pas la seule mère à attendre son enfant aux abords du lycée non plus : Jill y était, elle aussi. Je ne pourrais jamais l'interroger à ce sujet, car elle saurait alors que je me trouvais là, mais elle était assise dans sa voiture, garée hors de vue derrière un bouquet d'arbres, occupée sur son téléphone.

Que faisait-elle là et pourquoi n'en avait-elle jamais parlé à la police, ni à personne d'autre ? Jill en savait-elle plus qu'elle ne le laissait entendre sur la mort de Leo ? Et cela expliquait-il d'une façon ou d'une autre son désir désespéré d'accuser quelqu'un, n'importe qui ?

11

JILL

— Tim était l'amour de ta vie ? demande Wendy à brûle-pourpoint, alors que je prépare le café après le dîner.

Tout en versant l'eau chaude sur la mouture, j'inhale le riche arôme de noisette et je réfléchis un instant.

— J'imagine que oui. Comme tu le sais, je suis fille unique – mes parents sont morts quand j'étais jeune – et je n'ai jamais vécu avec quelqu'un avant de commencer à fréquenter Tim. Il avait trois sœurs, qui avaient toutes leur propre famille à l'époque, et j'aimais l'idée de faire partie de ce clan. Tim étant Tim, il a perdu contact avec ses sœurs au fil des années et, à la mort de ses parents, je me suis retrouvée de nouveau sans famille.

Je poursuis sur le ton de la plaisanterie, en versant du lait dans une petite cruche que je pose sur la table :

— En tout cas, j'ai cru qu'il était l'amour de ma vie au départ, et comme je n'ai jamais rencontré personne d'autre, je suppose qu'il a gardé sa couronne.

Je place le couvercle sur la cafetière et, posant ma main sur le piston, j'essaie de me souvenir de ce qu'était l'amour.

— Tim était tout ce que j'attendais d'un homme : brillant, drôle et sûr de lui. Oui, je l'adorais.

— Il était plutôt bel homme, en plus. Il l'est toujours, me rappelle-t-elle alors que je pose la cafetière et les tasses sur la table.

— Oui, j'ai souvent remarqué la surprise des autres femmes lorsqu'elles le rencontraient pour la première fois, j'admets en m'asseyant. Elles ne s'attendaient pas à ce que cette vieille bique de Jill avec ses cheveux courts et ses survêtements informes sorte avec quelqu'un comme Tim, mais il faut croire que la clé de l'énigme réside dans le mot « avoir »... Parce que personne n'a jamais « eu » Tim : il n'appartenait à personne.

Je lui jette un coup d'œil pour voir si elle a saisi, mais son regard est plongé dans sa tasse de café.

Le jour de notre mariage, il ne m'est absolument pas venu à l'esprit que mon beau mari, drôle et charmant, puisse un jour avoir des vues sur quelqu'un d'autre. Nous étions désormais unis, et les gens mariés promettaient à Dieu toutes sortes d'absurdités, auxquelles, à l'époque, je croyais dur comme fer. J'avais ce que je pensais être le mari parfait et, lorsque nous avons emménagé à Lavender Close, j'ai enfin eu aussi ma maison avec jardin. Je me souviens d'un soir d'été – nous n'étions mariés que depuis quelques semaines –, il remontait l'allée après son service. C'était cette période au début du mariage où, chaque fois que je le voyais, le soleil apparaissait, et où je n'arrivais pas à croire qu'il soit à moi. Son visage s'est illuminé d'un sourire et mon ventre a aussitôt pétillé d'amour tandis que je lui rendais son sourire, jusqu'à ce que je me rende compte que le sien ne m'était pas destiné. Mon mari regardait la maison des Jones, et elle était là, à la fenêtre, toute jolie dans sa tenue rose. Wendy aussi le regardait rentrer chez lui.

Un autre couple a emménagé à leur place. Cela paraît étrange. On dirait de pâles imitations de Wendy et Robert, des voleurs de corps qui se seraient emparés d'eux et de leur maison. Ce sera toujours la maison de Wendy et Robert, et quand j'aperçois les nouveaux habitants dans leur jardin, j'ai l'impression de n'être que le reliquat d'une vie disparue.

Tous les autres sont passés à autre chose. Tim est parti. Wendy a emménagé dans un appartement avec Freddie, leur benjamin ; c'est temporaire, jusqu'à ce qu'il passe ses derniers examens, mais il semble que Robert et elle soient arrivés au bout de leur arc-en-ciel. En attendant, il est en Espagne avec Josh, leur aîné, et Olivia. Qui eût cru que nous allions tous passer à autre chose, mener des existences séparées ?

C'est comme si une bombe avait explosé et que tout le monde s'était dispersé, sauf moi, la seule à être restée. Le problème, c'est que je ne peux pas quitter le numéro 11 de Lavender Close parce que c'est la maison de Leo, celle où nous l'avons ramené quelques jours après sa naissance. Le vase qu'il a fabriqué pour la fête des mères trône toujours dans la cuisine, ses dessins et ses photos ornent le mur, ses magnets constellent le réfrigérateur : photos de famille, photos d'école, affiches... C'est sa vie, juste là. J'entends même sa voix résonner entre les murs, son visage se reflète dans les fenêtres et son lit est fait, prêt à l'accueillir. Si je déménageais, où existerait-il ?

J'ai toujours eu peur de le perdre. J'imagine que tous les parents éprouvent cette inquiétude, mais pour moi, ça allait jusqu'à des crises d'angoisse. Tim essayait de me rassurer : « Regarde, il est en forme et en bonne santé et nous vivons dans un quartier agréable. Il n'y a pas de gangs où les adolescents risquent de se faire embringuer, par ici. Tu n'as aucune raison de t'en faire. On a de la chance. »

Il avait tort, au bout du compte : on n'a pas eu de chance, finalement.

Même si j'aimais être mère, mon caractère naturellement anxieux a été exacerbé par la dépression post-partum. Ayant déjà subi plusieurs fausses couches, j'ai dû consulter pendant un certain temps, puis suivre une thérapie. J'avais parfois l'impression d'être habitée de pulsions suicidaires, mais à mesure que la dépression post-partum s'est installée, la situation est devenue beaucoup plus sombre et plus sérieuse. Ce bébé, cette vie, ce mariage me semblaient très précieux, mais aussi extrêmement fragiles, et plus j'étais heureuse, plus j'avais peur de tout perdre.

Mes sentiments ont commencé à affecter mon appétit, mon sommeil et ma capacité à m'occuper de Leo. J'avais peur de le toucher, j'étais terrifiée à l'idée de me retrouver seule avec lui. Tim a dû prolonger son congé de paternité pour rester à la maison avec moi, mais je ne voulais pas que cela se sache ; j'avais honte. J'avais désiré ce bébé, j'avais fait des pieds et des mains pour l'avoir, et maintenant qu'il était là, je ne pouvais même pas lui donner le bain.

En réalité, j'avais de plus en plus peur... de moi-même. J'avais des pensées terrifiantes, intrusives, de Leo se noyant dans le bain, suffoquant dans son berceau. Je redoutais de le sortir dans sa poussette, de crainte qu'une voiture se mette en travers du trottoir. Tim a dû pratiquement tout faire pour Leo pendant que j'observais, avec l'idée que si ce n'était pas moi qui m'occupais de lui, il survivrait.

Jamais, dans mes pires cauchemars, je n'avais imaginé que la maternité puisse ressembler à ce que je traversais. Je regardais Lavender Close par la fenêtre et je voyais d'autres jeunes mamans passer devant chez moi avec leur bébé. L'une d'elles circulait même à vélo avec son petit attaché dans un siège fixé au porte-bagages. J'étais incapable de la regarder, en proie au vertige à la simple pensée de ce tout-petit attaché à un vélo qui risquait de percuter un camion.

Il faut reconnaître qu'il régnait aussi un certain esprit de compétition, mais pendant que les autres mamans organisaient des fêtes, des après-midi de jeux, se rendaient à différentes manifestations « Maman et Moi », je restais chez moi pour le garder en sécurité. J'avais l'impression d'être en échec, sentiment entretenu par le fait que ma voisine s'en sortait sans problème, aussi bien pendant la grossesse que pour élever ses enfants, ou telle était du moins l'impression que j'en avais. Les bébés de Wendy ne pleuraient apparemment jamais, la nuit, et elle allaitait comme mère Nature, tandis que je sanglotais au-dessus de Leo qui refusait catégoriquement de prendre le sein. J'ai fini par abandonner et j'ai dû déambuler, honteuse, dans les allées de chez Boots pour acheter du lait maternisé sous le regard apitoyé des autres mères.

Les rares fois où Leo dormait, il m'arrivait d'observer Wendy dans son jardin, depuis une fenêtre de l'étage. Elle courait pieds nus sur la pelouse en tenant sa petite Olivia, tout juste née à bout de bras, en frottant son visage contre le sien et en lui chantant des chansons. Ma voisine dormait souvent sur une chaise longue, laissant sa fille sur un tapis étalé dans l'herbe, avec la compagnie douteuse de ses frères sauvages et imprévisibles.

« Comment se fait-il qu'elle puisse y arriver et pas moi ? avais-je demandé à Tim, qui avait eu du mal à me répondre. J'ai produit des efforts immenses, j'ai bien mangé pendant la grossesse, j'ai pris soin de moi, et maintenant qu'il est là, je garde ma maison impeccable. Je lui prépare des purées de légumes bio, je lave ses draps presque tous les jours et ses couches parce que c'est plus sain et meilleur pour l'environnement que les produits jetables. Je lave, je frotte, je nettoie et je prépare de la purée à en avoir les mains qui saignent. Et elle, avais-je ajouté avec un geste de colère vers la maison voisine, elle danse dans ce putain de jardin ! »

Il avait fait de son mieux pour me réconforter, mais ses

tentatives se teintaient du manque d'empathie qui le caractérisait.

« Tu n'as qu'à utiliser des couches jetables et danser dans le jardin si tu en as envie. Arrête de te comparer à Wendy, elle est différente de toi. Elle ne réfléchit pas trop, elle est décontractée et elle est... spontanée », avait-il conclu, d'une voix laissant entendre qu'il énonçait là ce qu'il recherchait chez une femme.

Pendant les premiers mois de la vie de Leo, j'étais entrée dans une sorte d'hibernation. Je ne supportais pas de voir qui que ce soit. J'étais trop embarrassée par ce que je percevais comme mon échec en tant que mère. Je ne voulais pas recevoir les conseils avisés de Wendy ni des autres mères, leurs sermons ou leur pitié. Bien sûr, les choses auraient été très différentes si ma propre mère avait été en vie, mais mes deux parents étaient morts quand j'étais très jeune. J'enviais énormément les autres femmes pour ce soutien parental. La mère de Wendy l'avait aidée avec les garçons et maintenant avec Olivia. « La cavalerie arrive », disait Wendy, soulagement dans les yeux et bouteille de blanc au frais dans le réfrigérateur.

La seule personne à qui je pouvais parler était la sage-femme qui me suivait et essayait d'être rassurante lorsque je redoutais en permanence de voir Leo mourir.

« Beaucoup de jeunes mamans ont ce genre de pensées, m'avait-elle expliqué avec les intonations chantantes de son charmant accent gallois. Il est tout à fait naturel de s'inquiéter pour la sécurité de son bébé. Vous imaginez la pire chose qui puisse lui arriver et vous vous focalisez dessus au point que vous croyez qu'elle va vraiment se produire. Fiez-vous à mon expérience, il ne se passera rien de grave, c'est une certitude. Il s'agit simplement du bouleversement hormonal consécutif à un accouchement, mais je pense qu'il serait utile que vous parliez à quelqu'un. Je vais par conséquent vous mettre en contact avec un thérapeute spécialisé dans les problématiques post-natales. »

Je ne voulais pas être traitée avec condescendance par un

psy bien intentionné qui s'attendrait à ce que je lui parle. Comment l'aurais-je pu ? Comment pouvais-je confier à quelqu'un que lorsque mon mari couchait notre nouveau bébé et que nous le laissions dormir, je retournais m'asseoir par terre à côté de son berceau, afin d'écouter sa respiration et de prier pour qu'il ne meure pas pendant la nuit ?

12

WENDY

— Je ne pense pas pouvoir continuer, Wendy.

Jill était assise dans le fauteuil en face de moi. Nous avions dîné et je croyais que nous passions un moment agréable à parler de nos anciens voisins en buvant le café, lorsqu'elle lança cette phrase tout à trac.

— Encore tes bêtises, répliquai-je en essayant de masquer mon inquiétude.

Me levant de ma chaise, je m'approchai et m'agenouillai sur le sol, une main sur son bras.

Elle regardait droit devant elle, perdue dans son monde, comme si je n'étais pas là.

— Maintenant que Tim est parti, il n'y a plus rien. Il s'est dit qu'il pouvait mettre fin à près de vingt-cinq années en un claquement de doigts, comme ça, fit-elle en joignant le geste à la parole. Toutes les trahisons, les problèmes d'argent causés par ses dépenses inconsidérées pour d'autres femmes et pour lui-même. Une fois, il a claqué plus de 100 livres sur un après-rasage, et moi, je raclais les fonds de tiroir pour payer la maison. Mais tu sais le plus stupide dans l'histoire ? J'aurais pu tout supporter s'il m'avait aimée, s'il m'avait témoigné de l'affection.

Il ne m'aimait plus depuis des années, ajouta-t-elle en se tournant enfin... vers moi. Parfois, je me demande s'il m'a jamais aimée.

— Je suis sûre que si, Jill...

— Tu ne sais rien de mon mariage, Wendy. Le mal a été fait très tôt.

Je ne comprenais pas ce qu'elle disait, mais elle avait toujours semblé faire une fixation sur Tim et moi, et je n'allais pas la lancer là-dessus maintenant.

— Écoute, je sais qu'il t'a fait du mal, alors pourquoi tu n'essaies pas de voir cette séparation comme une étape positive ? Loin de faire ton bonheur, votre vie de couple a redoublé ton anxiété. Vous n'étiez pas faits l'un pour l'autre, donc en partant, il t'a peut-être rendu service. Maintenant, tu peux être heureuse. Il t'a effectivement redonné ta liberté.

— Je n'ai jamais voulu être libre, rétorqua-t-elle. J'étais la fille unique de deux enfants uniques qui étaient tous les deux décédés au moment où j'ai terminé l'université. Pour moi, la liberté est synonyme de solitude, et j'ai toujours voulu appartenir à un endroit, avoir besoin des gens et qu'ils aient besoin de moi, mais ils se contentent de s'en aller en m'abandonnant.

— Je suis vraiment désolée, ma chérie, je sais que tu souffres. Cela pourrait peut-être t'aider de parler à quelqu'un ?

— C'est ce que je suis en train de faire, je te parle à toi.

Elle me regardait avec une telle froideur que je frissonnai intérieurement.

— Je veux parler de quelqu'un d'objectif, qui ne soit pas impliqué.

— Parce que toi, tu es impliquée.

De quoi parlait-elle ? J'hésitai, faute de savoir comment répondre.

— Parce que bon, tu me connais mieux que la plupart des gens, précisa-t-elle avec un léger sourire, soudain de nouveau chaleureuse. Tu as joué un rôle important dans ma vie, dans mon mariage, dans mon passé.

— Je n'ai pas joué le moindre rôle dans ton mariage, Jill, répliquai-je avec un sourire, tout en tâchant de lui manifester ma surprise. Toi et moi, on était des amies proches, on partageait beaucoup, mais tu avais ton mariage et moi le mien.

Elle secoua lentement la tête.

— Nos mariages étaient liés, mais j'étais la seule à le voir.

— Je ne suis pas d'accord, nous n'étions qu'amies, insistai-je, dans l'espoir d'éviter les rengaines comme quoi Tim et moi étions « trop proches ». Après la naissance de Leo, toi et moi, on n'était plus qu'à peine amies, tu m'as exclue de ta vie.

Elle remua, mal à l'aise.

— Je suis désolée si c'est ce que tu as ressenti. Je ne l'ai pas fait volontairement.

— Tu venais d'avoir Leo, tu étais une jeune maman et tu n'allais pas bien. Ne t'excuse pas, je t'en supplie. Je te signalais juste que notre amitié s'était distendue et que nos mariages n'étaient pas liés.

L'expérience m'avait appris qu'il était parfois nécessaire d'être claire et ferme avec Jill, sinon elle s'accrochait à des mirages, créait ses propres récits et les amplifiait.

Je me levai, retournai à mon fauteuil et ouvris mon téléphone. Elle était en train de scroller sur le sien. Notre conversation était terminée, mais elle avait déclenché le souvenir de la naissance de Leo et de la façon dont elle m'avait repoussée.

Olivia était âgée de deux semaines lorsque nous avions reçu l'appel nous annonçant qu'ils avaient eu un petit garçon de trois kilos et demi et qu'ils rentreraient bientôt chez eux. Ils avaient traversé énormément d'épreuves : FIV, fausses couches, et si quelqu'un méritait un bébé parfait, c'était bien eux. J'étais ravie pour nos amis.

« Je peux être à l'hôpital dans dix minutes », avais-je annoncé à Tim.

Il y avait eu un silence palpable. « Eh bien… ça n'a pas été facile, et il a une légère jaunisse, donc l'hôpital a interdit les visites.

— Oh, bien sûr, on les verra tous les deux quand elle rentrera à la maison, alors ? » avais-je insisté, sachant qu'il était très inhabituel que l'hôpital interdise les visites, mais j'avais envoyé la plus grande et la plus belle corbeille de fruits que j'avais pu trouver. Et à ma grande joie, trois jours plus tard seulement, j'avais vu leur voiture s'arrêter devant la maison avec Jill et le bébé à l'intérieur.

Olivia dans les bras, j'avais regardé par la fenêtre Jill descendre prudemment de la voiture. Tim avait ouvert la portière côté passager et sorti le cosy avec tant de précautions que j'en avais eu les larmes aux yeux. Mon cœur s'était serré pour eux. Ils avaient alors tous les deux l'air très fatigués et très fragiles, avec leur précieuse petite cargaison. Je m'étais souvenue de ce que nous avions vécu avec notre premier-né et j'avais eu envie de les serrer dans mes bras et de leur dire que tout irait bien. Alors, portant toujours Olivia, je m'étais précipitée dehors pour traverser mon petit jardin de devant et aller les accueillir.

« Bonjour ! Comment vous allez ? Je peux le voir ? » m'étais-je écriée.

Jill s'accrochait à Tim, qui avait soulevé le cosy pour que je puisse y jeter un coup d'œil, tandis que je me pâmais devant sa beauté. « Oh, Jill, je suis si heureuse pour toi, avais-je dit en exerçant une pression sur son bras. J'ai hâte qu'il rencontre Olivia. »

Elle n'avait rien répondu, demeurant sur le trottoir à regarder droit devant elle. Son teint était grisâtre et elle avait l'air si frêle que je l'avais crue sur le point de tomber.

« Je parie que tu es épuisée, mais ça en valait la peine, hein ?

— Ça va aller, Wendy, elle est juste un peu fatiguée », avait lâché Tim en levant les yeux au ciel. Après quoi, il l'avait guidée vers leur allée puis leur porte.

« À bientôt », avait-il articulé sans bruit avant de se retourner pour disparaître dans la maison. J'avais téléphoné, je m'étais présentée sur le pas de sa porte, je l'avais invitée à déjeuner, à prendre un café, bref tout ce qui m'était passé par la tête. J'avais même demandé si Olivia et Leo pouvaient se rencontrer, mais elle s'était bornée à ignorer mes appels, n'avait jamais ouvert sa porte ni même daigné répondre à mes invitations. Lorsque j'avais appris qu'elle avait rencontré d'autres mamans du quartier, j'avais été très blessée. Pourquoi un tel comportement ? C'était ma meilleure amie, pourtant je ne les revis pas, ni son bébé, ni elle, avant qu'il ait six mois.

Dix-huit ans plus tard, assises à boire du vin dans un cottage au Pays de Galles, je me demandais toujours ce qui lui était arrivé à l'époque. Oui, elle était jeune maman et elle n'était pas au mieux de sa forme, mais pourquoi pouvait-elle voir d'autres amies et pas moi ? Peut-être se sentait-elle encore plus protectrice envers son mariage depuis qu'ils avaient un bébé ? Mais pourquoi me tenir à l'écart, même quand Tim n'était pas dans les parages ? Nous avions été très proches, comme une famille, et les bébés rapprochent généralement les amis... Hélas, notre amitié ne s'était jamais vraiment rétablie après la naissance de Leo. Et elle avait toujours refusé catégoriquement d'en parler. Aujourd'hui je brûlais soudain d'aborder le sujet avec elle.

— Jill, je sais que c'est du passé maintenant, mais tu ne m'as jamais dit pourquoi tu avais cessé de me voir à la naissance de Leo... Dès que tu as appris que tu étais enceinte, tu as semblé mettre un terme à notre amitié.

— J'imagine que c'était une histoire d'hormones. Comme tu le dis, c'est du passé, ça ne sert à rien de revenir là-dessus, d'essayer de comprendre.

— Je... ça me fait toujours mal. Je t'ai demandé à l'époque si c'était ma faute, mais tu as éludé. Mais maintenant, tu peux me dire si c'était lié à quelque chose que j'ai fait ?

— J'étais malade, Wendy.

— Je sais, mais j'étais ton amie. Je voulais partager ta joie.

— Il n'y avait pas de joie ! Je me sentais mal et je n'avais pas envie que tu rappliques, aussi pimpante qu'une publicité pour la mère parfaite, la bouche pleine d'injonctions au calme.

— Je suis désolée que tu aies eu cette impression, répondis-je, sachant au fond de moi que c'était plus que cela.

— À l'époque, il se passait beaucoup de choses dans ma tête, Wendy. Pardonne-moi.

— Je t'ai pardonné. Comme je te l'ai dit, on était les meilleures amies du monde, c'est pour ça que je t'ai organisé une fête d'anniversaire surprise après la naissance de Leo.

— Oh... ça ?

— Je ne t'avais pas vue depuis six mois. J'ai pensé que c'était l'occasion idéale de te remettre en selle. Olivia n'avait que deux semaines de plus que Leo, et comme j'avais trois enfants, je comprenais ce que c'était que de continuer à faire tourner la machine. Quand j'ai proposé cette fête à Tim, il était ravi, il m'a dit que ça aiderait vraiment à te remonter le moral.

— À remonter son moral, plutôt : il en avait marre de rester avec Leo et moi.

— J'ai aussi pensé qu'après un bébé, il était important de célébrer la mère, poursuivis-je, passant outre sa remarque négative à propos de Tim.

— Je vais me coucher, annonça-t-elle soudain en se levant, incertaine, de sa chaise. Je crois que j'ai trop bu. C'est ta faute, ajouta-t-elle en plaisantant.

Et elle se dirigea d'un pas chancelant vers son lit, me laissant avec une demi-bouteille de vin et une kyrielle de souvenirs.

Le soir de la fête d'anniversaire surprise de Jill, Robert avait allumé le barbecue, j'avais disposé des guirlandes lumineuses dans le jardin et nous avions garni une table d'alcool. Nous avions invité tous les voisins, en leur demandant d'arriver par le côté de la maison, afin qu'elle ne les voie pas. Chacun s'était présenté silencieusement, avec son cadeau, des bouteilles et de l'affection. Je pensais vraiment réussir à la tirer du marasme où elle était plongée.

Mais lorsqu'elle était finalement arrivée, elle se disputait avec Tim en serrant le bébé dans ses bras. Pourtant, à son apparition dans le jardin, tout le monde avait crié : « Surprise ! »

Choqué, le bébé s'était mis à pleurer, et elle était restée là, la bouche entrouverte, sans sourire. Le silence qui s'était ensuivi avait été assourdissant. On aurait dit que le temps s'était arrêté. Si les guirlandes lumineuses se balançaient toujours doucement dans la brise, tous les autres sons et mouvements étaient figés. J'avais commencé à chanter « Joyeux anniversaire », paniquée, pour couvrir le silence poisseux et finalement, tout le monde s'y était mis. C'était désordonné et gênant et je savais que j'avais commis une énorme erreur.

La mère de Robert gardait nos enfants pour la nuit, nous étions donc prêts pour une fête avec de la musique à plein volume, de la danse et beaucoup de plaisir. J'avais suggéré à Tim l'idée que Jill apprécierait peut-être de se laisser aller, autrement dit qu'il devrait faire appel à une baby-sitter. Mais, à l'en croire, quand il en avait parlé à Jill, elle avait piqué une crise, disant qu'elle ne laisserait jamais Leo à une inconnue. J'avais donc essayé de limiter autant que possible les dégâts : je lui avais trouvé un coin tranquille pour s'asseoir avec le bébé et j'étais allée lui chercher un verre. À mon retour, en constatant qu'elle avait disparu, je m'étais inquiétée. Après avoir passé la maison au crible, j'avais eu la surprise de la trouver seule dans la salle de bains de notre chambre.

Surprise, elle s'était retournée si vite qu'elle avait failli tomber quand j'étais apparue derrière elle dans le miroir.

« Désolée de t'avoir effrayée, avais-je bredouillé, non sans me demander pourquoi elle n'avait pas utilisé la salle de bains familiale ou celle du rez-de-chaussée.

— Où est Leo » ? m'étais-je enquise. Elle avait hésité un instant.

« Il est... J'espère que ça ne te dérange pas, il est sur ton lit.

— Non, pas du tout », avais-je répondu, comprenant que j'avais dû le manquer en entrant. Un coup d'œil dans la pièce m'avait alors permis de m'assurer qu'il était bien là, enveloppé dans sa couverture et profondément endormi, mais il avait soudain été réveillé par un fracas en provenance de la salle de bains. Il s'était mis à pleurer et j'avais regagné précipitamment la petite pièce pour trouver Jill en train de ramasser des éclats de verre sur le sol. « Je suis désolée, avait-elle bredouillé, j'ai cassé un verre, j'ai cassé un de tes verres... Je suis vraiment désolée, Wendy.

— Ce n'est rien, c'est juste un verre. Viens, je vais ramasser les débris. » Je l'avais guidée jusqu'à notre chambre, où je m'étais assise à côté d'elle sur le lit en posant une main sur les siennes.

« Ça va, je suis juste un peu débordée, avait-elle protesté en retirant sa main sous prétexte de vérifier le front de Leo. Merci d'avoir organisé cette fête. Je ne te mérite pas en tant qu'amie.

— Tu sais, tu peux toujours amener Leo ici un après-midi si tu as besoin de faire une sieste », avais-je gentiment suggéré. Mais en réaction, les bras de Jill s'étaient instinctivement resserrés autour de son fils.

« Tout va bien. » Je souriais, parlant doucement, consciente de la panique qui enflait dans ses yeux.

« Tu ne l'auras pas, Wendy. » La panique était maintenant réelle, ses yeux balayaient la pièce comme si elle cherchait à s'échapper.

« Du calme. Personne ne t'enlèvera Leo, ma chérie, avais-je murmuré. Tu n'as pas à te débrouiller seule. Tu as Tim, et tu nous as, nous.

— Tim ? » Elle avait eu l'air perplexe.

« Nous sommes là, et nous pouvons vous aider n'importe quand, alors n'hésite pas à demander, avais-je insisté, ignorant sa pique à l'égard de son mari. Ton petit compte sur toi, donc tu dois dormir et manger correctement. Tu as vu un médecin, Jill ?

— Non, parce que je vais bien, avait-elle rétorqué. Et ne t'avise pas de dire le contraire à qui que ce soit.

— Je me souviens d'avoir ressenti la même chose avec Josh, avais-je continué calmement. Pour l'instant, tu as le sentiment qu'il s'agit d'une montagne à gravir, mais fais-moi confiance, quand tu auras eu ton deuxième bébé, ce sera tout à fait différent. »

Elle avait attrapé Leo et l'avait serré contre elle. « Il n'y aura pas d'autres bébés, Wendy, je te le promets. Je suis vraiment désolée.

— Tu n'as pas à t'excuser ou à me promettre quoi que ce soit, ma chérie, à part que tu prendras soin de toi. »

Jill avait récupéré Leo et quitté de bonne heure la fête donnée en son honneur. Elle n'avait jamais eu d'autres bébés, mais adoré son précieux enfant unique, dont le corps avait été repêché dans la rivière quatre jours seulement après son premier bal de fin d'année. Il n'avait que seize ans.

13

JILL

Je suis devant la maison des Venables. Je me suis réveillée tôt ce matin et, pendant que j'étais dans la cuisine, j'ai jeté un coup d'œil de l'autre côté de la route : la vieille camionnette des Venables franchissait le portail, Mme Venables au volant et M. Venables sur le siège passager. Enveloppée du silence sépulcral du cottage, je me suis demandé si je faisais ce qu'il fallait : devais-je entrer et jeter un œil à leur cottage en leur absence ? J'ai un pressentiment à leur sujet, surtout à son sujet à lui, et si je trouve quoi que ce soit qui puisse être lié à Leo, j'irai directement trouver la police.

Je suis donc là, dans l'obscurité totale de leur jardin, en train de chercher un moyen d'entrer. C'est fou, dangereux et stupide, mais comme je l'ai déjà dit, quand vous avez perdu un enfant, rien ne peut jamais plus vous effrayer.

En éclairant les fenêtres avec la torche de mon téléphone, je me rends compte qu'elles sont toutes en mauvais état, et je choisis celle de la cuisine. Mes clés me permettent de faire levier et d'émietter le bois pourri du cadre. Le battant s'entrouvre bientôt assez pour que je puisse glisser ma main à l'intérieur et soulever le loquet.

Étrangement encouragée par ce petit succès, je me hisse sur le rebord. Je perds prise lors des deux premières tentatives, mais au prix d'un effort physique considérable, je parviens à me hisser. Je passe par la fenêtre et glisse par-dessus l'évier, manquant atterrir sur la tête.

L'odeur âcre de porridge et d'urine qui règne dans la maison me saisit les narines. Je me fraye un chemin à travers la cuisine obscure avec l'impression d'être une Boucle d'or vieillissante dans une version horrifique du conte. Je passe une main le long du mur et, en m'aidant de la torche de mon téléphone, je finis par trouver un interrupteur. Un clic, et voilà la pièce baignant dans un jaune maladif.

Je suis dans une cuisine inconnue, à me demander ce que je fiche ici, mais Leo, à mes côtés sans relâche, me guide. Il me pousse à avancer. Il est aussi en colère que moi, je le sens, de voir tout le monde penser qu'il est tombé ivre dans la rivière. Telle est l'opinion générale, mais je sais, moi, que c'est faux, parce que Leo me l'affirme.

Je pose les yeux sur le vieux four AGA et un très, très vieux réfrigérateur, puis une commode galloise en pin, de vieux pots empilés sur des étagères, tous très poussiéreux. J'ouvre des tiroirs, passe en revue les bouts de papier, glisse mes mains sous le canapé, sur le dessus des armoires sans seulement savoir ce que je cherche. Je m'arrête un instant : je suis en quête de secrets. Et où les gens cachent-ils les leurs ? Dans leur chambre à coucher ?

Traversant rapidement la cuisine, je monte avec précaution l'escalier branlant, dont chaque marche grince et se plaint comme un vieux squelette. J'entre dans les deux premières chambres, où rien n'arrête mon regard, mais en ouvrant la porte suivante, je suis aussitôt attirée par le télescope près de la fenêtre. Il fait encore assez sombre. La lentille me montre le matin d'un bleu laiteux ainsi que les petites étoiles qui s'attardent, tels des diamants sur du velours pâle. J'imagine Leo ici, regardant à travers cette même lentille, et en la tenant comme il l'aurait fait, je me sens à nouveau proche de lui.

Je balaie la pièce du regard, puis me tourne vers la fenêtre qui donne sur la cour arrière. Et je remarque alors l'abri de jardin : une remise est peut-être un endroit propice pour cacher ses secrets ?

Un coup d'œil à ma montre : ils sont partis depuis une demi-heure environ et pourraient être de retour dans quelques minutes ou absents pour la journée. Je ne peux pas rester là. Dévalant l'escalier, j'ouvre la porte de la cuisine et fonce vers la remise. Mais quand j'y arrive, essoufflée par la course, c'est pour constater que cette fichue cabane est verrouillée. Dans ma frustration, je lui flanque un coup de pied brutal. La porte s'ouvre sur un lent grincement. Toute cette histoire commence à me donner la chair de poule : on dirait que quelqu'un me pousse à regarder à l'intérieur. Est-ce qu'on m'observe ? Je jette instinctivement un coup d'œil derrière moi, mais ne remarque personne. Je demande à voix basse :

— J'entre ?

Leo répond par l'affirmative.

À l'intérieur, ma torche éclaire une petite chaise, quelques magazines et un petit lit simple. Qu'est-ce que c'est que ça ? Une cellule de prison artisanale ? Je m'approche de quelques pas. Le lit a été fait, mais la lumière de la torche m'indique que les couvertures ne sont sans doute pas très propres. Je lève les yeux : les murs sont tapissés de photos. Je m'apprête à les examiner de plus près quand quelque chose bondit de sous le lit. Je pousse un cri et manque tomber au passage d'une créature poilue qui file devant mes jambes avant de disparaître vers le matin. Dans le silence qui s'ensuit, j'espère qu'il s'agissait d'un petit chat et non d'un rat géant.

Je tente de me calmer en prenant de profondes inspirations,

mais l'air est humide et âcre. Qu'ai-je trouvé ici ? Il y a des piles de papier bien nettes, malheureusement je ne peux pas rester pour les passer en revue. Je me contente donc d'un coup d'œil aux feuilles du sommet de la pile. Je vois des noms d'étoiles et les mots, on dirait un écrivain amateur qui se serait essayé à un flux de conscience sur Dieu et les étoiles. « Il descendra de l'espace et nous sauvera de la méchanceté des hommes et nous entraînera dans les flammes de l'enfer. » Les mots sont accompagnés de dessins détaillés, si troublants que tout ce à quoi je peux penser, c'est : *la personne qui a fait ces dessins a besoin d'aide.*

Et si Leo avait vu une partie de ces images ? En a-t-il été perturbé ? S'agit-il d'une sorte de culte expliquant pourquoi il est rentré à la maison changé ? Il pouvait à peine me regarder lorsqu'il est revenu de ce voyage d'observation des étoiles, et je n'ai jamais compris pourquoi. Peut-être tiens-je là ma réponse ?

Soudain, la porte grince et commence à s'ouvrir sur un couinement aigu. J'ai l'impression d'avoir le cœur au bord des lèvres, qui tambourine comme un fou. Est-ce le vent ou quelque chose d'autre ?

Vraiment mal à l'aise, je décide de ficher le camp, pourtant quelque chose me retient. *C'est toi, Leo ?*

Les photos m'attirent, toutefois avant que je puisse me concentrer dessus, j'entends des pas crisser sur le gravier dehors. J'éteins aussitôt ma torche, puis me fige, aussi immobile et silencieuse que possible.

— Qu'est-ce que tu fabriques ici ? s'exclame une voix.

M. Venables... même si je n'ai pas entendu la camionnette revenir.

— Ohé ? chuchote-t-il, de l'autre côté de la porte, comme s'il essayait de m'inciter à sortir.

Comment sait-il que je suis là ? Il a dû voir la torche. Et si je me trompais et qu'il n'était pas monté dans la camionnette avec sa femme ? Était-il là à me surveiller depuis le début ?

Mon cœur bat si vite et si fort qu'il doit pouvoir l'entendre.

— Viens donc là, ma mignonne !

La voix, profonde et sombre, me fait froid dans le dos. Puis soudain, il reprend, de la même voix étrange et douce, comme s'il s'adressait à un petit enfant :

— On va fermer cette porte, d'accord ? Comme ça, je t'évite d'autres ennuis ?

Sur quoi le battant de bois se referme en grinçant, et le verrou claque dans un bruit sourd. J'ai envie de crier, mais je sais qu'il n'y a personne d'autre à des kilomètres à la ronde.

Les bottes de Venables se remettent à faire crisser le gravier. Il déambule dans les parages, tourne en rond et marmonne, mais sans que je parvienne à distinguer ses mots. Tout ce que je perçois, c'est une étrange légèreté, comme s'il s'adressait à un enfant.

Veillant à ne pas trop respirer, au cas où il m'entendrait, je sors prudemment mon téléphone de ma poche. Il n'y a qu'une barre de réseau. J'envoie donc un texto à Wendy.

AU SECOURS ! Venables m'a enfermée dans une remise. Appelle la police. Viens dès que possible.

J'appuie sur « Envoyer » et je panique. Et si elle débarque en courant et qu'il l'attend ? Mon sang ne fait qu'un tour. Je regarde mon téléphone ; le message a été distribué. Il est trop tard, elle va venir. Je reste donc près de la porte à guetter le bruit de ses pas, puis je l'appellerai. Il n'est pas bien grand, Wendy pourra peut-être le repousser. Où est Mme Venables ?

Puis de sombres pensées m'envahissent. Si Wendy cache quelque chose à propos de la mort de Leo, il ne serait pas dans son intérêt de me sauver. L'instinct de conservation est puissant, et elle en a à revendre.

L'intérêt personnel figure également en bonne place sur sa liste. Comme lorsqu'elle a insisté pour organiser cet horrible cocktail sur sa pelouse avant que les enfants aillent au bal de fin d'année. Nos deux maris étaient encore au travail et, même si j'étais heureuse que Tim ne soit pas là à s'extasier devant Wendy, je n'en étais pas moins demeurée tendue et extrêmement malheureuse. Pendant que Wendy et sa fille posaient pour le photographe professionnel qu'elle avait engagé, j'ai emmené Leo dans la maison.

« Tu n'es pas forcé d'accompagner Olivia ce soir. Même si tu montes dans la même voiture qu'elle, tu peux aller retrouver tes amis quand tu arriveras là-bas. Rien ne t'oblige d'être son cavalier, ai-je déclaré.

— Maman, je t'ai dit que je voulais y aller avec Olivia. Je l'aime bien.

— Je... Je te l'ai dit, Leo, elle n'est pas pour toi. S'il te plaît, ne te laisse pas entraîner dans des choses que tu ne comprends pas... » Mais avant que j'aie pu terminer, il s'était éloigné pour la rejoindre dans le jardin. À contrecœur, je l'ai suivi dehors où Wendy, pieds nus dans l'herbe, riait et partageait avec eux ce moment si particulier. Elle portait une nouvelle robe, flottante et fleurie. Ses cheveux brillaient dans le soleil du soir, tandis qu'elle sirotait un vin pétillant, rejetant la tête en arrière pour rire d'une remarque lancée par Olivia. Comme j'enviais son aisance, son bonheur, son innocence, et la leur aussi. Comme j'avais envie de prendre un verre et de me joindre à eux, mais j'en étais tout simplement incapable.

C'était il y a un an et demi ; beaucoup de choses ont changé depuis. La mort de Leo nous a tous affectés de différentes manières. Les habitants de la région étaient effrayés à l'idée d'un tueur en liberté et du danger qu'il pourrait représenter pour la vie de leurs enfants, et durant les quatre jours qu'il a fallu pour trouver le corps de Leo, chacun était en alerte maximale, allant chercher ses enfants à la sortie du lycée, les obligeant à rester à la maison le soir.

Je sais que ce n'était pas entièrement sa faute, mais je me dis souvent que si Tim avait attendu devant le lycée, comme il était censé le faire le soir du bal de fin d'année, il aurait pu voir quelque chose. Leo serait peut-être simplement monté dans sa voiture au lieu de s'enfuir.

Je ne peux pas le lui pardonner, et je le lui ai dit. Peu de temps avant son départ, je lui ai sorti que la mort de notre fils aurait pu être évitée s'il avait simplement tenu son rôle de père. J'étais toujours allée chercher Leo à l'école lorsqu'il était plus jeune, et je ne l'avais jamais laissé sortir après 22 heures. Et l'une des rares fois où lui, son père, était censé aller le chercher, il avait été en retard, il avait manqué à ses obligations envers lui.

Je n'oublierai jamais son visage, rouge de colère. « Arrête ça, Jill, ARRÊTE ! » a-t-il hurlé avant de partir en trombe au pub, ou retrouver sa conquête du moment. Il en a toujours été ainsi, même avant que nous ne perdions Leo, il me rendait responsable de ses soirées au pub et de ses infidélités. Il n'a jamais assumé la responsabilité de quoi que ce soit, même de Leo. La seule chose qu'il devait faire ce soir-là, c'était récupérer son fils après le bal, et il n'a même pas été capable de mener cette tâche à bien.

Lorsque la police a repêché le corps de Leo dans la rivière, je leur ai fait part de mes soupçons, je leur ai donné des noms, des motifs, j'ai essayé de les convaincre qu'il ne s'agissait pas d'un accident. Mais ils m'ont répliqué qu'ils ne pouvaient pas arrêter quelqu'un simplement parce que je le pensais peut-être coupable. Les gens ont alors commencé à m'éviter dans la rue ; nos amis ont cessé de m'appeler et de m'envoyer des messages, de peur que je ne les accuse de meurtre. Attentif et prévenant comme toujours, Tim m'a asséné que j'avais l'air dérangé : « Tu es cinglée ! » a-t-il crié en quittant la maison, me laissant seule avec mon chagrin.

Plusieurs mois après la découverte du corps de Leo dans la rivière Severn à Worcester, la police a fait une déclaration d'où il ressortait qu'il s'agissait, selon toute probabilité, d'un « tragique accident, sans aucune preuve de l'implication d'un tiers ».

Après avoir appris qu'il n'y avait pas de tueur en série à Lavender Close ou dans ses environs, les parents ont retrouvé leur insouciance en l'espace de quelques semaines. Les enfants jouaient à nouveau dehors, sans surveillance, et les adolescents rentraient chez eux la nuit, par leurs propres moyens, au lieu d'être véhiculés par leurs parents. Amis et voisins ont repris le cours de leur vie... Pas moi, je n'y suis pas arrivée. Je ne serai jamais capable de retrouver ma vie d'avant. Mais je peux me battre pour celle de mon fils, découvrir qui la lui a prise et pourquoi. Et tandis que je suis recluse dans la remise de M. Venables, pendant que celui-ci rôde devant, je me demande dans quoi je me suis embarquée.

Cela fait une demi-heure que j'ai envoyé un texto à Wendy. Il ne faut guère plus de deux minutes pour traverser la route depuis notre cottage. Alors, où est-elle ? Où est Wendy, merde ?

Je regarde à nouveau mon téléphone et, à mon immense horreur, je vois le petit point d'exclamation rouge à côté du message que je lui ai envoyé. Il ne lui a pas été distribué.

Personne ne sait que je suis ici !

14

WENDY

Jill avait disparu ! Je ne l'avais pas vue ni entendue depuis la veille au soir, lorsqu'elle avait mis fin à notre conversation difficile en prétendant qu'elle était fatiguée et qu'elle allait se coucher. Ce matin-là, je m'étais réveillée tôt, vers 8 heures, je m'étais habillée avant de descendre en espérant que Jill avait préparé du porridge. Mais aucune odeur de porridge chaud, de mélasse fondant dans de l'avoine brûlante. La cuisine m'offrit un silence de tombeau. Il n'y avait personne. Supposant qu'elle était partie faire une de ses « promenades matinales revigorantes » qu'elle aimait tant, je mis la bouilloire à chauffer, des toasts dans le grille-pain et j'attendis. Mais après avoir mangé mes tartines, lu quelques pages de mon livre et compulsé mon téléphone, je commençai à éprouver une pointe d'inquiétude. La veille, elle m'avait dit qu'elle ne pouvait pas continuer. Le pensait-elle littéralement ? Je savais qu'elle m'avait invitée ici pour une raison qu'elle me cachait : avait-elle l'intention de se suicider mais tenait-elle à ce qu'un professionnel de santé soit présent ? Merde ! Laissant tomber mon téléphone, je bondis de ma chaise et gravis l'escalier deux à deux en l'appelant, avant de faire irruption dans sa chambre. À ce moment-là, je m'attendais vraiment à trouver un cadavre, soit allongé sur le lit, soit pendu au luminaire. Mon Dieu, j'étais si terrifiée que je me laissai tomber sur le matelas et versai quelques larmes. Surtout de soulagement, mais aussi de culpabilité pour ce que je lui avais fait subir. Combien de temps pourrais-je continuer cette mascarade, ces mensonges, faire perdurer cette douleur et la souffrance sans fin de cette pauvre Jill ? Je me détestais, mais qu'y faire ?

La veille au soir, la visite des Venables, pour le moins perturbante, n'avait fait que renforcer sa détermination à découvrir ce qui était arrivé à Leo et avait conduit à la nuit de sa mort. Ce couple bizarre m'avait déplu, mais j'étais heureuse de leur présence, car, l'espace de quelque temps, il avait détourné l'attention d'Olivia et de moi. Jill n'avait cessé de laisser entendre que je savais quelque chose. Désormais, elle craignait que son fils ait été victime d'abus, ce qu'elle n'avait même pas envisagé auparavant. Que ce soit vrai ou non, ou que cela ait un rapport avec sa mort, elle se torturait maintenant avec cette idée.

En ne la voyant pas dans la cuisine, j'avais pensé qu'elle faisait peut-être la grasse matinée. Ce n'était pas le genre de Jill, qui se levait généralement vers 6 heures, mais nous étions loin de chez nous et j'espérais qu'elle se détendait un peu. J'avais donc préparé le petit déjeuner et ressassé mes pensées, qui semblaient alors toujours revenir à la mort de Leo.

Après la tragédie, Tim avait tenté d'épauler Jill, mais il n'était pas ce qu'on appellerait un soutien solide, il ne l'avait jamais été. En outre, il était ratatiné et perdu, lui aussi, et il avait besoin de quelqu'un pour l'aider. « Déjà, je n'ai jamais voulu ça, que ta fille et mon fils sortent ensemble, m'avait déclaré Jill après coup. On n'aurait jamais dû les laisser faire. Elle contrôlait tout et elle était bien plus expérimentée que Leo. Elle l'a hypnotisé, mené à la baguette. J'espère seulement qu'ils n'ont rien fait d'illégal. »

Elle ressemblait à une évangéliste des années 1950, à

fonder ses accusations sur les maux du sexe, et son attaque à peine voilée et plutôt misogyne contre la vie sexuelle de ma fille était blessante. Cela m'avait mise très en colère, mais je devais être gentille : elle venait de perdre son fils. Je ne voulais pas non plus envenimer les choses, car elle avait déjà commencé à pointer son doigt dans la direction de mon enfant.

Je ne trouvais rien à redire à la relation de Leo et Olivia, pour ma part. En fait, je l'approuvais même. J'avais été surprise et heureuse quand ma fille m'avait annoncé qu'ils allaient au bal de fin d'année ensemble.

« En tant qu'amis ? » avais-je demandé.

Elle avait levé les yeux au ciel et quitté la pièce, sa réaction par défaut à l'époque. J'étais ravie : j'espérais que ce serait la fin de Rory Thompson, ce garçon avec qui elle traînait depuis un certain temps. J'étais très heureuse que ce soit terminé, car j'avais entendu des rumeurs selon lesquelles il avait des ennuis avec la police. Par conséquent, l'annonce qu'elle allait au bal de fin d'année avec Leo avait sonné comme une douce musique à mes oreilles.

« Alors, qu'est-ce qu'on fait, pour le bal de fin d'année de nos enfants ? avais-je lancé à Jill, dès que je l'avais revue. On leur commande une limousine, de chez vous ou de chez nous ? »

Elle avait eu l'air confuse.

« Olivia et Leo vont ensemble... au bal de fin d'année, avais-je ajouté en réalisant soudain qu'elle n'était pas au courant.

— Oh, il ne faut surtout pas qu'on laisse les choses aller trop loin, avait-elle répliqué, comme pour elle-même.

— Qu'est-ce que tu veux dire ? » Sa réaction m'avait aussitôt mise hors de moi. « Ils sont jeunes, il n'y a pas de mal à s'amuser, ce sont tous les deux de chouettes gosses. »

Elle avait pris une profonde inspiration. « Oui, sauf que l'amusement selon Olivia est très différent de la vision qu'en a Leo. Ne le prends pas mal, mais il ne doit pas de disperser. Je n'en ai pas parlé, mais il a un entretien à Cambridge... pour faire médecine », avait-elle ajouté. J'avais décelé un frisson d'excitation dans ses yeux habituellement tristes.

« Olivia a aussi du travail qui l'attend, nous espérons qu'elle sera admise dans une classe préparatoire aux écoles de commerce », avais-je répondu, sur la défensive. Depuis quand son fils était-il trop bien pour ma fille ?

Elle avait soupiré, puis souri faiblement, comme si elle me prenait en pitié et désirait se montrer gentille, mais que je mettais sa patience à rude épreuve. J'étais furieuse, et je savais que cela allait causer des problèmes : la colère couvait sous chaque conversation que nous avions eue, cet été-là.

Je chassai un moment le passé de mon esprit. Ces jours-ci, quand je pensais trop au comportement de Jill, je me mettais en colère, et je ne voulais pas me brouiller avec elle au cours de notre week-end. Elle était déjà très préoccupée, et il ne s'agissait pas seulement de la mort de Leo : son obsession pour lui avait commencé dès sa naissance. Elle n'avait pas de temps pour qui que ce soit, pas même pour elle. « Les enfants ont besoin de savoir que tu es là, mais tu dois leur laisser de l'espace, ma chérie », avais-je l'habitude de lui dire. Sauf qu'elle n'écoutait pas.

Comme maintenant : elle était probablement partie se promener, mais pourquoi ne pas avoir attendu ? J'aurais pu l'accompagner. Elle m'avait bien précisé qu'elle voulait passer du temps avec moi ce week-end, et j'étais contrariée qu'elle soit partie sans m'envoyer de texto ni même me laisser un mot.

Je remontai vérifier si je n'avais pas raté quelque chose. Avait-elle fait ses valises, était-elle rentrée chez elle ? Je l'espérais, car cela signifierait que je pouvais partir aussi. Si je restais dans cette saleté d'endroit, c'était pour être avec elle, pour la soutenir et comment me remerciait-elle ? En disparaissant. Maintenant, je devais me tourner les pouces jusqu'à ce qu'elle revienne. J'avais d'autres personnes dans ma vie qui avaient besoin de moi, tout ne tournait pas autour d'elle ! Je me sentais abattue. Qu'est-ce que je fichais ici, à prétendre être l'amie de cette femme pour sauver ma propre peau ?

Soudain, mon téléphone se mit à sonner, mais ce n'était pas Jill. Je décrochai.

— Désolé, j'avais éteint mon téléphone. Je voulais faire une grasse matinée.

— Tant mieux, tu en avais sans doute besoin.

J'étais si isolée, si loin de chez moi, que j'avais besoin d'entendre une voix familière, de parler à quelqu'un qui savait. À qui je n'avais pas à cacher la vérité.

— Hé ! murmurai-je. Tu me manques.

— Toi aussi... Ça va ? demanda-t-il, l'air nerveux.

— Oui, et toi ?

— Ça va, je serai juste content quand tu seras enfin là.

— Oui, je sais, je n'en peux plus d'attendre. Comment ça se passe là-bas ?

— Bien...

— Tu n'as pas l'air convaincu...

— On a traversé beaucoup de choses, ça ne se fera pas du jour au lendemain.

— Non, bien sûr.

— Donc comment ça se passe au Pays de Galles ?

— Affreusement mal. Je déteste la façon dont Jill me regarde.

J'approchai le téléphone de mes lèvres et je chuchotai :

— J'ai parfois l'impression qu'elle sait.

— C'est impossible.

— N'empêche, elle me met très mal à l'aise.

— Tiens bon, ne dis rien qu'elle puisse réinterpréter... ou mal interpréter.

— Non, j'y veillerai. J'aimerais partir tout de suite. Mais elle n'est pas là. Dieu sait où elle est passée. Je ferais mieux de raccrocher, elle ne va pas tarder.

Je coupai la communication. La chambre était extrêmement

bien rangée, avec toutes ses affaires mises de côté, à l'exception d'une petite photo dans un cadre près de son lit.

Je m'en saisis. C'était Leo en uniforme d'écolier, il devait avoir une douzaine d'années. C'était la photo d'école typique, que nous avions tous dans nos maisons, sur nos coiffeuses et nos manteaux de cheminée. Un jeune garçon brillant au sourire gêné, vêtu d'une chemise et d'une cravate beaucoup trop grandes, les cheveux plaqués sur le front d'une manière qu'on ne voit jamais dans la vraie vie. Sauf que cette photo était différente, parce qu'il était mort. J'essayai de détourner le regard, mais j'étais attirée par ses yeux, qui se détachaient d'un visage banal, exactement les prunelles de sa mère. Et, tout comme celles de sa mère, les siennes plantaient droit sur moi leur regard fixe et accusateur.

Je frissonnai et je reposai le cadre sur la table de nuit. Le simple fait de regarder la photo m'avait ramenée à cette malheureuse soirée, au vent d'été qui soufflait sur les arbres, à cette atmosphère d'attente. Le grelot des rires. Le tintement des coupes de champagne.

Quelques heures plus tard, Olivia qui hurlait. Le sang sur sa robe de bal. Ce n'était que le début de mon film d'horreur personnel.

15

JILL

Jusqu'à maintenant, j'ai cru que quelqu'un allait venir, mais à mesure que les minutes passent, je commence à me demander si ça va être le cas. Ma vie s'achèvera-t-elle ici, dans une remise au fin fond du Pays de Galles ?

En voyant que je ne réussissais pas à passer de coup de fil et que Wendy ne répondait pas à mon message, j'ai légèrement paniqué. Puis je me suis calmée, songeant qu'elle faisait peut-être la grasse matinée, ou même qu'elle avait appelé la police et qu'elle l'attendait plutôt que de se présenter seule. Mais maintenant que je sais que mon message ne lui est pas parvenu, je panique sérieusement et je commence à avoir peur. Je ne vois pas comment je vais pouvoir me sortir de ce guêpier !

Je me dirige vers la porte que j'essaie de pousser, puis que je frappe d'un grand coup de pied, encore et encore. Je me fiche que Venables m'entende. S'il entre, je l'esquiverai, je le contournerai en courant et je ficherai le camp d'ici. C'est un vieil homme et je suis plus leste que lui. Mais je pleure et j'ai peur, car pour la première fois, je me rends compte qu'il est fort possible que je ne ressorte jamais.

Comme la porte ne bouge pas, je laisse la torche de mon

téléphone allumée et me mets en quête d'un objet que je pourrais utiliser pour la défoncer. Je ne vois rien dans cette petite pièce bizarroïde, avec son lit simple flippant et ses piles de papiers étranges. À force de tourner et retourner sur les quelques mètres carrés, j'ai l'impression de devenir folle. Puis le faisceau lumineux tombe sur ce qui ressemble à des photographies au mur. Pendant quelques secondes, distraite de mon sort, j'approche ma torche pour voir ce que montrent les images, si elles peuvent me donner des indices. Au début, je n'arrive pas à distinguer quoi que ce soit, mais peu à peu les formes commencent à se préciser et, de plus en plus terrorisée, je constate que ce sont toutes les photos d'une même personne, d'un jeune garçon autour de l'âge de Leo... Mais ce n'est pas mon fils : je note à mon grand soulagement ses cheveux plus clairs et sa carrure un peu plus imposante. Malgré la lumière faiblarde, je vois sans doute possible que ce n'est pas lui. Plusieurs des photos ont été cadrées au niveau de la taille, et le jeune homme a le torse complètement nu. En déplaçant la torche légèrement vers la gauche de la photo, je vois M. Venables debout à côté de lui, un bras autour de la taille du garçon, le télescope à l'arrière-plan. Mon ventre se noue. Les clichés ont été pris à l'étage, dans la chambre des Venables.

Je pousse un petit cri, toujours perplexe sur le sens à donner à tout cela, mais quelque chose s'agite au creux de mon ventre. Cet homme a passé du temps avec mon fils qui, pour une raison inconnue, ne m'a jamais parlé de cette rencontre. Je ne cesse de penser au départ de Leo en cette froide journée de janvier : c'était un adolescent heureux et enthousiaste qui quittait la maison. Il était impatient de partir en voyage et d'observer les étoiles. À son retour, cependant, il était quasi mutique. Il ne voulait plus discuter avec Tim ou moi. En fait, il nous évitait.

Je crains évidemment que Venables n'ait quelque chose à voir avec le changement survenu en Leo, mais comment savoir de quoi il s'est agi ? Je déteste imaginer Venables seul à l'étage avec mon enfant, puis le ramenant à l'auberge de jeunesse dans sa camionnette, trajet qui, d'après sa femme, a pris beaucoup plus de temps qu'il n'aurait dû. Avant d'aller trouver la police, j'ai besoin de vraies preuves, de quelque chose de tangible : mes théories farfelues basées sur des conversations avec l'étrange couple ne suffiront pas.

J'ai retenu la leçon après la mort de Leo. Le traumatisme de sa perte m'avait rendue paranoïaque et j'imaginais à tout le monde un mobile, une raison de le tuer. Je me suis comportée de façon stupide, à appeler la police pour la moindre broutille, parce que je n'ai pas tardé à y gagner une réputation d'hysté-rique. Mais cette remise est bizarre, le petit lit, les mots et les dessins étranges sur les piles de feuilles, et maintenant, au mur, toutes ces photos montrant un jeune garçon à moitié nu. Et puis, il y a le lien avec notre quartier : M. Venables y a un cousin. Ce n'est peut-être qu'une coïncidence, mais quelles en sont les probabilités ?

N'empêche, même si Venables est bizarre, même s'il a fait peur à Leo ou s'est comporté de manière inappropriée avec lui, mon fils était assez grand pour se défendre. Il était également assez grand pour réagir, nous appeler ou prévenir un professeur. Je ne vois pas Leo en victime de M. Venables, quelle que soit la forme prise par son agression. Et qui peut dire que le vieil homme a quelque chose à voir avec la mort de mon fils ?

Le problème, c'est que je n'arrive toujours pas à me sortir Olivia de la tête. Elle lui a couru après la nuit où il s'est enfui du bal, bouleversé, donc elle l'a sûrement rattrapé, non ? Pourquoi était-il aussi bouleversé ? À cause d'une chose qu'elle avait dite ou faite ? Elle prétend ne pas avoir réussi à le rejoindre et n'avoir aucune idée de la raison de son départ. Et ce qui me rend encore plus suspicieuse, c'est qu'après avoir été interrogée et relâchée, elle est partie. Elle était sa petite amie, sa cavalière au bal de fin d'année... mais plus encore, elle le connaissait depuis toujours. Elle vivait dans la maison d'à côté, elle était comme une sœur pour lui... et elle n'est même pas venue à l'enterrement. Je ne l'ai pas revue depuis le soir du bal, quand ils étaient tout excités et pomponnés et que Wendy tournait autour d'eux comme une chatte en chaleur.

Je suis désorientée. Mon univers est brouillé par le chagrin. Suis-je encore en train de me tromper de cible ? Je ne suis pas la première mère incapable d'accepter la mort de son enfant, et je comprends pourquoi les gens me pensent folle : parce que je le suis. Mais il était tout pour moi, ma raison de vivre. Je l'adorais. Et appelez ça l'instinct maternel, mais je sais que ce n'était ni un accident, ni un problème de drogue, ni un suicide, ni quoi que ce soit d'autre que l'on cherche à me faire gober. Sauf que pour le prouver, je dois trouver quelque chose qui me permette d'étayer mon intuition, à savoir que quelqu'un est au courant de quelque chose, que quelqu'un a fait quelque chose. Et s'il y a un fait dont je sois sûre, c'est que Wendy Jones sait qui et pourquoi.

Je vérifie mon téléphone. La batterie est très faible et il n'y a pas de messages. Le signal est très faible, lui aussi. Et si personne ne me trouve ?

Peut-être aurais-je dû crier quelques mots à Derek Venables, lui lancer que j'avais appelé la police ou un propos tout aussi menaçant ? Mais j'avais peur, *j'ai* peur. Et supposons qu'il soit seul dans sa maison et Mme Venables absente pour la journée, voire plus longtemps ? Qu'il me garde enfermée ici jusqu'à ce qu'il ait le temps, ou l'appétit, de revenir faire ce qu'il a prévu avec moi ? Je fais les cent pas dans la remise : vu que la cabane n'est pas plus grande qu'une petite salle de bains, je tourne en rond.

D'après mon téléphone, il est 10 h 30. Autrement dit, cela fait plus de trois heures que je suis là. Je suis maintenant au bord de la panique et mon instinct me pousse à crier à l'aide, mais dans cette remise au milieu de nulle part, la seule personne susceptible de m'entendre est l'homme qui m'a enfermée ici. Et où est passée sa femme, bon sang ? Peut-être l'a-t-il déposée quelque part avant de revenir ici ? Quoi qu'il en soit, je n'ai aucun moyen de savoir quand, ou si, elle reviendra. Il me vient alors à l'esprit qu'elle pourrait être sur place. Si ça se trouve, elle est sa complice, aussi folle que lui ? Elle paraissait chercher à le couvrir à tout prix hier soir, répondant aux questions quand il hésitait, intervenant pour l'empêcher de s'incriminer. Plus je repense à la dynamique du couple, plus mes chances de partir d'ici m'apparaissent ténues.

Je me tiens dans le noir total, à sentir la panique enfler. Un crescendo de peur et de bruit m'envahit, au point que je redoute de perdre le contrôle. Même s'il ne me reste plus que quatre pour cent de batterie, je dois actionner la torche de mon téléphone pour ne pas perdre complètement la tête.

Pendant que le faisceau est encore allumé, je dois faire quelque chose au cas où je ne sorte jamais. Je pourrais graver mon nom sur le mur, me photographier dans cet endroit. Mais à quoi cela servirait-il ? Si Venables a l'intention de me faire du mal ou pire, il détruira mon téléphone, couvrira ou effacera tout ce que j'écris.

Alors qu'il ne me reste que quelques minutes de lumière, je retourne vers le mur où se trouvent toutes les photos que je balaie de la torche, à la recherche de nouveaux indices. Je retiens mon souffle chaque fois que le rayon se pose sur un cliché, la bouche rendue sèche par l'effroi à la perspective de ce que je risque de découvrir, maintenant que je prends le temps de regarder de plus près. Ce que je redoute par-dessus tout, c'est de découvrir une photo de mon fils, mais en déplaçant la lumière sur les coupures de journaux montrant des étoiles et les photos jaunies en papier glacé, je vois quelque chose d'encore plus choquant. Je dois m'approcher et braquer la torche sur la photo pour m'assurer que je ne me trompe pas et qu'il s'agit bien de la personne que je crois reconnaître. La photo montre un groupe lors d'un mariage, avec des enfants et des adultes sur leur trente-et-un, les mariés, quelques petites demoiselles d'honneur, et je devine aux vêtements qu'ils portent que la photo n'est pas récente. Mais dans le coin inférieur gauche, c'est bien lui que je vois. Il est beaucoup plus jeune, pourtant je le reconnaîtrais n'importe où.

— Tim ? je murmure à mon mari adolescent qui me sourit.

16

WENDY

À 11 h 30, je commençais à me demander si Jill n'était pas en train de jouer à un jeu tordu avec moi. Était-ce un test ? Où était-elle passée, bon sang ? Je vérifiai à nouveau mon téléphone : rien. Et si elle était allée se promener, avait fait une chute grave et qu'elle ne pouvait plus rentrer ? Quand fallait-il signaler la disparition d'une personne ? Toutes ces pensées se bousculaient dans ma tête à une telle vitesse que je n'arrivais pas à me concentrer sur mon livre. J'enfilai donc ma veste et j'enroulai une écharpe autour de mon cou, résolue à partir à sa recherche, mais en ouvrant la porte d'entrée, je fus accueillie par une bouffée d'air glacial qui me coupa le souffle, et il s'était mis à pleuvoir. Cela faisait au moins trois heures et demie qu'elle était partie... Même elle ne voudrait pas rester dehors aussi longtemps par un temps pareil.

Je parcourus l'allée, l'écharpe remontée sur mon visage, car la pluie piquante tombait à verse maintenant. Je marchais rapidement tout en gardant un œil sur le moindre signe de sa présence, un gant tombé ou un parapluie, n'importe quoi pour montrer qu'elle était passée par là.

À mon grand soulagement, mon téléphone sonna soudain,

mais il s'agissait d'un texto de Robert me demandant si j'allais bien et à quelle heure je quittais le Pays de Galles. Il n'avait pas trouvé l'idée de ce week-end judicieuse. « Je ne lui fais pas confiance, il se pourrait bien qu'elle projette un sale coup », avait-il objecté quand elle m'avait invitée, mais je pouvais me débrouiller avec Jill, je la connaissais bien. À ce moment-là, je croyais sincèrement qu'elle disait la vérité, qu'elle voulait raviver notre amitié. Comme j'étais naïve !

La mort de Leo nous avait tous changés. Robert avait toujours été du genre à faire confiance aux gens, à tout accueillir sans sourciller, et voilà qu'il s'inquiétait de me voir passer un week-end avec Jill. De nous deux, j'avais toujours été la plus méfiante, m'inquiétant de ce qui pouvait arriver, surtout en ce qui concernait les enfants. Je me souvenais d'avoir été bouleversée en apprenant qu'Olivia fréquentait Rory Thompson, à quoi Robert avait répliqué : « Laisse-la prendre ses propres décisions, et elle rompra. Si tu lui interdis les mauvais garçons maintenant, elle sera toujours attirée par eux. »

Mais je n'étais pas d'accord... et mes tentatives pour dissuader Olivia de voir Rory n'avaient fait que renforcer les sentiments de ma fille, comme mon mari l'avait prédit. Alors quand, au bout de quelques mois, elle s'était tournée vers Leo, le garçon d'à côté, j'avais été soulagée et ravie. J'avais hâte de l'annoncer à Robert. Bizarrement, il n'avait pas partagé mon enthousiasme.

« Je ne pense pas que ce soit une bonne idée qu'Olivia sorte avec Leo », avait-il lâché.

J'étais sidérée. « Pourquoi, voyons ? Leo est mille fois mieux que ce Rory Thompson, qui finira en prison quand ses camarades de classe iront à l'université. Leo est un gentil garçon, issu d'une bonne famille. Et puis, il va devenir médecin. Qu'est-ce qu'on peut ne pas aimer chez lui ?

— J'ai un pressentiment à propos de ce garçon, il est... Leo n'est pas ce qu'il paraît.

— Oh, c'est un chouette gamin. Tu réagis en père typique vis-à-vis de sa fille : tu ne veux pas qu'Olivia ait un petit ami, c'est tout.

— Non, en effet, Wendy, s'était-il énervé. Et je ne veux surtout pas que ce petit ami soit Leo Wilson. S'il ressemble de près ou de loin à son père, il lui brisera le cœur.

— De quoi tu parles ? avais-je demandé, un peu mal à l'aise, avant d'ajouter, en m'efforçant de rester légère et taquine : Ce n'est pas ton genre de t'occuper d'affaires de cœur, Robert.

— Tu sais comment est Tim, il a un faible pour les femmes, or les chiens ne font pas des chats.

— Bon sang, qu'est-ce qui te prend ? » Je souriais presque. Ça ne ressemblait pas du tout à mon mari de réagir comme ça. Il ne portait jamais de jugement, se montrait impartial. Robert prenait les gens comme ils étaient, mais il savait manifestement quelque chose sur Leo que j'ignorais. « Pourquoi tu dis ça ? Tu as toujours répété que c'était un garçon gentil et poli, tu l'as même aidé dans ses demandes d'inscription à l'université. Je croyais que tu aimais bien Leo et que tu serais ravi de le voir avec Olivia. Il l'emmène au bal de fin d'année, il y a une espèce de fatalité...

— Il n'y a pas de fatalité là-dedans, et j'aime toujours bien Leo, sauf que... Je n'avais pas l'intention de te le répéter, mais Marek m'a dit que Leo fréquentait des gens peu recommandables. Des drogués. Si je ne t'en ai pas parlé jusqu'à maintenant, c'est que je ne voulais pas que ça revienne aux oreilles de Jill. »

Marek et Lena étaient nos voisins. Je les aimais beaucoup tous les deux, mais ils pouvaient être un peu commères, et j'avais du mal à croire à cette histoire.

« Des drogués ? Non ! » J'étais stupéfaite. « Je n'y crois pas. Jill péterait les plombs.

— Exactement, ça la contrarierait et le pauvre Leo aurait de sacrés problèmes, parce que, comme tu l'as dit, elle péterait les plombs. Alors, s'il te plaît, motus avec elle.

— Mais enfin, Robert, il pourrait être en danger. Jill et Tim doivent savoir.

— Non. Leo doit juste faire ses propres expériences, apprendre à opérer les bons choix.

— N'importe quoi...

— Non, je suis sérieux, Wendy. J'ai juré de garder le secret. Marek l'a juste mentionné en passant. Il ne l'a même pas dit à Lena, parce qu'il ne peut pas lui faire confiance pour tenir sa langue, et si Jill l'apprenait...

— Elle serait dévastée, mais elle doit savoir, Robert. Elle doit l'aider.

— Oui, sauf que son CV doit être irréprochable pour Cambridge... or si Jill l'apprend, elle foncera au lycée pour leur mettre ça sur le dos, et blâmer les autres gamins. Le lycée pourrait être obligé d'en informer l'université, ce qui risque d'avoir un impact sur sa candidature. Pas question d'être le catalyseur d'une telle situation. »

Il n'avait pas tort ; cela aurait pu causer bien des problèmes à Leo, et ruiner son avenir.

« J'ai réussi à en toucher un mot à Leo et je lui ai parlé des conséquences. J'ai été très discret. Je ne veux pas non plus que nos enfants en entendent parler, surtout Olivia. »

Nous avions deux garçons un peu plus âgés, donc Robert était rompu aux problèmes liés à l'adolescence, et j'espérais qu'il avait réussi à étouffer ceux de Leo dans l'œuf. Mais quand même...

« Bref, comment Marek est au courant pour Leo et la drogue ?

— Il est pharmacien.

— Je sais, mais Leo ne va certainement pas acheter ses produits à la pharmacie, si ? » J'avais éclaté de rire. « Honnêtement, Robert, laisse-moi les ragots du village. À mon avis, tu as tout compris de travers, mon chéri.

— Il t'arrive de prendre les choses au sérieux ? Tu crois que je suis idiot ?

— Non, mais je pense que tu dramatises, et tu sais comment sont Marek et Lena.

— N'empêche, à mon avis, ce n'est pas une bonne idée que Leo soit le cavalier d'Olivia au bal de fin d'année.

— Eh bien, à mon avis, tu es trop protecteur. Olivia peut se débrouiller toute seule, et crois-moi, un Leo Wilson qui se drogue est préférable à un Rory Thompson qui menace les gens avec un couteau, ce qui est la raison de son exclusion actuelle du lycée. »

Ces derniers mots l'amenèrent à secouer la tête et à sortir en trombe de la pièce.

« De toute façon, lui avais-je lancé, ce n'est pas comme s'ils allaient se marier. Ils vont seulement au bal de fin d'année ensemble. Ils n'ont que seize ans !

— Justement, ils sont bien trop jeunes », avait-il rétorqué.

Il pouvait parfois se montrer prudent à l'extrême, surtout lorsqu'il s'agissait de sa précieuse Olivia. Je suppose que c'était un truc classique entre un père et sa fille. Personne ne serait jamais assez bien pour la chair de sa chair, et il ne voulait pas qu'elle soit exposée à quoi que ce soit de potentiellement dangereux, qu'il s'agisse de garçons ou de drogues. En tant que mère, j'étais d'accord avec lui sur ce sujet, mais j'avais un point de vue plus réaliste sur notre belle femme-enfant en plein épanouissement. J'avais le sentiment qu'en ce qui concernait les garçons et le sexe, le train était déjà passé... avec le redouté Rory Thompson.

Jill était venue nous voir à la maison quelques semaines après la mort de Leo.

« Je dois parler à Olivia », avait-elle annoncé de but en

blanc, avant de refuser d'entrer. Elle était restée sur le pas de la porte à répéter : « Je dois parler à Olivia.

— Je suis désolée, elle est partie en voyage.

— Quoi ? La police l'a autorisée à quitter le pays ?

— Bien sûr, elle ne fait pas partie des suspects. Elle est libre d'aller où bon lui semble. Et elle avait besoin de s'éloigner.

— Je ne peux pas croire qu'ils l'aient laissée partir. Je sais qu'elle est au courant de quelque chose, Wendy, et je pense que c'est lié à Rory Thompson. Il devait être furieux qu'Olivia aille au bal de fin d'année avec Leo. Est-ce qu'elle jouait à les monter l'un contre l'autre ? »

Là, je lui avais claqué la porte au nez. Je n'en pouvais plus. J'avais éclaté en sanglots et Robert était arrivé en courant dans le couloir pour me demander ce qui n'allait pas.

« Elle dit du mal d'Olivia, elle a laissé entendre que notre fille rendait Rory Thompson jaloux, qu'il était en colère et... Jill est déterminée, tu sais comment elle est. Si elle en a l'occasion, elle détruira Olivia. On ne peut pas rester sans rien faire. »

Soudain, un bruit s'était fait entendre en haut de l'escalier. Nous avions tous les deux levé les yeux : Olivia était là, qui avait tout entendu.

Mon instinct m'avait poussé à éloigner ma fille dès que cela avait été possible et à mettre la maison en vente. Nous ne pouvions plus vivre à côté d'eux. Mais en attendant, j'avais l'intention de parler à Jill. Je n'allais pas la laisser faire ces insinuations à tout bout de champ sur Olivia. Sans intervention de ma part, elle ne ferait qu'en rajouter, par conséquent je devais étouffer tout cela dans l'œuf avant qu'elle ne cause d'autres problèmes.

Quelques jours plus tard, une fois les choses un peu calmées, je m'étais rendue chez eux. J'avais frappé et attendu longtemps, mais elle avait fini par ouvrir. À son visage, j'avais aussitôt deviné que la conversation allait être tendue.

« Je suis désolée de t'avoir claqué la porte au nez, l'autre jour », avais-je commencé en lui tendant un bouquet de fleurs, espérant que cela adoucirait mon propos. Mais alors même que j'offrais ces fleurs et tendais les bras pour la serrer contre moi, elle avait reculé et repoussé mon offrande, comme si elle était contaminée.

Décontenancée, je m'étais retrouvée incapable de parler. La Jill que je connaissais autrefois ne se serait jamais montrée aussi cruelle. Elle m'aurait invitée à entrer, préparé un thé et accepté de discuter du problème, quel qu'il ait pu être. Cette Jill-ci était impénétrable, et le dégoût qui se lisait sur son visage lorsqu'elle me regardait me donnait l'impression d'être sale.

D'où ma surprise lorsqu'elle m'avait invitée à passer ce week-end avec elle au Pays de Galles, quelques mois plus tard. Cela n'avait pas de sens. À moins qu'elle n'ait cherché à me faire venir ici seule, dans l'espoir de me soutirer des informations, par exemple des aveux au sujet d'Olivia ? Jill était implacable. Dieu seul savait ce qu'elle espérait obtenir en me séquestrant avec elle tout le week-end dans ce petit cottage.

En tout cas, ce jour-là, sur le pas de sa porte, j'avais eu l'impression de n'être rien de plus qu'un déchet. J'avais pourtant entamé mon discours, et elle s'était détournée pour rentrer dans son vestibule, tout en laissant la porte entrouverte. Je ne savais pas trop quelle conduite tenir, mais je n'avais guère le choix. Puisque je voulais mettre un terme à sa campagne contre Olivia, je devais la suivre à l'intérieur. J'étais entrée, mes fleurs toujours à la main.

Si la maison de Jill avait de tout temps été propre, cette propreté avait désormais quelque chose de clinique. Je fus accueillie par une forte odeur d'eau de javel, qui me piqua le nez à la première inspiration.

Elle se tenait dans le salon. Il y avait des photos de Leo partout sur les murs, sur le buffet et sur la cheminée. Une ou deux photos de famille encadrées ornaient la maison depuis toujours, mais là, c'étaient des dizaines de clichés qui étaient disséminés dans la pièce. On aurait dit qu'elle avait rassemblé toutes les photos jamais prises de lui, les avait encadrées et en avait garni chaque surface disponible. Je brûlais de m'enfuir. Comment pouvais-je affronter l'exhibition de ce chagrin, en sachant ce que j'avais fait ? Mais de même que Jill se battait pour son fils, je devais rester et me battre pour ma fille.

Partout où je posais les yeux, ceux de Leo m'observaient, même lorsque j'avais pensé trouver refuge dans un fauteuil d'angle. Intérieurement, j'essayais de fuir, mais Leo était partout : ces yeux qui m'avaient regardée la nuit de sa mort me suivaient désormais dans la pièce.

« Qu'est-ce que tu voulais me dire, alors ? » avait-elle demandé. Ses yeux étaient froids, inquisiteurs.

Silence. Un regard fixe, qui attendait.

« Jill, je... je voulais te demander d'arrêter cette... campagne contre Olivia. C'est blessant d'insinuer qu'elle est impliquée d'une manière ou d'une autre dans ce qui est arrivé à Leo, et ça risque de lui porter préjudice. »

Elle s'était contentée de pousser un lourd soupir. Je savais qu'elle avait une idée en tête et ne m'écoutait pas.

« Il ne faut pas que cela dégénère, car tout le monde va bientôt répéter tes suppositions et une rumeur malveillante a tôt fait de devenir une certitude, avais-je développé, désespérant de la faire changer d'avis, car cela n'arrivait jamais. Nous ne voulons pas que la vie de notre fille soit gâchée par des mensonges à son sujet avant de commencer vraiment. Ce n'est qu'une enfant, ton attitude est cruelle et injuste. »

Au début, elle n'avait rien répliqué, puis elle avait pris une lente inspiration, rassemblé toute sa colère et sa haine et les avait calmement déversées sur moi.

« Cruelle et injuste, tu dis ?

— Oui, Olivia n'a rien à voir avec ce qui s'est passé. Leo avait bu, il est tombé dans la rivière. Olivia n'était pas là, Jill... Elle n'est pas impliquée !

— Vraiment ? » avait-elle lancé d'une voix calme, sans me quitter de ses yeux froids. Les yeux de Leo étaient également braqués sur moi. Je m'étais sentie exposée, effrayée.

« Lorsque quelqu'un envoie un message disant : "Je te déteste, j'aimerais que tu sois mort" et que son destinataire est ensuite attaqué et assassiné, avait-elle sifflé, je ne trouve pas absurde de considérer que ta fille est impliquée. Jusqu'en haut de son joli petit cou ! »

17

JILL

J'ai l'impression de délirer sous l'effet de la fièvre. Je suis dans la remise d'un inconnu, au milieu de nulle part, les yeux fixés sur une photo de mon mari adolescent. Rien ne colle, et j'ai beau essayer de trouver un lien, impossible. Aucun élément ne fait sens.

Soudain, j'entends le moteur d'une voiture. Quelqu'un se gare dehors. Mon moral remonte un peu. Est-ce Mme Venables ?

Je suis sur le point de me mettre à crier quand j'entends sa voix. Elle appelle son mari.

— Derek, DEREK ! Tu l'as trouvée, elle est là ?

Il ne répond pas. Mon cœur bat la chamade, j'ai la bouche sèche : parle-t-elle de moi ?

— Non... je ne la vois nulle part, ma chérie, répond-il.

Sa voix devient plus forte à mesure qu'il avance dans la cour. Il faut croire qu'il l'attendait à l'intérieur.

— Tu as vérifié partout ?

— Oui, mais pas la moindre trace. Elle reviendra, c'est ce qu'elle fait toujours. En revanche, devine qui j'ai trouvé dans la remise !

Mon cœur bat si fort que, c'est sûr, ils vont finir par l'entendre.

— Cette petite chose, reprend-il, réponse incompréhensible pour moi jusqu'à ce que j'entende la réponse de Mme Venables.

— Oh, petite chérie ! D'où tu viens ? demande-t-elle en adoptant une voix de bébé.

Et j'entends un tout petit bruit. Un miaulement de chat. En un instant, tout devient étrangement intelligible. M. Venables ne sait pas que je suis là, il parlait à un putain de chat !

— La porte de la remise était ouverte, elle a dû se glisser à l'intérieur, dit-il. Est-ce qu'on peut la garder, Margaret... s'il te plaît ?

— Eh bien, ce n'est qu'un chaton, nous ne pouvons pas le laisser se débrouiller seul par ce temps. Je pense qu'il faut lui donner une maison. Viens, emportons-la à l'intérieur, bien au chaud.

Malgré mes craintes et mes doutes persistants, je ne vois pas d'autre solution : je dois leur faire savoir que je suis là. L'alternative est encore plus effrayante.

— À l'aide ! À L'AIDE ! je hurle. S'il vous plaît, laissez-moi sortir, je suis enfermée dans la remise.

S'ensuivent quelques secondes de silence, où je les imagine en train de se dévisager, abasourdis.

— Tu as encore enfermé quelqu'un dans la remise, Derek ?

— Je ne m'en souviens pas.

— En effet, tu ne te rappelles jamais. Tu as enfermé ce foutu facteur, la semaine dernière, alors qu'il mettait juste nos colis à l'abri de la pluie. Je parie que ce petit chaton, c'est aussi une de tes œuvres, ajoute-t-elle, toute proche désormais. Bonjour, je suis vraiment désolée, me lance-t-elle, sans savoir à qui elle a affaire.

— Ouvrez-moi ! je crie.

— C'est ce que je fais, attendez. J'essaie de déverrouiller ce cadenas. Je crains que mon mari ne soit étourdi. Vous travaillez pour la Royal Mail ?

— Non, c'est moi, Jill Wilson. Nous logeons dans votre cottage de l'autre côté de la route.

— Oh, mon Dieu ! Je suis vraiment désolée, madame Wilson.

Elle a visiblement du mal à se dépatouiller avec les clés, je les entends s'entrechoquer tandis qu'elle marmonne.

— J'y suis presque... Je crois que ça y est. Derek, s'il te plaît, tiens la torche.

— Je dois retrouver Minette...

— Tu as emmené Minette à l'intérieur, Derek ! lance-t-elle, visiblement à bout de nerfs. Dirige la torche sur la serrure ! La dame qui habite au cottage est ici et je n'arrive pas à ouvrir le cadenas. Tu as encore enclenché le code dessus ?

— Oui, il doit être solidement verrouillé.

— Non, absolument pas ! Pas en permanence, Derek, précise-t-elle. Je n'arrête pas d'enlever le code, et tu n'arrêtes pas de le remettre, puis tu oublies le numéro. Oh, Derek.

Elle semble aussi proche des larmes que moi. En écoutant cette conversation, toutefois, je commence à comprendre ce qui se passe ici, me semble-t-il.

Mais ça n'explique toujours pas pourquoi il y a une photo de mon mari sur le mur.

Je jette un coup d'œil dans mon dos, j'allume la torche de mon portable et je la photographie, juste avant que l'appareil ne s'éteigne complètement.

Après plusieurs longues minutes d'efforts et de lutte contre le cadenas, la porte s'ouvre. La lumière du jour et le soulagement déferlent à l'intérieur. Toute tremblante, je suis à deux doigts de pleurer. La lumière est trop forte après ces heures passées dans l'obscurité, et j'ai envie de serrer ma sauveuse dans mes bras, mais je résiste. Je ne suis pas du genre tactile.

— Je suis vraiment désolée, bredouille Mme Venables dès qu'elle me voit.

Je dois avoir l'air terrifiée. Je tremble de peur et de froid, des larmes d'angoisse et de soulagement coulent finalement sur mes joues. Elle entre dans la remise pour me prendre par le bras.

— Sortez d'ici, me dit-elle gentiment. Et allons à l'intérieur. Que s'est-il passé ? Derek ne vous a pas forcée à entrer dans la remise, j'espère ?

Nous traversons la cour pour gagner la ferme, son mari dans notre sillage. Elle a l'air préoccupée.

— Non... Je ne pense pas qu'il ait réalisé qu'il y avait quelqu'un dedans.

Je me tourne vers lui pour obtenir confirmation, mais il n'écoute pas.

— Qu'est-ce que vous faisiez là-dedans ? demande-t-elle en me regardant droit dans les yeux.

Pendant qu'elle m'aide à gravir la marche qui mène à leur cuisine, je cherche désespérément une raison à donner pour expliquer ma présence dans la propriété d'autrui. Je me sens extrêmement coupable d'avoir ouvert tous les tiroirs et fouillé dans leur vie à leur insu.

— Je suis désolée, je passais juste vous saluer. J'ai vu la remise et il m'a semblé qu'il y avait quelqu'un à l'intérieur et avant que j'aie le temps de réagir, la porte était refermée. Ça m'apprendra, je conclus avec une pointe de culpabilité.

— Derek passe son temps à verrouiller la porte de cette remise. Comme si quelqu'un risquait d'y voler quelque chose. Il n'y a rien, que ses affaires personnelles... c'est sa tanière en quelque sorte.

Je souris, faute de savoir comment réagir, tout en repensant à la photo de Tim et à celles du garçon à moitié nu.

— Un ou deux ?

— Je vous demande pardon ?

J'ai toujours l'impression que tout ça n'est pas réel.

— Un ou deux sucres ? Je pense que vous êtes en état de choc, donc j'en mets d'office dans votre thé.

— Merci, un, ça ira, je réponds avec gratitude tandis qu'elle me tend une tasse bien chaude et s'attable avec la sienne.

— Maintenant, asseyez-vous près du feu et ne vous avisez surtout pas de bouger tant que vous ne vous sentez pas mieux. Je pense que vous êtes frigorifiée. Vous avez passé combien de temps là-dedans ?

— Je... environ quatre heures, je crois.

Elle acquiesce.

— Juste après que Derek m'a déposée chez ma sœur. Elle s'est cassé la hanche et j'y vais presque tous les jours, explique-t-elle en souriant. Pauvre Martha !

Puis elle se penche vers moi et me chuchote :

— Ne faites pas attention à Derek.

— Oh ?

Est-ce qu'elle le couvre encore ?

— Il n'est plus lui-même depuis un certain temps. Il n'arrête pas d'oublier des choses, d'en perdre. Et parfois il semble... effrayé. J'en ai parlé à Martha, elle pense qu'il pourrait être atteint de la maladie d'Alzheimer, vous savez ?

— Ce n'est pas impossible.

Elle opine.

— Ce n'est pas un problème. Au début, je m'inquiétais, mais maintenant, je me contente de l'épauler. Il s'énerve si je lui pose trop de questions.

— Vous ne pensez pas qu'il devrait voir un médecin ?

— Sans doute, mais soyons honnêtes : j'aurais plus de chances d'obtenir un rendez-vous avec le roi qu'avec un médecin, de nos jours.

Elle sourit d'un air vaincu.

— Non, ça va aller pour Derek. Il s'est occupé de moi pendant cinquante ans. À mon tour de veiller sur lui maintenant.

Elle dit cela avec tant d'engagement et d'amour dans la voix que j'en suis presque émue aux larmes. Je la regarde alimenter le feu et je vois son visage s'illuminer lorsque Derek regagne la cuisine. Il porte le chaton qui m'a fait mourir de peur dans la remise, et elle s'approche de lui, caresse la bestiole et lui sourit.

— Je viens de voir Sheba dans le champ, annonce-t-il triomphalement. Tiens Minette et, moi, je vais la chercher.

Mme Venables se tourne vers moi.

— Sheba est notre chienne. Nous pensions l'avoir perdue, n'est-ce pas, mon chéri ? dit-elle en le regardant sortir par la porte de la cuisine.

Tenant le chat dans ses bras, elle s'approche de la fenêtre pour suivre ses déplacements à travers le champ. J'entends M. Venables appeler le chien et elle se tourne vers moi.

— Sheba est morte il y a dix ans, mais je ne peux pas passer mon temps à le lui répéter, parce qu'il oublie et la pleure à nouveau.

Faire son deuil est une chose, mais quand l'esprit oublie, c'est un deuil permanent, car toujours frais. J'ai de la peine pour lui.

Mon esprit revient aux photos. Il faut que j'interroge sa femme avant que Derek ne revienne.

— Je n'ai pas pu m'empêcher de remarquer les photos au mur de la cabane de Derek.

Elle semble soudain mal à l'aise et, déposant doucement le chaton sur le canapé, elle se dirige vers la fenêtre, manifestement à la recherche de son mari.

— Je me demande où il est passé.

— Je m'interrogeais juste à propos des personnes figurant sur les photos... Je sais que ça peut paraître fou, mais je pense avoir reconnu mon mari sur l'une d'elles.

Elle se retourne, surprise.

— Vraiment ?

— C'est une vieille photo... Je n'y connais rien, on dirait un mariage, une fête de famille ?

— Je n'en ai aucune idée, il faudrait demander à Derek, ajoute-t-elle en haussant les épaules. Il ressemble à une pie voleuse ces derniers temps, toujours en train de trouver des trésors et des animaux. Il les emporte dans sa remise et oublie jusqu'à leur existence, ce qui n'est pas grave lorsqu'il s'agit d'une boucle d'oreille ou d'un gant égaré, mais quand le trésor en question est un chaton...

Elle sourit et regarde à nouveau par la fenêtre, manifestement plus préoccupée par les déambulations de son cher et tendre que par les photos inexpliquées sur le mur de la remise.

— J'ai aussi vu des photos d'un jeune garçon, plusieurs en fait. Est-ce que quelqu'un dort dans la cabane ? Parce qu'il y a un lit là-dedans...

Elle est maintenant à bout de nerfs, ses yeux ne tiennent pas en place, elle se tord les mains.

— Oh, Dieu merci, il est là.

Elle se dirige vers la porte. Je sais qu'elle essaie d'esquiver mes questions, donc je les lui pose à nouveau.

— Comprenez-moi : je ne m'explique pas ce que fait mon mari sur ces photos... Et le garçon, qui est-ce ? Et puis... j'insiste, bien que consciente de poser trop de questions. Le lit... qui dort dedans ?

— Je suis désolée, madame Wilson... Je ne voudrais pas paraître impolie, mais je préférerais ne pas en parler.

— Mais pourquoi ? Je suis perplexe. Pourquoi ne répondez-vous pas à ma question ?

Elle s'arrête à la porte et se retourne lentement.

— Parce que vous n'aimerez peut-être pas ma réponse.

18

WENDY

Ce matin-là, je parcourus au moins un kilomètre à la recherche de Jill. Je voulus l'appeler, mais il n'y avait pas de réseau. J'envoyai des textos, malheureusement ils ne faisaient que me revenir. À ce stade, je m'inquiétais sérieusement de son état mental, et même si j'étais tentée d'appeler la police, je voulais d'abord essayer de la retrouver. Je craignais les effets d'une interaction entre elle et les forces de l'ordre. Elle avait pu recommencer à divaguer sur la mort de Leo et risquait de lancer des accusations. Alors si grande que soit mon inquiétude pour Jill, je devais d'abord protéger ma fille.

J'avais conscience qu'à un moment donné, je serais peut-être obligée de prévenir les autorités, mais en attendant, j'allais vérifier les endroits où elle pouvait se trouver. Je descendis d'abord à la rivière, pour m'assurer qu'elle ne s'était pas trouvée en difficulté en allant se promener. Le corps de Leo ayant été repêché dans un cours d'eau, je m'approchai de celui-ci avec crainte, rechignant à y regarder de trop près, de peur de ce que je pourrais y trouver. Une fois sur la berge, je suivis la rivière vers l'aval, en repensant à notre conversation de la veille. Jusqu'à présent, je n'avais pas réussi à convaincre Jill que la mort de Leo était un accident, et c'était épuisant. J'avais oublié à quel point Jill pouvait être déterminée. Ce petit corps malingre, ces cheveux châtain clair n'étaient qu'une façade ; c'était la femme la plus têtue et la plus féroce que j'aie jamais connue.

Je me souvenais d'avoir marché avec elle depuis l'école, après une réunion des parents d'élèves où elle avait publiquement reproché au responsable des sciences les notes un peu basses de Leo.

« Sous cette façade polie et tranquille, tu es une véritable tigresse, n'est-ce pas, Jill ? Pauvre M. Shelton, j'ai presque eu pitié de lui.

— C'est un imbécile ! s'était-elle exclamée. Il ne verrait pas un potentiel si on lui flanquait un coup en pleine face avec.

— À un moment donné, j'ai eu l'impression que c'était ce que tu t'apprêtais à faire, avais-je gloussé.

— C'est sur ce point que nous sommes différentes, Wendy. Je me battrai toujours pour mon enfant, même si ça risque de n'être pas beau à voir. Il est ma priorité, et je me fiche des allures que cela prendra.

— Oh, je suis aussi féroce que toi, mais je préfère le tact et quelques sourires. Je trouve que j'obtiens de meilleurs résultats de cette manière. Tu devrais en prendre de la graine, de temps en temps. »

Jill me jugeait négligente, en tant que mère, parce que je laissais mes enfants faire leurs propres choix. Je n'étais pas constamment sur leur dos, je ne leur rabâchais pas toujours la « bonne » façon de faire, j'étais plus indulgente qu'elle. Or, si je n'avais jamais désapprouvé sa façon d'élever son enfant, elle ne se privait pas pour critiquer ma manière de faire.

J'avais toujours pensé que notre amitié tirait parti de nos grandes différences, au lieu de quoi c'était en fait ce qui créait de la tension entre nous, et qui aboutissait à tous les secrets que nous avions gardés l'une pour l'autre.

Robert m'avait déconseillé d'accepter le week-end organisé

par Jill, au motif que cela me causerait des ennuis. Mais je voulais y aller, je me sentais coupable et, à dire vrai, je pensais pouvoir réorienter ses soupçons dans une direction différente de celle qu'elle semblait prendre.

Si seulement j'avais eu une idée du prix que j'allais payer à me retrouver au Pays de Galles avec Jill la timide, mère tigresse dont la rage maternelle et la détermination ne connaissaient pas de limites ! Ces deux dynamiques la poussaient à poursuivre sa campagne contre ma fille. Quelques jours seulement avant qu'elle ne m'invite au Pays de Galles, j'avais discuté avec Lena et Marek, nos anciens voisins, à qui il arrivait encore de croiser Jill, parfois.

Nous étions amis et voisins, avec des enfants du même âge, fréquentant la même école, et Robert et moi aimions beaucoup ce couple. Nous organisions de temps à autre de discrets dîners avec eux, sans Jill et Tim, qui ne s'en doutaient pas. Parfois, Jill était tout simplement trop intense, surtout dans les regards de faucon qu'elle posait sur Tim et moi et dans ses remarques sur notre « proximité ». C'était gênant.

« Jill n'en démord toujours pas, elle veut trouver un coupable pour ce qui est arrivé à Leo », m'avait raconté Lena. Et il semblait qu'après avoir multiplié les accusations dans tous les sens, elle avait choisi de concentrer ses attaques sur Olivia.

« Elle est blessante et je pense qu'elle t'en veut, m'avait prévenue Marek.

— Elle pense que tu es impliquée à un certain niveau, toi aussi, avait ajouté Lena.

— On était amies. Je ne comprends pas pourquoi elle se retourne contre moi comme ça. »

Lena avait haussé les épaules.

« Qui sait ? Probablement le chagrin, elle cherche un coupable.

— Mais pourquoi Olivia... ou moi ? »

J'avais alors remarqué le regard que nos anciens voisins

avaient échangé et réalisé que j'étais peut-être en territoire ennemi. Les avait-elle convaincus de la culpabilité d'Olivia et de la mienne ? Jill était une figure tragique, tout le monde ressentait son chagrin et voulait être là pour elle, et si cela signifiait prendre parti contre nous, qu'il en aille ainsi. Après cet épisode, je décidai de ne plus faire confiance à aucun de mes anciens voisins.

Le fait que Jill ait pu monter des amis proches contre moi m'avait amenée à me demander ce qu'elle avait bien pu manigancer d'autre en coulisses. Le fait qu'elle continuait à ressasser sa thèse selon laquelle Olivia était responsable de ce qui était arrivé à Leo pouvait expliquer les insultes qui s'étaient déversées sur ma fille en ligne. Je n'arrivais pas à digérer les commentaires et les accusations ignobles qu'Olivia recevait encore. Nous lui avions même acheté un nouveau téléphone avec un nouveau numéro, mais les trolls l'avaient découvert et continuaient à la harceler. À ce stade, Olivia était au-delà de la douleur, au-delà du ressenti même, mais Robert et moi étions bouleversés pour elle. Un soir, une femme avait appelé pour menacer de la tuer et de la flanquer dans la rivière, « Exactement comme Leo ». Après cela, nous avions confisqué le téléphone d'Olivia. À notre immense stupéfaction, elle n'avait pas objecté, pas même bronché. Pour une fois, j'aurais vraiment aimé que notre fille s'énerve. Je me languissais de ma fille fougueuse, mais à ce moment-là, son esprit était anéanti.

Avant la mort de Leo, Olivia n'était qu'arcs-en-ciel, étincelles et joie. Elle n'était pas parfaite, elle avait un tempérament cinglant, mais elle savait aussi me faire rire comme personne. Ce fameux soir, lorsqu'elle s'était habillée pour le bal de fin d'année, je n'aurais pas pu être plus fière. Elle se tenait dans le jardin, pieds nus, vêtue de sa longue robe pâle, grande et mince, jeune et belle : on aurait dit un mannequin.

« Maman, ça te dirait quelques paniers de basket ? » avait-elle proposé. Et quelques secondes plus tard, nous étions toutes les deux en train de crier et de lancer le ballon dans le panier des garçons. Toutes les deux pieds nus, toutes les deux dans nos plus beaux atours, nous riions et, bien que je ne l'aie pas réalisé à ce moment-là, nous étions heureuses, sacrément heureuses. Et toute ma vie, j'avais considéré ce bonheur comme acquis.

« Prenons un petit prosecco avant que tata Jill rapplique », avais-je suggéré. Jill n'avait jamais approuvé que quiconque en dessous de dix-huit ans boive de l'alcool, et je savais qu'il me serait difficile d'offrir une bière à Leo si elle était là. Mais c'était le bal de fin d'année de ma fille, elle s'y rendait accompagnée par un garçon adorable, ils étaient jeunes, amoureux, et je voulais fêter ça avec eux.

Je continuai à marcher le long de la rive gelée. Aucun signe de Jill, ni de qui que ce soit. Je décidai de rebrousser chemin vers le cottage, pour voir si elle était revenue.

Tout en marchant, je repensai à cette soirée-là, à Olivia et moi, assises sur l'herbe ensoleillée, en train de boire du prosecco dans nos plus belles robes.

« Merci, maman, avait-elle dit.

— Pour quoi ?

— Pour cette robe, pour apprécier mes amis et n'avoir jamais protesté pendant que je sortais avec Rory.

— Il n'y a rien de mal à fréquenter des mauvais garçons, tant qu'on ne les épouse pas. » J'avais gloussé en repensant à tous les mauvais garçons que j'avais connus avant Robert.

« Eh bien, je suis avec un gentil garçon maintenant.

— Oui, et pourvu que cela dure longtemps. Tu es heureuse, n'est-ce pas, ma chérie ?

— Oui, j'aime vraiment beaucoup Leo. C'est juste que…

— Quoi ?

— Il peut être un peu lunatique parfois. Comme lorsqu'on est allés au Pays de Galles, quelqu'un lui a dit quelque chose et il a changé d'humeur, comme ça. » Elle avait claqué des doigts.

« Qui lui a dit quoi ?

— C'était Kai. Je ne sais pas de quoi il retournait, mais ça a mis Leo en rogne. »

Kai était le fils de Marek et de Lena. C'était un ado sympa et un ami de Leo. Difficile donc d'imaginer qu'il ait pu lui tenir des propos désobligeants.

« Oui. Kai et Rory parlaient, et Kai a chuchoté quelque chose à l'oreille de Leo, je pense qu'il lui répétait un truc que Rory avait dit à son sujet.

— Oh... donc Rory était impliqué ? » Mon ventre s'est noué. J'espérais qu'il avait quitté le paysage, mais il gravitait visiblement encore autour d'Olivia.

« J'ai cru que Leo allait frapper Kai, mais ensuite, il s'en est pris à Rory. D'autres gars les ont séparés. Je ne pensais pas que Leo était violent, pourtant il était absolument furieux.

— Ça n'a pas dû être agréable pour toi. Tu penses que ce que Rory a dit, c'était pour essayer de semer la zizanie entre Leo et toi ? »

Elle avait haussé les épaules. « Oui, probablement. Je n'avais jamais vu Leo dans cet état. Ça m'a flanqué la trouille.

— Mais tu n'as aucune idée de ce dont il s'agissait ?

— Non, Leo a refusé de me le répéter, sous prétexte que c'était vraiment ignoble... et rien que des mensonges. »

Je m'étais rappelé les propos de Robert, comme quoi Marek lui avait dit que Leo se droguait. Kai était-il au courant ? Est-ce que Rory et lui accusaient Leo de se droguer ? Pareille insinuation l'amènerait-elle à réagir de la sorte ?

« Tu penses que Leo se drogue ?

— Quoi ? Ça sort d'où, ça, maman ? » Elle avait eu l'air sincèrement horrifiée, et je m'étais demandé si Robert avait vu juste. Ou Marek ?

« Certainement pas ! Il n'a même pas voulu de l'herbe de Tom, l'autre soir.

— J'espère que toi non plus. »

Devant son silence, j'avais laissé tomber. Je n'allais pas m'inquiéter de ça le soir du bal de promo.

« Santé, ma chérie, avais-je lancé en entrechoquant nos verres.

— Santé. Je suis hyper contente de t'avoir pour maman », avait-elle répliqué.

Telle avait été la dernière conversation digne de ce nom que j'avais eue avec ma fille. Ce qui s'était passé ensuite avait été tellement horrible qu'elle avait cessé de parler. Elle n'avait plus prononcé le moindre mot depuis.

Je ne l'avais pas répété à Jill, parce que je savais qu'elle utiliserait ça contre Olivia, dirait que ma fille avait vu ou fait quelque chose et que sa culpabilité était la raison de son mutisme.

Elle utiliserait la réaction extrême d'Olivia pour en déduire qu'elle était la meurtrière de son fils.

Ce qui m'inquiétait surtout, c'était que Jill avait peut-être raison, mais tant qu'Olivia ne parlait pas, nous ne saurions jamais. J'étais sûre d'une chose, cependant : Jill n'était pas la seule mère à avoir perdu son enfant cette nuit-là.

19

JILL

— C'est quoi ce bordel ?

Wendy est choquée lorsque je rentre au cottage. Je dois avoir l'air débraillé et je frissonne encore. Je ne sais pas si c'est le froid, le choc ou la peur... probablement les trois.

— Je suis sortie te chercher. J'ai pratiquement passé toute la foutue région au peigne fin !

Elle se frappe le front du plat de la main.

— Je suis vraiment idiote de ne pas avoir pigé où tu étais. J'aurais dû deviner que tu étais allée fouiner chez les Venables.

— Désolée !

— J'étais vraiment inquiète. J'ai même vérifié ta chambre, en pensant que tu avais fait tes valises et que tu avais fichu le camp.

— Je n'aurais pas pu partir comme ça, ce week-end est important pour moi, dis-je, absolument sincère. Je t'ai envoyé un texto, mais il n'y avait pas de réseau. J'ai vraiment cru que je ne reverrais jamais la lumière du jour. Je me sens un peu secouée.

J'attrape un gilet chaud et m'en enveloppe, reconnaissante.

— Tu m'étonnes. Allez, assieds-toi, reprend-elle plus radoucie. Je ne pouvais pas te joindre non plus, il n'y a aucun réseau nulle part dans cette saleté d'endroit.

Elle me prépare une tasse de thé pendant que je lui parle des photos sur le mur et du comportement bizarre de notre hôte. À chaque nouvelle information, elle reste bouche bée, choquée et horrifiée.

— Bon sang, Jill, je n'arrive pas à assimiler tout ça. Sérieusement, qu'est-ce se passe, là-bas ? lâche-t-elle en secouant lentement la tête. Un lit, qu'est-ce qu'il fait sur un lit ?

— Et avec qui ? je murmure.

— La photo de Tim, c'est étrange. Y a-t-il un lien entre eux ?

— Je ne sais pas, mais Mme Venables a cherché à donner l'impression que c'était fortuit, qu'il collectionnait « ses petits trésors ». Mais quelles sont les probabilités pour qu'il tombe par hasard sur une photo qui montre le père d'un lycéen qu'il a rencontré, accessoirement mari d'une femme ayant loué son cottage ?

— Tu ne peux pas appeler Tim maintenant et le lui demander ?

— Non, je n'ai aucune idée de l'endroit où il se trouve. Je ne veux pas l'appeler chez elle.

— Oh, vous en êtes donc là ?

Je confirme et la regarde.

— Est-ce que tu es toujours en contact avec lui, toi ?

Elle rougit.

— Moi ? Non. Pourquoi le serais-je ?

— Je ne sais pas, j'ai juste pensé... vu que vous vous êtes toujours bien entendus.

— Non, je n'ai probablement pas vu Tim depuis plus d'un an.

Je ne la crois pas.

Elle m'apporte mon thé, que je prends volontiers, en quête de réconfort. J'ai froid, et pas parce que c'est l'hiver : j'ai froid à l'intérieur après ce que j'ai vécu ce matin.

— Je me demande s'il ne s'est pas passé quelque chose quand les enfants étaient ici... avec Leo, je veux dire.

— Je ne sais pas. Il est peut-être atteint d'une maladie mentale ou d'une forme de démence. Quoi qu'il en soit, je pense que tu devrais appeler la police, Jill.

Dixit la femme qui m'a critiquée pour être allée trouver la police avec mes théories apparemment « folles » sur la mort de Leo.

— Pas encore, à moins que je puisse prouver que cela a un rapport avec ce qui est arrivé.

— M. Venables a dit qu'il était retourné à Worcester et qu'il avait revu ton fils...

— Mais Mme Venables l'a démenti. S'il souffre de démence, peut-être qu'il pense simplement y être retourné ?

— Hmm. N'empêche, vu ce que tu me dis, la police doit être informée de son existence, même s'il ne se rappelle rien. C'est une zone sans pollution lumineuse, beaucoup d'écoles organisent des voyages scolaires dans le coin, on ne peut pas courir le risque. Il faut absolument que tu appelles la police et que tu leur dises tout, Jill, répète-t-elle.

Surtout pas. Hors de question que les flics viennent renifler dans les parages. Surtout ce week-end. Je trouve intéressant qu'elle soutienne tout à coup l'idée d'un meurtre, lorsque quelqu'un d'autre que sa fille pourrait être impliqué.

— Tu penses que M. Venables a pu s'en prendre d'une manière ou d'un autre à Leo, cette nuit-là ? je demande.

Après avoir parlé à Mme Venables et observé la façon dont il interagit avec autrui, je n'ai pas la même impression. Je pense sincèrement qu'il est atteint de démence, mais je suis intriguée par ce que Wendy va me répondre. Est-ce qu'elle pousserait vraiment un vieil homme sénile sous le bus juste pour protéger Olivia ?

— Ce n'est pas exclu, tu ne crois pas ? suggère-t-elle.

Il semble donc que oui.

— Pourtant tu as toujours affirmé que ce n'était qu'un accident. Tu en viens finalement à adopter ma façon de voir les choses ?

— Je ne sais pas... euh, ça dépend des personnes en présence.

— Donc tu penses que quelqu'un a fait quelque chose à Leo et que ce quelqu'un pourrait être Venables ?

J'attends un moment, pour regarder les plaques rouges que je connais bien envahir son cou jusqu'à sa mâchoire. Une rougeur irrégulière, une éruption instantanée, la clé de son âme.

Elle rougit lorsque je parle de mon mari, et lorsque j'évoque le meurtre de mon fils ?

— Ce n'était pas un accident, hein, Wendy ?

Les plaques sur sa peau sont rouge vif, et je dois être une garce, parce que je me réjouis de son malaise.

— Tu sais ce que je pense, mais ce n'est pas parce que sa mort est un accident que Venables ne l'a pas harcelé ou effrayé d'une manière ou d'une autre.

— Je n'arrive pas à voir les choses comme ça, je réplique en la regardant droit dans les yeux. Wendy, redis-moi ce qui s'est passé cette nuit-là, quand Olivia t'a appelée.

Elle pousse un long soupir.

— Jill, je te l'ai dit, à toi, et je l'ai répété à la police un million de fois. S'ils s'en satisfont, pourquoi pas toi ?

— Je sais qu'on en a déjà parlé, mais fais-moi plaisir, j'insiste, les yeux écarquillés.

Wendy ne peut quand même pas refuser d'accéder à la requête d'une mère en deuil.

— Tu ne me crois pas ?

— Je ne sais plus qui croire. Allez, s'il te plaît, dis-le-moi encore une fois, je veux que ce soit clair dans ma tête, je précise, ce qui, j'imagine, est la dernière chose que souhaite Wendy.

Un autre soupir théâtral, et elle commence à contrecœur son récit, non sans quelques hésitations, le temps de bien mettre son histoire en ordre.

— Il était 22 heures et, comme toi, je m'attendais à ce que Tim aille les chercher et les ramène tous les deux à la maison, puisque c'était prévu comme ça.

Elle me regarde, attendant que j'intervienne, que je dise quelque chose de négatif sur le père qu'a été Tim. Bien que tentée, je la laisse parler.

— Alors, oui... Je m'y attendais, mais voilà qu'Olivia m'appelle pour me dire que Leo est parti. Que Tim n'est pas venu, et qu'elle a donc commencé à rentrer toute seule. Je suis immédiatement allée la chercher.

— Et où est-ce que tu l'as rejointe ?

Je vois que ça mouline dans son esprit. Sa mémoire est-elle assez bonne pour les détails que cela implique ?

— Elle m'a indiqué où elle était, et oui, elle n'était pas loin de la rivière : elle avait suivi Leo là-bas, comme tu le sais, ajoutet-elle avec insistance. Je me suis arrêtée sur le bord de la route. Elle était bouleversée, parce que Leo avait quitté le bal en rage.

— Et elle t'a expliqué pourquoi ?

— Non, elle a juste dit qu'il était vraiment perturbé et en colère, mais qu'elle ne savait pas pourquoi.

— Le hic, c'est que nous n'avons que sa parole. Leo ne peut pas nous donner sa version des faits... Est-ce qu'on peut se fier à elle, Wendy ?

— Oui ! Je la crois, moi.

— Tu connais vraiment ta fille ?

— Oui. Mais toi, tu connaissais vraiment ton fils ? Parce qu'à mon avis, il s'est passé beaucoup plus de choses, cette nuit-là, et qui n'impliquaient pas Olivia.

— Elle était au centre de tout ça, au contraire.

— D'autres personnes présentes au bal ont bien témoigné que quelque chose avait bouleversé Leo, ce soir-là. Il était en colère et désorienté.

— Et ta fille a passé toute la soirée avec lui, elle doit donc être au courant !

Wendy lève les yeux au ciel.

— Combien de fois je vais devoir te répéter qu'elle ne sait pas !

— Elle lui a envoyé un message de menace !

— Oui, parce qu'il l'avait abandonnée, humiliée.

— Je parie que ça l'a mise en colère...

— Non... ça l'a fait pleurer et téléphoner à sa mère !

Nous avons toutes les deux élevé la voix, deux mères qui se battent pour leurs enfants. Je sens la rage enfler dans ma poitrine, car je sais qu'elle ment. Je le vois à ses yeux, au rouge furieux qui remonte le long de sa gorge et envahit sa mâchoire.

— Je ne veux pas me lancer là-dedans, car comme tu le dis, il n'est pas là pour se défendre, commence-t-elle. Mais Olivia m'a raconté qu'il était de mauvaise humeur, agressif parfois. Et à propos du voyage au Pays de Galles, elle m'a confié qu'au retour, il lui avait demandé de ne pas parler de leur relation : si quelqu'un l'interrogeait là-dessus, elle devait répondre qu'ils étaient juste amis. Elle en a été blessée : ils sortaient ensemble depuis des semaines, pourtant il ne voulait pas que ça se sache.

Cette information m'ébranle un peu, car je n'en avais aucune idée.

— Ils se voyaient donc depuis l'hiver précédent ?

— Oui, à peu près à cette époque.

— J'avais l'impression que le bal de fin d'année était leur première soirée ensemble.

— Non, mais Leo tenait à ce que ça reste secret. Cela dit, au moment du bal de fin d'année, ça n'avait plus l'air de le déranger que les gens apprennent qu'ils étaient ensemble. Je suppose qu'il l'appréciait assez pour supporter d'éventuelles résistances, déclare-t-elle de manière appuyée.

— J'aurais aimé le savoir. Je voulais qu'il se concentre sur son travail scolaire, je déclare en sachant que cela ressemble à une excuse.

— Comme je dis toujours, on ne peut forcer personne à

nous obéir, même son propre enfant. Et ils s'amusaient bien. Ils allaient au cinéma, au parc, et revenaient souvent chez nous après l'école, pour jouer sur l'ordinateur, écouter de la musique.

— Ils n'étaient pas livrés à eux-mêmes ? Le reste de la famille était là ? je demande, comme si cela avait de l'importance maintenant.

— Parfois, mais nous ne les surveillions pas, si c'est ce que tu sous-entends.

— Je sais que tu te fiches de ce que fabriquent tes enfants, mais je n'arrive pas à croire que tu m'aies manqué de respect au point de ne pas même m'en informer. J'aurais dû avoir mon mot à dire sur ce que faisait mon propre enfant... Il avait quinze ans, Wendy !

— Si je t'ai tu l'information, c'est parce que ton fils m'a demandé de garder le silence, Jill.

Cette révélation me fait l'effet d'un véritable uppercut. Pire que Tim m'annonçant qu'il est amoureux d'une autre. C'est une autre trahison, mais plus cruelle, et extrêmement humiliante : tout le monde me cache des choses, y compris mon propre fils. Cela fait mal de savoir qu'il avait des secrets. Mais, bon, moi aussi, j'ai gardé des choses pour moi.

— Alors, qu'est-ce que tu m'as caché d'autre ? je demande en essayant de refouler mes larmes.

— Jill, voyons, ne sois pas si mélodramatique. Je ne te l'ai pas caché. J'ai dit à Leo qu'il devrait te parler, que tu l'aimais et que s'il t'expliquait qu'il était heureux, tout irait bien. Mais ça n'aurait pas été le cas, n'est-ce pas ? Parce tu ne te souciais pas de son bonheur, tu voulais avant tout le garder pour toi... et loin d'Olivia. Tu trouvais ma fille indigne de ton fils, je le sais, seulement il ne s'agissait pas de toi, ou de moi ; il s'agissait d'eux.

— De Leo et d'Olivia ? Une fille avec des tatouages, des hauts moulants et adepte des démonstrations publiques d'affection en plein jour avec Rory Thompson ? Pas de ça avec moi, Wendy.

— Waouh ! D'accord...

Elle prend une inspiration, cette fois-ci bien réelle, signe que ce qui va suivre est peut-être vrai, contrairement au reste de ses mensonges.

— Tu es persuadée qu'Olivia est de la mauvaise graine, je sais, mais ton fils n'était pas parfait, Jill.

Elle hausse les sourcils comme elle le fait toujours.

— Ah bon ?

— J'ai entendu dire que Leo avait de mauvaises fréquentations...

Je secoue la tête, dubitative.

— Je me demande bien d'où tu tiens ça.

— De la bouche de Robert, en fait : on lui a rapporté que Leo touchait à la drogue.

J'ai de nouveau l'impression d'être giflée.

— Ce n'est tout simplement pas vrai. Comment Robert a-t-il pu colporter un truc pareil ?

Je suis sincèrement choquée et blessée.

— Ce n'est pas lui qui l'a dit, c'est quelqu'un d'autre. Robert n'a fait que me le répéter, ajoute-t-elle avec la suffisance d'une femme bien à l'abri dans son petit monde, avec trois enfants vivants. Tu vois, assène-t-elle, pendant que tu jugeais Olivia, c'était ton fils le véritable ado égaré. Il n'avait peut-être pas de tatouage, mais son comportement était bien pire.

— Leo n'était pas intéressé par la drogue, ça n'entrait pas dans ses activités. Je le connaissais, il me racontait tout.

— Il ne t'a pas dit qu'il venait chez nous, dans la chambre d'Olivia, nuance-t-elle, un petit sourire aux lèvres.

J'ai envie de la gifler, de lui donner des coups de poing, de lui hurler dessus et de lui dire ce que je pense vraiment. Mais non, je dois conserver mon calme, faire en sorte qu'elle reste dans le jeu et ne se méfie pas. Elle n'a aucune idée de ce qui l'attend aujourd'hui, cette pauvre petite Wendy, douce et chaotique, adepte des regards aguicheurs et des pieds nus en été.

20
WENDY

Le week-end avait viré au cauchemar. Je marchais sur des œufs avec Jill, qui passait de la fureur à l'amitié en quelques secondes et inversement, et c'était épuisant. D'autant qu'après mes révélations sur Olivia et Leo, il était évident qu'elle enrageait, même si elle essayait de mettre sa colère sous cloche.

— Jill, je pense que je vais partir maintenant au lieu de rester une nuit de plus, annonçai-je. C'est très difficile, et pour le bien de notre amitié, je pense qu'il vaut mieux que je m'en aille et que nous ne nous souvenions que des bons moments.

L'ancienne Jill aurait dit : « C'est ça, fous le camp. » Elle aurait été trop fière pour me demander de rester, au lieu de quoi elle parut soudain s'effondrer devant moi, se mit à pleurer. Elle semblait très secouée, ce qui n'était pas du tout dans son tempérament.

— S'il te plaît, s'il te plaît, ne pars pas, Wendy. Toutes les personnes qui ont jamais compté pour moi m'ont abandonnée ou sont mortes, et honnêtement, je ne sais pas ce que je ferai si tu t'en vas.

Elle avait vraiment changé, je ne l'avais jamais vue dans cet état-là auparavant : une loque.

— Après avoir passé tout ce temps dans cette remise glaciale, je couve un rhume, et si tu pars, je vais devoir rester seule ici, avec un réseau téléphonique qui fonctionne quand il veut.

— Tu ne veux pas rentrer, toi aussi ? Retourner à Lavender Close, où il y a du réseau téléphonique et des voisins qui peuvent t'aider ? suggérai-je.

Malgré sa détresse évidente, je ne tenais pas à m'attarder une minute de plus.

Elle secoua la tête avec véhémence.

— Je ne suis pas en état de conduire, je me sens trop mal. Je frissonne, j'ai des courbatures et je ne veux pas me retrouver seule.

Comment pouvais-je l'abandonner ? Je proposai donc de préparer le dîner et je me mis à cuisiner.

— Merci... d'être restée, Wendy, lança-t-elle depuis le salon.

— C'est bon. C'est juste que je n'aime pas les confrontations et que la situation est très... propice aux confrontations, justement. Mais je ne peux pas te laisser alors que tu as pris froid après ta mésaventure d'aujourd'hui.

— Bon sang, ne m'en parle pas, je me sens tellement idiote. Je ne pense vraiment pas qu'il voulait m'enfermer, mais je n'arrête pas de me demander ce qui se serait passé s'ils étaient partis plusieurs jours.

— Oui, ou si la vieille Mme Venables n'était pas revenue... Les choses auraient été très différentes. Il aurait pu oublier que tu étais là, voire pire, ajoutai-je, continuant à œuvrer pour que M. Venables reste dans le paysage.

— Il est inoffensif, juste confus.

— Comment tu expliques les photos d'un adolescent à moitié habillé sur le mur de sa remise ? Bon sang, et le petit lit bizarre, sans parler de la photo de ton mari ? Qu'est-ce que c'est que tout ça ? Tu ne penses quand même pas que Tim est dans le coup, si ?

Elle sembla ébranlée, et je regrettais ma question, mais je devais la poser.

— Non. Enfin, Tim n'aurait pas... Mon Dieu, je ne sais pas, je crois que je ne saurai jamais.

— Tu peux l'interroger à ce sujet, Jill.

— Non, je t'ai dit qu'on ne se parlait que par avocats interposés. Je peux difficilement envoyer un courriel à son avocat en lui demandant si mon mari est impliqué dans la mort de mon fils.

— Venables n'a pas dit qu'il avait un cousin dans la région où nous vivons ? Tim et lui seraient apparentés ?

— Je ne me souviens pas que Tim ait jamais mentionné de la famille au Pays de Galles. Quand il a su que Leo venait ici pour observer les étoiles, il en aurait sûrement parlé.

Cela ne lui était pas venu à l'esprit ; elle était manifestement perturbée par cette idée, tout comme moi. La situation était vraiment bizarre. Elle m'observait d'un air dubitatif tout en buvant sa tasse de thé.

— Tout ça n'a aucun sens.

— En effet... et si Venables a vraiment l'esprit confus, et que sa femme ne connaît pas la réponse, la seule personne capable d'expliquer pourquoi une photo de lui adolescent se trouve sur le mur de ce hangar, c'est Tim.

— Tu as sans doute raison, mais je ne lui poserai pas la question. C'est vraiment dommage que M. Venables n'ait pas toute sa tête.

— Ou bien c'était une espèce de rôle, joué à ton intention ?

— Non, ce vieil homme est si désorienté qu'il n'est même pas sûr du nom de sa femme.

— Si ça se trouve, ils sont dans le coup ensemble. Ils jouent tous les deux à se couvrir mutuellement. Est-ce qu'elle ne serait pas la Rose de son Fred West[1] ?

— Je ne vois pas bien comment, murmura-t-elle.

Mais je savais que je lui faisais peur.

— Je pense que ce serait une bonne idée d'aller en parler à la police.

— Je te l'ai dit, je ne contacte plus les flics tant que je n'ai pas quelque chose de concret.

— D'accord, je comprends.

Je faillis passer à autre chose, puis quelque chose me revint.

— Je m'interroge au sujet de Tim, cela dit. Tu m'as déclaré hier qu'il avait menti pendant toute la durée de votre mariage. Donc qu'est-ce qui l'empêchait de mentir sur l'existence d'un cousin ou d'un ami bizarre au Pays de Galles ?

— Pourquoi il m'aurait caché un truc pareil ?

— Exactement, pourquoi ? Qu'est-ce qu'il y aurait dans cette relation qu'il tiendrait à cacher à autrui ? Tu penses qu'il t'a caché ses liaisons, alors que t'a-t-il dissimulé d'autre ?

Je voyais tourner les rouages de son esprit. Mal à l'aise, elle commençait à remettre des points en question. Tant mieux : elle pourrait ainsi commencer à envisager d'autres options que ma fille : Venables, par exemple, ou un accident. Désireuse d'avancer dans cette direction, je continuai donc.

— Je ne dis pas du tout que Tim a quelque chose à voir avec l'accident de Leo... mais il pourrait être le lien avec Venables.

Pour une fois, elle ne repoussa pas mon idée et ne corrigea pas non plus mon emploi du mot « accident ». Peut-être commençait-elle enfin à accepter ou à envisager cette option. Bon sang, si seulement !

Elle resta silencieuse un moment, avec la mine pensive de

------

1. Tueur et violeur en série britannique, dont la seconde épouse, Rose, fut la complice. (N.d.T.)

qui cherchait à résoudre un problème. Après quoi elle se saisit de son téléphone sur la table et consulta l'écran.

— Je ne sais pas, je suis perdue. J'ai cherché sur Google le nom de Derek Venables couplé à celui de Tim, mais rien.

Je haussai les épaules.

— C'est peut-être juste des connaissances ? Et quel que soit leur lien, ça n'explique pas pourquoi la photo de Tim figure sur son mur.

Elle continuait à faire défiler les écrans sur son téléphone. Je ne pensais pas qu'elle écoutait vraiment. Elle semblait se refuser à entendre tout ce que je disais à propos de Leo, or il s'agissait bien de Leo. Pour Jill, tout tournait autour de lui, c'était sa tragédie. Lui parti, elle n'avait plus personne à aimer ou à nourrir. Par conséquent, elle comblait le vide en traquant obsessionnellement la personne qu'elle croyait responsable de cette perte.

— Oui, la seule chose que je trouve sur Derek, ce sont des unes de journaux locaux à propos de sa passion pour les étoiles, lâcha-t-elle comme pour elle-même.

Ses lunettes au bout du nez, elle faisait défiler les pages. Dans la lumière, avec son visage concentré et ses sourcils froncés, je voyais une petite vieille recroquevillée dans un fauteuil. Mon Dieu, c'était déchirant de voir à quel point elle avait vieilli. Le chagrin gravé sur son visage avait écrasé son maintien autrefois si droit.

— Il a d'ailleurs écrit des articles pour le journal local. Apparemment, il est même l'auteur d'un livre, ce M. Venables.

Je me servis un deuxième verre de vin.

— Vraiment ? À propos de quoi ?

— Des étoiles qu'il a observées dans la région : il semble qu'il en ait découvert de nouvelles.

— Oh, super, un livre sur tout ce qu'il a repéré avec son grand télescope par la fenêtre de sa chambre. De quoi faire un best-seller, dans le coin !

Jill gloussa, écho du temps où les enfants étaient petits et où nous allions boire un verre de vin en douce et rire sur nos marches de derrière, une fois qu'ils étaient couchés. Nos jardins se faisaient face, c'était vraiment parfait. La vie était bien plus facile à l'époque. J'aurais aimé que les choses restent ainsi pour toujours.

Mais nous étions tous humains, tous imparfaits, et à nous tous, nous avions réussi à tout foutre en l'air.

Je n'avais jamais voulu la blesser ou lui faire sentir qu'elle était incompétente, mais lorsque Leo était bébé, j'avais commis quelques maladresses. Je voyais bien qu'elle avait du mal et je voulais l'aider, mais elle m'avait sacrément compliqué la tâche. Sans doute me sentais-je coupable, parce que j'avais deux garçons éclatants de santé à l'époque et que je voulais simplement lui témoigner de l'amour. Mais lorsqu'elle m'ouvrait sa porte, elle refusait de parler. Je n'avais donc pas insisté, je lui avais juste indiqué que j'étais là si elle avait besoin de moi.

J'avais demandé conseil à Robert sur ce que je pouvais faire, mais il n'avait jamais eu beaucoup de temps à consacrer à Jill.

« Arrête de t'inquiéter. En quoi ça nous regarde ? Si elle veut être malheureuse, grand bien lui fasse. »

Il avait raison, mais je m'inquiétais pour mon amie et je craignais sincèrement qu'elle ne soit fragile sur le plan émotionnel. J'avais donc fait quelque chose que je n'aurais pas dû : j'avais touché deux mots discrets à la sage-femme qui avait suivi Jill, qui était une collègue et amie. Je n'avais jamais agi de la sorte auparavant et j'avais dû faire semblant de compatir lorsque Jill m'avait appris qu'elle avait été convoquée pour une évaluation psychologique.

« Pas question que je me plie à un truc pareil », avait-elle craché en déchirant la lettre de convocation.

Je n'avais fait que passer en me rendant au travail et je regrettais d'avoir été là lorsque la lettre était arrivée, car je sentais des plaques rouges se propager dans mon cou. Quand j'étais gênée ou mise sur la sellette, mon cou devenait rouge, ce qui avait toujours amusé Jill, mais je me souvenais du regard qu'elle avait promené sur ma gorge ce jour-là. « Tu es au courant de quelque chose ? avait-elle demandé, furieuse.

— Non, je ne suis pas ta sage-femme, je n'ai rien à voir avec ça.

— Bon sang, Wendy, je croyais que c'étaient les maris qui essayaient de manipuler leurs femmes et de les faire enfermer, pas leurs amies. »

Je n'ai jamais su si elle avait passé le test ou pas, mais des mesures de protection avaient été mises en place après ma conversation avec ma collègue. Une assistante sociale avait été chargée de lui rendre visite, pour son bien et celui de l'enfant, et en dépit de son refus, parce qu'elle craignait qu'on ne lui retire Leo, elle n'avait pas eu le choix.

Un jour, alors que je prenais un café chez Costa avec Emily, son ancienne sage-femme, Jill était entrée. Ces quelques minutes avaient été horribles. Je me souvenais qu'Emily et moi étions en train de rire de quelque chose et j'avais levé les yeux de ma tasse. Elle était là, debout au comptoir. Elle nous avait considérées avec une haine pure. Puis elle était partie dès sa commande réglée. Je lui avais laissé entendre que je ne connaissais même pas sa sage-femme, or, pendant qu'elle était là, à attendre sa boisson, nous étions en train de glousser ensemble. Évidemment, ce n'était pas d'elle que nous ricanions, mais elle avait dû se sentir exclue et probablement pensé que nous échangions des moqueries à son sujet. Elle avait tellement souffert au cours de son existence, perdant ses parents quand elle était petite, bataillant pour avoir un bébé, multipliant les fausses couches. À présent, elle craignait que Leo ne lui soit enlevé et, bien que j'aie agi avec les meilleures intentions, elle m'avait toujours soupçonnée de l'avoir dénoncée, et cette rencontre paraissait le confirmer. Pendant longtemps, elle m'adressa à peine la parole et, apparemment, elle commença même à conseiller à d'autres jeunes mamans de faire attention à la façon dont elles se comportaient avec leurs enfants quand j'étais dans les parages. Elle avait glissé à Michelle, mon autre voisine : « C'est une fouineuse. Si elle te voit faire quoi que ce soit, elle va directement aux services sociaux pour te dénoncer. »

Notre amitié ne s'était jamais complètement rétablie après la naissance de Leo. Elle avait changé et, si je n'irais pas jusqu'à dire qu'elle était devenue paranoïaque, elle voyait assurément ses amis d'un autre œil. Cette méfiance l'avait habitée tout au long de l'enfance de Leo. S'il y avait eu de bons moments, les arrière-pensées n'avaient toutefois jamais disparu, comme si elle ne me faisait pas confiance en présence de Leo. Plus je m'interrogeais sur la raison qui avait poussé Jill à m'inviter ce week-end, plus je me sentais mal à l'aise : que voulait-elle vraiment de moi ?

21
JILL

Après mon calvaire chez les Venables, j'étais heureuse de regagner le cottage. Wendy et moi avons eu quelques mots, elle a menacé de partir. Je lui ai dit que je ne me sentais pas très bien et j'ai prétendu avoir attrapé froid après mon séjour forcé dans la remise de M. Venables. J'ai vraiment insisté sur le fait que les gens que j'aimais me quittaient. Je me suis sentie un peu coupable, mais c'était le seul moyen de l'obliger à rester.

Quoi qu'il en soit, nous nous sommes calmées toutes les deux et elle ne m'agace plus autant ce soir. Peut-être parce que je sais que je n'aurai plus à la revoir à partir de demain. Après le Pays de Galles, ce sera bye, bye, Wendy !

— Jill, je pense vraiment que tu devrais appeler la police. Raconte-leur ce qui s'est passé hier. J'ai des frissons en pensant que Venables pourrait faire ça à quelqu'un d'autre... à un enfant ? Et n'oublie pas le lien avec Tim !

Vous vous rappelez, il y a quelques secondes, quand j'ai dit qu'elle ne m'agaçait plus ? Eh bien, ça recommence, parce qu'elle essaie de me convaincre que Tim sait quelque chose à propos du meurtre de Leo. La *Tim Connexion*, évidemment.

Elle doit me prendre pour une idiote. Pense-t-elle vraiment que je ne sais pas réfléchir par moi-même, que je suis influençable au point de me laisser convaincre par tout ce qu'elle dit ? Elle veut que j'appelle la police et que j'accuse Tim maintenant. Compte tenu des circonstances, c'est la dernière chose que je vais faire. Son influence aurait pu fonctionner il y a vingt ans, lorsqu'elle me suggérait de peindre mes murs en bleu ou déclarait qu'un îlot central dans la cuisine était la seule solution, mais j'ai grandi et il ne s'agit plus seulement de décoration d'intérieur.

Honnêtement, elle est comme un projecteur, constamment à la recherche de quelqu'un sur qui braquer sa lumière pour plonger Olivia dans l'ombre. C'est toujours quelqu'un d'autre... enfin, n'importe quelle personne susceptible d'être incriminée. Mais ma lumière à moi n'a jamais faibli, et peu importe ce qu'elle dit, ou les bizarreries des Venables, j'inclurai toujours la Petite Mlle Parfaite dans ma liste de suspects.

— J'admets avoir été choquée de découvrir la photo de Tim sur le mur de la remise, je te l'accorde. Je trouve ça étrange, mais ce n'est pas incriminant, et je suis sûre qu'il y a une explication logique à ça. Mme Venables ne sait pas, mais je poserai la question à M. Venables avant de partir.

— Qu... Comment ça se passait entre Tim et Leo ? demande-t-elle soudain.

Quel jeu joue-t-elle à présent ?

— Très bien, je réponds, irritée.

— Parce que je me souviens de Tim disant que Leo était devenu assez difficile et qu'ils se prenaient souvent le bec ?

— Je croyais que tu n'échangeais pas beaucoup avec Tim ?

— Ce n'est pas Tim qui m'a dit ça, c'est Lena. Tim aurait confié à Marek que Leo et lui ne s'entendaient pas.

— N'importe quoi, je réplique. Ça fonctionnait bien entre eux.

Je repense aux derniers mois de la vie de Leo. Il avait changé à notre égard à tous les deux, et Tim l'avait remarqué à plusieurs reprises, après le voyage de notre fils ici.

« Selon lui, tout ce que je dis est faux. Je n'arrive plus à l'atteindre », avait-il déploré. Je ressentais exactement la même chose, mais à l'époque, nous avions lui et moi considéré cela comme typique d'une crise d'adolescence.

— S'il te plaît, ne le prends pas mal... commence-t-elle.

Alors je m'arme de courage, car je suis sûre que je vais mal le prendre.

— Venables est peut-être quelqu'un de bien et Tim ne le connaît ni de près ni de loin, si ça se trouve. Dans l'environnement fébrile qui a suivi l'accident de Leo, tout le monde se sentait soupçonné, même si ce n'était pas le cas, parce que tu avais accusé beaucoup d'innocents.

— Oui, parce que je voulais absolument savoir qui l'avait tué, n'importe quelle mère aurait réagi de la même manière à ma place. Tu n'aurais pas agi autrement, Wendy. Je me sentais très seule, et Dieu sait que Tim se gardait bien de se montrer quand j'avais besoin de lui. Comme toujours, c'était moi et moi seule qui devais me battre pour découvrir la vérité sur notre fils. Les flics se promenaient avec nonchalance, comme s'il n'y avait pas d'urgence. Ils n'avaient pas l'air de connaître l'existence de la vidéosurveillance et de l'ADN et... bref, une véritable perte de temps.

— Ils avaient tout sous contrôle et pas besoin que tu les harcèles pour leur faire part de tes soupçons. Tu as causé beaucoup de tort à notre petite communauté, Jill, alors que les gens ne cherchaient qu'à t'aider et à te soutenir.

— Je n'ai causé de tort à personne.

— Si. Olivia était dévastée. Elle n'en revenait pas que « tata Jill » ait raconté des mensonges sur elle à la police et essayé de lui faire porter le chapeau.

Elle s'efforce de paraître calme, mais les plaques rouges sont de retour, et cela me dit tout ce que j'ai besoin de savoir. Elle ne peut pas me tromper : c'est le discours qu'elle a répété pour plaider la cause de sa fille.

— Tout ce que je veux, c'est découvrir qui a tué mon fils et pourquoi. C'est si difficile à comprendre pour toi ?

Elle lève les bras au ciel, comme si elle avait renoncé à me convaincre.

— Je vais prendre un bain, annonce-t-elle en attrapant son verre de vin avant de quitter la pièce.

Il faut toujours qu'elle soit la première à quitter la scène, qu'elle ait l'avantage. Au fil des ans, elle a affecté ma confiance en moi, m'a donné le sentiment de n'être pas assez bien, le vilain petit canard. Wendy avait tout, mais ce n'était pas suffisant, elle voulait aussi une part de *mon* gâteau. Ça a sans doute commencé avec Tim, ça s'est terminé avec Leo.

Ni elle ni Tim n'ont jamais admis quoi que ce soit, mais je savais. J'étais la seule à voir ce qui se passait, j'étais consciente des petits chuchotements entre eux, qui s'arrêtaient brusquement dès que Robert ou moi apparaissions.

« Honnêtement, Jill, tu te fais des idées, m'a-t-elle dit lorsque je les ai confrontés. On parlait de toi. On est tous très inquiets à ton sujet. »

Elle a toujours aimé me transformer en victime pour pouvoir jouer la meilleure amie attentionnée, mais en réalité Wendy ne s'est jamais souciée de moi. Elle a voulu que les services sociaux me retirent mon enfant, cherché à me prendre mon mari et, avant la mort de Leo, elle a utilisé sa fille pour appâter mon fils. J'ai été choquée et blessée de découvrir hier que Leo avait passé beaucoup de temps chez eux. J'attendais à la maison, persuadée qu'il suivait des cours optionnels au lycée, alors qu'il était en train de s'amuser avec la famille d'à côté. Ça m'a fait penser à toutes les fois où elle a invité Lena et Marek à dîner en leur demandant de ne pas me le dire sous prétexte que je « n'étais pas une boute-en-train ». Drôle d'idée que de confier quoi que ce soit à ces deux-là et de s'attendre à ce qu'ils n'aillent pas jacasser.

Et maintenant, elle essaie de me faire gober que je dois avaler ces couleuvres, aller de l'avant. Elle attend de moi que j'efface ce que je crois et que j'adhère à son histoire d'accident, ou d'une culpabilité de M. Venables, ou même de Tim... de n'importe qui d'autre à part Olivia. Elle m'interdit d'avoir mes propres opinions, mes propres théories. Bon sang, je ne peux même pas faire mon deuil à ma façon !

La police a émis, entre autres, l'hypothèse que Leo s'était suicidé. Pendant un certain temps, ses problèmes avec Olivia et son père ont été considérés comme significatifs par la police. Cela m'inquiétait aussi. Et cela m'inquiète toujours, car Tim et Leo ont été à couteaux tirés tout le printemps. Leo était parfois difficile et renfermé avec nous deux, cependant là où j'esquivais les difficultés, Tim les affrontait. Il exigeait de savoir quel était son problème et menait la vie très dure à notre fils. Je ne pourrai jamais le lui pardonner. Je ne peux rien révéler de tout cela à Wendy, parce que cela ne la regarde pas et qu'elle y verra une occasion en or d'accuser Tim d'être à l'origine de la décision de Leo de se jeter dans la rivière. Et je ne crois pas qu'il soit suicidé, même s'il avait des problèmes avec son père – ou Olivia, d'ailleurs. Non, je vais garder ce drame familial pour moi et ne pas donner à Wendy un prétexte d'appeler la police et de la mettre sur la piste de Tim. Cela n'apportera aucune réponse, juste davantage de problèmes. Mon mari a été stupide de parler de sa relation difficile avec Leo. Marek et Lena sont de vraies langues de vipères, et ce qui a probablement été dit au pub, en toute confiance, du vivant de Leo, a pris une teinte beaucoup plus sombre après sa mort. Je reste persuadée que si Tim était arrivé plus tôt le soir du bal, les choses auraient tourné autrement et mon fils aurait survécu.

Au lieu de cela, mon mari a choisi de donner la priorité à son autre femme plutôt qu'à sa famille, ce qui a été sa position par défaut tout au long de notre mariage. Leo et moi n'avons jamais figuré en bonne place sur la liste de ses priorités. Même avant le voyage d'observation des étoiles, Leo avait peu de respect pour son père à cause de la façon dont il me traitait.

Je pense que Leo a compris très tôt le genre d'homme qu'était Tim. Notre quartier était un moulin à rumeurs et la plupart des informations provenaient de Lena et Marek, dont le fils était ami avec Leo. Je me souviens qu'une fois, Leo m'avait demandé : « Il a une petite amie, papa ? »

Nous savions tous les deux que oui, mais c'était la manière douce qu'avait trouvée Leo pour me le dire, me le faire savoir.

« Non, bien sûr que non, chéri », avais-je répliqué, avec le désir brûlant de tuer Tim pour nous faire autant souffrir.

À mesure qu'il grandissait et apprenait, Leo gagnait en honnêteté, et une fois, après que Tim était parti pour la soirée, mon fils m'avait trouvée en larmes. Il m'avait prise dans ses bras et dit : « Maman, pourquoi tu restes avec lui ? C'est une merde. »

Aujourd'hui, je regrette d'avoir tenu aussi longtemps, mais en vérité, je pensais que nous pourrions surmonter ces aléas. J'avais prononcé des vœux en me mariant et ils signifiaient quelque chose pour moi : même si Tim n'était pas le meilleur des maris, je ne voulais pas être celle qui causerait une rupture sordide et gâcherait l'enfance de Leo. Je savais aussi que ces aventures ne signifiaient pas grand-chose, et que tant qu'il n'y aurait pas de potins à ce sujet, je pourrais continuer à être une bonne épouse, une bonne mère et une bonne menteuse.

En fin de compte, je n'ai pas été surprise que Tim veuille me quitter. J'y étais préparée. Je pense qu'il serait parti il y a des années, mais notre petite vie était commode pour lui, et je ne lui causais aucun problème : nous nous entendions bien la plupart du temps. Après la mort de Leo, il a dû fuir le passif, les reproches et l'énorme nuage de chagrin qui planait encore sur notre maison. Il me suit partout, ce nuage, s'approche furtivement de moi lorsque je suis seule le soir dans mon lit, s'enroule autour de moi chaque fois que je déambule dans Lavender Close. Il m'a même trouvée sous la douche, l'autre matin. Le tsunami a été soudain, torrent de sanglots et de larmes salées se mêlant à l'eau, emportant la moindre petite particule d'espoir et faisant retomber le nuage autour de moi.

Tim et moi n'avons pas été les seules victimes de la mort de Leo. La famille de Wendy s'est également désintégrée. Elle prétend que tout va bien et qu'elle s'en sort, pourtant elle ne supporte manifestement pas de parler de ce qui s'est passé avec Robert. Il est parti en Espagne assez rapidement et la maison a été vendue dans la foulée, ce qui m'amène à m'interroger sur le pourquoi du comment. Je pense qu'elle a eu une liaison. Et lorsque j'ai essayé de l'amener à partager ce qu'elle ressentait, elle n'a pas mordu à l'hameçon.

Comme Tim, Wendy était toujours à la recherche de quelqu'un d'autre. Elle n'a jamais éprouvé un amour de conte de fées pour Robert, mais elle avait besoin de lui, de son adoration, de son attention, de son argent. Elle était la princesse, et lui toujours sous son charme. Quel idiot de se laisser utiliser ainsi par elle ! Peut-être son départ en Espagne indique-t-il qu'il est enfin revenu à la raison ? Mais j'ai été surprise d'apprendre qu'Olivia l'avait accompagné... Cela a dû être un coup de massue pour Wendy, obligée de quitter leur belle maison pour emménager dans un appartement, tandis que lui occupe apparemment une villa, quelque part près de la côte.

La mort d'un jeune être nous pousse à réévaluer nos vies. Cela nous fait prendre conscience de la cruauté et de la brièveté de l'existence, de sa fragilité. Wendy se pensait immunisée, croyait sa famille à l'abri des malheurs, mais voyez aujourd'hui comme leurs actes reviennent les hanter. J'ai été dévastée lorsque la police a classé l'affaire, mais cela ne signifie pas que je doive accepter tous ses mensonges. Si la police renonce à chercher la vérité, je le ferai. J'ai invité Wendy Jones à se joindre à moi ce week-end pour une raison précise, et quelle que soit la façon dont elle essaie de tourner les choses, quelle que soit la vigueur de sa lutte, j'ai l'intention d'aller jusqu'au bout.

22

WENDY

— Tu en prends un autre ? demanda Jill quand je m'emparai de la bouteille de vin.

— Oui, répondis-je d'un ton de défi.

— Oh, il n'y avait pas la moindre réprobation dans ma question.

Elle souriait. Bien sûr que si !

— Tant mieux.

Je lui rendis son sourire tout en me versant un grand verre. Lèvres pincées, elle grimaça presque lorsque des gouttelettes s'échappèrent du verre à l'atterrissage du vin.

— Non, continue à boire ton vin, tu savoures, visiblement, lâcha-t-elle en serrant les dents. C'est juste que je voulais sortir ce soir pour observer les étoiles. J'espérais le faire hier, mais... On avait un peu trop bu, non ?

Elle gloussa avec des airs de jeune fille.

— Oh, pourquoi ne pas me l'avoir dit avant ?

C'était notre dernière nuit au cottage et, dans ma hâte de

repartir le lendemain, je projetais de me coucher tôt. Jill ayant dit qu'elle avait pris froid et qu'elle ne se sentait pas bien, nous n'avions rien fait de la journée, si ce n'est rester assises pendant qu'elle me soumettait à son sempiternel interrogatoire.

J'étais irritée qu'elle me sorte cette histoire d'observation des étoiles au débotté. Certes, cela faisait partie du plan initial, mais j'avais supposé qu'elle avait changé d'avis à cause de son refroidissement. Sauf que, ô miracle, elle semblait guérie.

— Je n'ai vraiment pas envie de sortir maintenant, Jill, il gèle et tu n'es pas très bien, objectai-je, rejetant la faute sur elle.

— Oh, ça va, c'est juste un petit rhume de rien du tout.

Elle balaya l'objection d'un geste dédaigneux de la main tout en utilisant l'autre pour s'essuyer le nez avec un mouchoir en papier.

— En plus, s'il fait plus froid ce soir, c'est parce qu'il n'y a pas de nuages. Autrement dit, la nuit est parfaite pour observer les étoiles.

Je resserrai mon gilet autour de moi et sortis mon téléphone.

— Désolée, ma fille, mais tu vas devoir te débrouiller seule, dis-je. Rien que d'y penser, j'ai des frissons partout.

Comme elle ne répondait pas, je levai les yeux et la vis assise là, le visage chiffonné. Je me sentis soudain très coupable. Il ne s'agissait pas de sortir dans le froid glacial, mais de s'inscrire dans les pas de Leo et de retrouver ses étoiles. Je retournai à mon téléphone, rechignant à quitter la chaleur de la maison, mais j'avais vraiment l'impression de me montrer mesquine, surtout lorsqu'elle se leva avec lenteur.

— Ça va ? demandai-je en la voyant chanceler.

— Oui, encore un peu raide après le froid de la remise.

Elle leva les yeux au ciel.

— Un bain chaud, ça te tenterait ?

— J'en ai pris un tout à l'heure. Ça ira mieux quand je me mettrai en mouvement. J'ai besoin de marcher, en fait.

— Quoi ? Tu sors toute seule, maintenant ? Il est plus de 22 heures. Je ne pense pas qu'une promenade dans ces conditions ce soit une bonne idée.

— Je ne vais pas me « promener », répliqua-t-elle, non sans se cramponner à la table pendant qu'elle quittait la pièce. Et plus il est tard, mieux c'est, pour les étoiles.

Exhibition du martyre et culpabilisation, tels étaient toujours les moyens privilégiés par Jill lorsqu'elle voulait obtenir quelque chose, comme maintenant où elle désirait que je l'accompagne par une nuit glaciale pour observer le ciel. Je l'avais vue utiliser les mêmes techniques sur Leo, et dans une certaine mesure, sur Tim. Son mari la laissait simplement jouer son petit jeu et ne réagissait que s'il en avait envie ou si ce qu'elle souhaitait s'accordait avec ses propres projets. Leo, en revanche, n'avait pas le choix. J'avais souvent fait remarquer à Robert que le pauvre gamin était paralysé par la culpabilité. « Pourquoi tu dis ça ? » répondait-il, toujours réticent à critiquer autrui, même Jill.

Je me souvenais des yeux suppliants, de l'anxiété dans la voix de Leo, de la gêne dans son comportement, traits qu'il devait tous à sa mère. « Il est obligé de dissimuler en permanence, il ne veut pas que sa mère sache qu'il vient ici après l'école.

— Il vient souvent ? » avait demandé Robert. Comme il travaillait beaucoup à l'extérieur, il n'était pas vraiment au courant de ce qui se passait entre nos murs.

« Quasiment tous les soirs, ces derniers temps. Il revient avec Olivia.

— Pourquoi ?

— Ils sont amis », avais-je menti.

J'avais prévu d'attendre que Robert soit rentré pour lui révéler la vérité, mais j'étais sûre qu'il n'y verrait pas d'inconvénient majeur. Il connaissait ce gosse depuis qu'il était bébé, et il était bien préférable à Rory.

J'étais ravie de leur relation naissante et, après la mort de Leo, j'avais été submergée par une vague de profonde tristesse, rien qu'en me souvenant d'eux deux, blottis l'un contre l'autre sur le canapé, en train de faire leurs devoirs. Parfois, ils regardaient des films sur l'ordinateur portable d'Olivia et jouaient à des jeux vidéo dans sa chambre ; tout cela était très innocent. Au cours de ces quelques mois, j'avais constaté, ravie, que sous l'influence de Leo, ma fille devenait plus douce, plus gentille, moins rebelle. Par ailleurs, elle avait commencé à s'intéresser davantage à l'école et à réviser consciencieusement ses examens. Ce n'était pas non plus à sens unique, car elle avait communiqué à Leo une confiance accrue en lui-même, si bien qu'il prenait les choses un peu moins au sérieux.

Leo s'était toujours bien entendu avec nos fils, et lorsqu'il s'autorisait à rester pour le dîner, il participait aux plaisanteries et aux taquineries qu'ils se lançaient les uns aux autres. Je l'avais toujours perçu comme un membre de notre famille, mais j'étais ravie de découvrir que, loin de Jill, il était bien plus confiant et détendu.

J'y repensai en la regardant enfiler sa veste. Les enfants me manquaient déjà, et je n'arrivais pas seulement à prendre la mesure de sa perte.

Elle noua lentement son écharpe, puis chaussa ses bottes, une à une... À chaque couche qu'elle ajoutait, je me sentais plus coupable. Comment pouvais-je la laisser sortir seule dans la nuit ? Après tout, la raison de notre présence ici, c'était justement l'observation des étoiles, afin que Jill se sente proche de Leo. À l'origine, elle avait réservé ce week-end pour Tim et elle : ils étaient censés s'asseoir sur un tapis et regarder les étoiles de Leo, celles de la constellation du Lion. Et maintenant, elle les avait perdus tous les deux. Combien de pertes une personne peut-elle endurer ? Oui, elle était autoritaire, prompte à juger autrui et implacable, mais c'était mon amie et elle avait traversé beaucoup d'épreuves. J'admirais son courage. Non seulement elle sortait dans la nuit noire et glaciale, mais en plus, elle allait affronter la douleur liée au souvenir de son fils. Je ne pouvais pas la laisser seule.

— Cela va t'aider à te sentir plus proche de Leo ? Tu penses que cela te permettra de te faire une raison pour... tout, Jill ? demandai-je en attrapant mon épais manteau matelassé.

— Je l'espère, murmura-t-elle.

Elle passa son second gant et releva son cache-nez. Même maintenant, elle avait l'air propre et nette, avec ses cheveux courts sous un bonnet de laine, l'écharpe parfaitement nouée autour du cou, une épaisse veste zippée jusqu'au menton.

Pendant ce temps, j'enfonçai la capuche de mon manteau sur mes cheveux blonds indisciplinés, j'enroulai une écharpe autour de mon cou. Nous baissâmes toutes les deux les yeux sur mes chaussures, des baskets maculées de boue, constellées de paillettes rose vif, qui irritaient l'arrière de mes talons, et si vieilles qu'elles pourraient fort bien ne pas passer la nuit.

— Je sais, ce ne sont pas des chaussures de marche, Jill, déclarai-je avant qu'elle puisse les critiquer.

— Tu as toujours préféré marcher pieds nus, hein ? répondit-elle en souriant avec indulgence.

— Qu'est-ce que je peux dire ? Je déteste porter quoi que ce soit aux pieds, alors si j'y suis obligée, il faut obligatoirement qu'il y ait des paillettes roses dessus !

Elle s'esclaffa, et je passai un bras sous le sien. Nous sortîmes dans le noir et le genre de froid qui vous mordait le visage.

— Mince ! Je comprends pourquoi on appelle cet endroit une réserve de ciel étoilé. Il n'y a pas la moindre pollution lumineuse, murmurai-je en sortant mon téléphone de ma poche pour allumer la torche.

— Donc c'est toi qui te charges d'assurer la pollution lumineuse, plaisanta-t-elle, bien qu'à l'évidence irritée par mon geste.

— Jill, on n'y voit rien, je ne sais pas où je mets les pieds.

— D'accord, mais quand on sera sur place, tu devras l'éteindre, commanda-t-elle, telle une maîtresse d'école insupportable.

Elle était soudain à nouveau sur les nerfs. Ses humeurs s'avéraient décidément bien changeantes.

— D'accord, concédai-je, me laissant aller à une colère d'adolescente face à une mère autoritaire.

Nous continuâmes à marcher sur le sentier, uniquement guidées par la torche de mon téléphone qui projetait sa lumière dans la nuit noire. Je ne voyais rien derrière moi ou sur les côtés ; c'était déconcertant.

— C'est flippant, lâchai-je. On pourrait nous sauter dessus, j'ai l'impression qu'il y a des yeux partout.

— Ne sois pas bête, rétorqua-t-elle.

Ce pèlerinage la mettait manifestement sur les nerfs, je ferais mieux de me montrer plus délicate. Forte de cette décision, je me tus pendant un moment et me concentrai sur la marche. Mais je me sentais toujours exposée, vulnérable sur ce chemin sombre, et tout ce que j'entendais, c'était le crissement de nos pas sur le sol. Mais sur l'herbe, on n'entendait même pas nos pas. Ni son, ni lumière... Je me souviens d'avoir pensé : est-ce que ça ressemble à ça la mort ?

— Allez, on bouge, avait-elle ordonné, avançant à grands pas, comme contrainte d'agir ainsi, de s'abandonner à ce que nous allions rencontrer.

Nous marchâmes en silence, gravissant une colline pour arriver finalement à l'endroit qu'elle avait choisi. Je gardai ma torche allumée jusqu'à ce que j'aie tout vérifié. Nous étions plus haut que je ne l'avais cru. En baissant le faisceau de la torche, je fus prise de vertige : en contrebas, ce n'étaient que rochers abrupts et pointus.

— Attention, la prévins-je. Il y a un à-pic ici.

— Qu'est-ce que je t'ai demandé, à propos de cette torche ? murmura-t-elle, irritée.

— Désolée, mais tu as vu comme c'est raide ? Si je n'avais pas eu ma torche, j'aurais été bonne pour un faux pas et à moi le bord du gouffre.

Je reculai et éteignis, mais il ne faisait pas aussi sombre ici. Quand je levai les yeux, je compris pourquoi.

— Waouh ! murmurai-je en découvrant un ciel que je n'avais jamais vu auparavant.

Il y avait tellement d'étoiles qu'on aurait dit que le ciel, au-dessus comme autour de nous, était saupoudré de paillettes dorées. Des millions de petits points lumineux créaient une masse d'étincelles tourbillonnantes.

— Je n'avais jamais imaginé que ce serait aussi beau.

— Leo me l'avait dit, mais je n'aurais jamais cru que ce serait comme ça non plus, admit Jill. Je suis très heureuse que tu m'aies amenée ici ! Merci, mon chéri.

Je ne m'étais pas attendue à ce qu'elle ressente sa présence : cela me prit au dépourvu et me toucha profondément. Pendant plusieurs minutes, nous restâmes silencieuses, perdues dans notre contemplation.

Puis elle me toucha soudain l'épaule et pointa le doigt vers le ciel.

— La voilà. La constellation du Lion. Tu vois sa tête ? C'est un lion accroupi, tu le vois ?

— Oui, waouh ! mentis-je, incapable de distinguer autre chose que de la poussière étincelante.

Et elle s'adressa de nouveau à Leo, le remerciant, lui avouant qu'il lui manquait affreusement.

— Je sais ce que j'ai à faire, mon chéri, je ne te décevrai pas. Tu dois reposer en paix.

Je m'écartai de quelques pas pour la laisser seule avec ses pensées et je cessai de tourner sur moi-même, les yeux rivés au ciel. Mes pensées voguèrent vers mes propres enfants et vers Olivia, dans sa belle robe de bal, trinquant avec Leo, tous deux riant aux vies qui se déployaient devant eux. Puis le ciel parut s'assombrir, les étoiles se ternir, et mon esprit revint, comme toujours, à ce qui s'était passé plus tard cette nuit-là, à ma fille frottant frénétiquement le sang sur sa robe de bal.

23

JILL

Je suis à bout de nerfs. Est-ce que je fais ce qu'il faut ? Est-ce ainsi que Leo voudrait me voir agir ? Bien sûr que oui. Nous avons toujours partagé les mêmes pensées, mon fils et moi. Nous nous ressemblions tellement que nous finissions les phrases l'un de l'autre. J'ai toujours été solitaire jusqu'à la naissance de Leo, et c'est à ce moment-là que j'ai compris ce que c'était que d'être nécessaire à quelqu'un, d'avoir un ami, quelqu'un qui me comprenait et que je comprenais.

— Je n'avais jamais eu de meilleure amie avant de te rencontrer.

Je ne l'ai encore avoué à personne. Peut-être le moment est-il venu de dire la vérité ?

— Et à l'école ? Tu n'avais pas d'amie proche à l'époque ?

Elle s'arrête, s'immobilise, attendant ma réponse.

— Pas vraiment.

Je secoue la tête et m'assieds sur une protubérance rocheuse. Il faut que je reprenne courage avant d'entreprendre quoi que ce soit, or me comporter normalement en causant avec Wendy m'aidera à le faire.

— Ah, quel dommage ! soupire-t-elle.

Mais elle ne comprend pas, elle qui a toujours eu des amis, des amants et des gens à ses côtés. Il y avait d'autres filles comme moi à l'école, des fantômes dans les salles de classe, invisibles à la récréation. Nos voix n'étaient jamais entendues, nos histoires jamais partagées.

— C'est triste, je suis désolée, ajoute-t-elle.

Mais sa voix est distante, parce qu'à l'école, les filles comme Wendy ne nous remarquaient pas ou ne se souciaient pas de nous. Elles étaient trop occupées à sortir avec des garçons et à s'amuser avec les autres Wendy.

— Je ne suis jamais allée à une fête d'anniversaire, je m'entends avouer.

— Merde... c'est horrible, Jill, pourquoi ?

— Ma mère n'aimait pas que je m'éloigne de la maison. Je n'avais jamais le droit d'aller chez quelqu'un d'autre.

— C'est n'importe quoi.

Elle continue ses déambulations, les yeux levés vers le ciel. On dirait une adolescente énamourée.

— Oui, n'importe quoi, je fais chorus, en me rappelant la seule fois où, enfant, j'ai été invitée à une fête d'anniversaire.

Je m'étais précipitée à la maison en serrant l'invitation, imaginant ma robe, les bougies sur le gâteau, les jeux et les jolis petits emballages cadeau. Jusqu'alors, je n'avais fait qu'entendre les récits d'autrui à ce sujet et j'avais hâte d'expérimenter la chose moi-même. J'avais ouvert la porte et m'étais précipitée dans la maison en appelant maman, sautillant d'excitation. Mais lorsqu'elle m'avait pris l'invitation des mains, j'avais su, à son visage, que je n'irais pas à la fête.

— Et quand tu étais adolescente ? Ta mère te laissait sortir avec des amis ? demande Wendy.

— Non, mais sans refuser directement. En tant qu'adolescente, j'aurais pu insister, donc elle utilisait le chantage

émotionnel à la place : « Si tu sors ce soir, je serai toute seule... »
Des choses dans le genre.

Elle ne répond pas, elle s'approche et s'assoit sur un rocher voisin. Je ne vois pas son visage dans l'obscurité, mais j'en ai déjà trop dit.

— Tes parents sont morts jeunes, non ?

— Je venais d'avoir dix-neuf ans quand ma mère est décédée. Je n'ai manqué que deux jours à l'université pour l'enterrement.

— C'est de la folie.

— Non, je passais mes examens. Maman n'aurait pas voulu que je les rate. Elle m'a dit de retourner à l'université. Vu que papa était mort quand j'avais six ans, nous n'avons toujours vécu que toutes les deux, maman et moi. Nous étions proches et je voulais le même genre de proximité avec Leo. D'ailleurs, une fois qu'il est né, je n'ai plus eu besoin de personne, et soyons honnêtes, en tant que mari, Tim ne servait à rien.

— Oui, c'est vrai. Tu aurais eu besoin de quelqu'un de plus fort, qui t'aime davantage.

Elle a raison, il ne m'aimait pas assez.

— J'avais l'impression qu'il ne s'engageait jamais vraiment avec Leo et moi, qu'il ne s'impliquait pas dans notre famille. J'étais toujours celle qui se tenait sur le bord du terrain de foot pour encourager Leo. C'est moi qui allais le chercher et qui le déposais. Tim ne connaissait pas le nom de ses amis, ni les matières qu'il avait choisies pour son bac, il était comme un locataire qui allait et venait dans nos vies. Je suis contente qu'il soit parti, je conclus avec amertume.

Sachant quel homme il était, Wendy comprend, mais je me rappelle que je dois faire attention à ce que je lui révèle à propos de Tim. Je ne suis toujours pas sûre de ce qu'il en est, concernant leur amitié, et je ne sais pas si elle dit la vérité en prétendant ne pas être restée en contact avec lui.

— J'ai eu un mari pourri. Je me demande parfois s'il se serait comporté comme ça, si ma mère avait été là, je lâche en souriant. Elle l'aurait remis à sa place, elle.

Je regarde Wendy et nous gloussons toutes les deux.

— Elle devait vraiment être impressionnante, ta mère.

— Oh que oui ! Je sais qu'elle est avec moi maintenant, ici sur ce rocher. Elle attendait Leo, les bras grands ouverts, quand il m'a quittée. Maman m'a toujours dit qu'elle entendait tout ce que je disais et qu'elle voyait tout ce que je faisais, pendant qu'elle attendait, là, dans le ciel. Je lève les yeux et, je le jure, je distingue le contour de son visage. Elle sourit, m'assure que je fais ce qu'il faut pour mon enfant, qu'elle aurait agi exactement comme moi.

— C'est vraiment triste, lâche soudain Wendy. Ta mère n'a pas assisté à ton mariage.

Je détourne le regard des étoiles et du visage de ma mère.

— Oh si.

— Vraiment ? fait-elle d'une voix légèrement incrédule. Mais elle n'était pas... morte ?

Je souris pour moi-même.

— Si, mais maman ne m'a jamais quittée, pas vraiment. Elle est avec moi en ce moment. Et pour mon mariage, elle m'a indiqué quelle robe choisir : pendant que j'étais toute seule dans la cabine d'essayage, à m'examiner dans le miroir, j'ai senti comme un contact sur mes bras nus. J'ai cru que c'était le voile, mais non, c'était maman qui me disait : « Voilà la robe qu'il te faut. »

— Waouh ! s'exclame-t-elle.

Elle me prend pour une folle qui a de longues conversations avec sa mère décédée, je le sais, mais je m'en fiche. Ça n'a plus d'importance, car Wendy ne me reverra bientôt plus.

— Et c'était la robe de mariée que tu aurais choisie ? demande-t-elle.

— Non, je la détestais.

Ma réponse nous fait glousser. Aurais-je dû être plus ferme avec maman depuis sa mort ?

— J'ai vu les photos. Ta robe était magnifique, ment-elle de façon patente, car la tenue était objectivement hideuse. Mince, on venait de se marier quand on s'est rencontrées, non ? On était d'autres femmes à l'époque. Avec des tas de choses devant nous, des dentelles blanches et des promesses, comme dit la chanson… Et maintenant, on est en train de divorcer, on revoit nos ambitions à la baisse et on s'inquiète de savoir si nos retraites nous permettront de tenir jusqu'à la fin. C'est tellement déprimant. Tout est passé si vite. Qui a appuyé sur le bouton d'avance rapide ?

Elle gémit.

— Oui, c'est vrai. Où nos vies se sont-elles enfuies ?

Même mon puits de tristesse, je peux l'enrichir d'une tristesse supplémentaire à propos de Tim et de notre mariage. Elle a raison : nous avions d'immenses espoirs pour l'avenir, mais ce n'étaient que des grains de sable qui coulaient entre nos doigts.

— C'est difficile à imaginer aujourd'hui, pourtant j'étais follement amoureuse de Tim dans les premières années de notre mariage. Toutes les personnes que j'avais aimées m'avaient quittée, et je m'attendais à ce qu'il soit le prochain. C'est d'ailleurs ce qu'il a fait, au bout du compte. Je sais que vous me trouviez tous hystérique, quand j'accusais Tim d'avoir des liaisons ou que je le surveillais. Moi aussi, j'ai cru devenir folle. Mais toutes ces années d'humiliation, où il rentrait à la maison en sentant le parfum d'une autre, m'ont bel et bien rendue folle. Bien sûr, les conséquences des fausses couches, le processus de fécondation in vitro et tous les shoots d'hormones n'ont pas aidé. Les années « bébé » m'ont transformée en une créature encore plus raide que je ne l'étais déjà, mais à trente-deux ans, j'ai enfin eu mon bébé, et je ne voulais rien ni personne d'autre. Je refusais que qui que ce soit s'approche de lui, le tienne ou le touche.

— Je m'en souviens, murmure-t-elle. Mais tu n'allais pas bien, Jill, ce n'était pas une façon saine de se comporter.

— C'est ce que Tim disait, l'idée lui venait manifestement de toi, je réplique, accusatrice.

Et avant qu'elle ne puisse protester, je continue, car cette soirée est à moi. Le petit show de Wendy est terminé.

— Il a prétendu que j'avais créé une bulle autour de Leo et moi, que je ne l'avais jamais vraiment laissé y entrer, mais ça n'a pas arrangé les choses que tu contactes ma sage-femme et les services sociaux pour essayer de me l'enlever.

Silence.

— Je sais que tu convoitais Leo. Tu le voulais pour ta petite famille, non ?

— Non, tu te trompes, Jill. J'ai vu ce qui se passait. Je voulais t'aider. Je n'essayais pas de te l'enlever, j'essayais de vous mettre à l'abri tous les deux.

— Tu avais tout, et tu désirais quand même ce que j'avais. Et en entendant tes garçons, à côté, qui jurent, crient et se battent, je suis bien contente que tu n'aies pas mis les mains sur lui.

— Mes garçons sont normaux, ils vivent leur vie, ils n'ont pas peur de contrarier leur mère.

— Ce sont des menteurs, des tricheurs, sans aucune boussole morale.

— N'importe quoi ! s'exclame-t-elle dans l'obscurité.

— Je savais que Leo allait chez toi en secret.

J'étais curieuse de savoir où il disparaissait, depuis le jour où, m'étant rendue au lycée pour le récupérer, je m'étais entendu répondre qu'il était sorti plus tôt. J'avais eu le même sentiment que quand j'avais appelé Tim au travail et que son collègue m'avait répondu qu'il était en congé maladie depuis deux jours. Pendant tout ce temps, je pensais qu'il luttait contre le feu, alors qu'en réalité il l'allumait.

— Une semaine avant le bal, Leo m'a appelée pour me dire qu'il allait réviser à la bibliothèque. Je me suis donc pointée à la bibliothèque, et comme il n'y était pas, j'ai fait la liste de tous les endroits possibles. J'ai imaginé un squat, un pub, une boutique de paris... mais ce que j'ai découvert était bien pire, lorsque j'ai frappé à ta porte, soi-disant pour t'entretenir d'une nouvelle clôture entre nos jardins.

Je l'entends respirer. Elle ne répond pas, probablement occupée à préparer sa défense.

— Tu as ouvert, les cheveux emmêlés, pieds nus comme toujours, portant un haut minuscule. Frivole et sûre de toi pour ne pas changer. Mais, chose inhabituelle, tu n'as pas ouvert en grand afin de m'inviter à te suivre dans le chaos qu'était ta cuisine. Tu ne t'es pas juchée sur un tabouret au milieu du bazar pour nous servir un verre de vin ou une tasse de café, selon ton humeur. Non, tu t'es tenue prudemment dans l'embrasure de la porte, en souriant, pendant que des plaques rouges te remontaient lentement vers le visage. Je me suis dit que c'était suspect, mais je me suis intimé le silence. Tim m'avait fait la remarque que je devenais paranoïaque ces derniers temps ou, comme il l'avait formulé, « encore plus paranoïaque que d'habitude ». Puis, alors que je te disais au revoir et que je me retournais pour quitter le pas de ta porte, j'ai vu le cartable de Leo dans le couloir. Il était caché sous les sacs de tes autres enfants, peut-être délibérément, n'empêche que je l'aurais reconnu entre mille. Je glissais tous les soirs son repas dedans, j'en connaissais le moindre centimètre carré. Ce que j'ignorais, c'était pourquoi mon fils avait envie d'aller chez toi plutôt que chez moi. Je l'ai découvert seulement lorsque j'ai su qui était sa cavalière pour le bal de fin d'année. Je pourrais te pardonner d'avoir capté l'attention de mon mari, mais je ne te pardonnerai jamais de m'avoir volé mon fils avant qu'il meure. Je sais que tu es impliquée dans sa mort, Wendy, je n'ai aucun doute là-dessus. Même si tu as raconté à la police que tu étais allée chercher Olivia après qu'elle t'avait appelé.

— C'est bien ce que j'ai fait, pourtant, lâche-t-elle.

— Si tu as quitté ta maison à 21 h 30, pourquoi était-il presque minuit quand tu t'es garée dans ton allée ? Et pourquoi Olivia sanglotait-elle, si elle ignorait à ce moment-là que Leo était mort ?

24

WENDY

Il faisait un froid de canard et l'obscurité était totale. L'effort de l'ascension et le froid mordant nous essoufflaient tous les deux, et nous continuâmes un moment en silence, sous la houlette de Jill. Lorsque nous arrivâmes sur un terrain un peu plus plat, je repris mon souffle et commençai à parler. Je voulais au moins mettre les choses au clair. Nous ne pouvions pas continuer à être en colère l'une contre l'autre. Cela ne nous était d'aucune utilité, ni à l'une, ni à l'autre.

— Je suis désolée que tu aies eu l'impression que je cherchais à te voler ton fils, lâchai-je.

Elle ne répondit pas, se borna à avancer.

— Je sais que ça t'a fait du mal et, avec le recul, j'aurais dû renvoyer Leo chez vous, lui dire de te demander la permission avant de venir. Mais c'était l'ami d'Olivia, notre voisin, nous le connaissions depuis toujours. Et je savais que tu le lui interdirais.

— Donc, tu as préféré l'encourager à ne pas rentrer chez lui.

Ce n'était pas vrai, mais il était inutile de discuter avec Jill.

— Tu as toujours semblé apprécier Olivia jusqu'à ce que tu

découvres qu'elle sortait avec Leo. Soudain, elle n'était plus assez bien pour lui.

— S'il n'était pas allé au bal avec ta fille, il serait peut-être encore en vie.

— Je ne crois pas.

— Je le sais.

— Écoute, ils étaient heureux, c'étaient deux jeunes gens qui se rendaient à un bal de fin d'année. Si Leo en est parti précipitamment et qu'il est tombé dans la rivière, ça n'avait rien à voir avec Olivia.

— Ça avait tout à voir avec elle. Tu n'en croyais pas ta chance, quand ils ont commencé à sortir ensemble. Tu espérais mettre fin à la fascination de ta fille pour les types louches en la casant avec mon fils. Tu tenais absolument à ce qu'ils soient en couple et ta fille a adoré, ça la changeait de sortir avec quelqu'un qui n'avait pas de casier judiciaire.

— C'est pour ça que tu voulais les séparer, à cause de son ex-petit ami ?

— J'avais de nombreuses raisons. Cette nuit-là, j'ai vraiment essayé de le dissuader d'aller au bal avec elle.

— Je sais, je t'ai entendue. Même pendant l'apéritif et la séance de photos chez nous, tu l'as pris à part, à lui murmurer des paroles venimeuses à propos d'Olivia. Tu pensais qu'on ne se rendait compte de rien ? Tu as la moindre idée de ce qu'Olivia a ressenti ? Tu t'es comportée de manière odieuse, les enfants étaient désorientés et j'ai été surprise par l'étendue de ta grossièreté. Tu étais pleine d'acrimonie et tu mettais tout le monde mal à l'aise. Je ne comprendrai jamais ton hostilité envers ma fille.

Mes mots demeurèrent suspendus dans l'air froid. Un silence épais s'installa entre nous, sous le dôme des étoiles.

— Je ne… pensais pas qu'elle soit faite pour lui.

— Ils n'allaient qu'à un bal de fin d'année, ils ne comptaient pas se marier.

— Non, mais ça avait des allures de mariage, vous en aviez les tenues... les boissons... le photographe !

— C'était censé être un moment spécial dans leur vie, un souvenir à conserver précieusement, un moment à célébrer, et je voulais leur en offrir un beau.

— Non, c'est faux, tu voulais ça pour toi. La preuve, c'est qu'il n'y en avait que pour ta petite personne. Avec ta nouvelle robe et ton maquillage, tu étais ridicule, entre nous soit dit.

— Parce que toi, non ? Avec ton haut JB Sports et tes baskets ? On aurait dit que tu partais pour un footing. Je ne comprends d'ailleurs pas pourquoi tu m'en veux toujours telle-ment d'avoir fait appel à un photographe professionnel. J'avais fait appel à ses services pour immortaliser le moment, les enfants dans leurs plus beaux atours, le jardin en fleurs. J'avais même engagé une femme de ménage pour que la maison soit impeccable. J'avais dépensé une fortune en fleurs fraîches rien que pour les photos... Le résultat était magnifique, Olivia dans sa robe de bal, Leo tout beau dans son élégant costume. Et, oui, je portais une robe d'été neuve avec des frous-frous, j'étais allée chez le coiffeur et je m'étais maquillée. Si cela fait de moi une personne immorale et superficielle, soit.

Je détestais qu'elle ait le culot de me traiter de haut comme si j'étais une moins-que-rien, au motif que j'avais une nouvelle robe, alors qu'elle s'était pointée dans une tenue de sport bizarre. Ce n'était même pas du Sweaty Betty ou du Lululemon, juste de la viscose bon marché, qui se remarquait à des kilomètres. Elle avait refusé de figurer sur les photos jusqu'à ce que Leo insiste, mais elle n'avait souri sur aucune.

En tant que mère de garçons, je savais qu'il était difficile de les laisser partir, mais elle était vraiment trop possessive. Ce soir-là, je m'étais demandé si elle n'était pas en train de perdre à nouveau pied, et je m'étais promis d'en toucher deux mots à Tim à la première occasion. Lui et moi nous étions toujours très bien entendus, même si Jill nous avait plus d'une fois accusés d'avoir une liaison. Cela ne servait à rien d'aborder le sujet avec elle maintenant ; le soupçon avait plané au-dessus de nos têtes pendant des années.

— Alors, tu ne m'as jamais dit ce qui s'était passé le soir du bal, quand tu es allée chercher Olivia, reprit-elle soudain. Pourquoi tu as mis autant de temps ?

Je ne répondis rien, faute de savoir quoi dire. Il y avait l'histoire officielle que nous avions racontée à la police, à savoir que Leo avait planté Olivia au bal et que, bouleversée d'avoir été abandonnée, elle était sortie seule, m'avait appelée et j'étais allée la récupérer.

Et puis il y avait la vérité.

— Tout ce que je me rappelle, c'est que ce soir-là, j'ai dû m'endormir devant la télévision, parce que mon téléphone m'a réveillée vers 22 heures, commençai-je, ne sachant pas comment aborder l'intervalle de deux heures passé sous silence dans ma déposition à la police. J'ai vu le nom d'Olivia à l'écran et j'ai décroché, en pensant qu'elle m'appelait juste pour me dire qu'elle passait une super soirée. Tu imagines ce que j'ai ressenti en entendant ma fille sangloter de façon hystérique à l'autre bout du fil. « Qu'est-ce qu'il y a, ma chérie ? j'ai répondu. Calme-toi et dis-moi. » J'étais affolée, je tentais désespérément de comprendre ce qui se passait. Tu me connais, je peux être calme en cas de crise, mais quand il s'agit d'Olivia, je pars en vrille et à ce moment-là, je faisais déjà les cent pas dans le salon. « Calme-toi et dis-moi. » Je n'arrêtais pas de répéter ça comme un mantra, en tournant autour de la pièce. On se sent complètement impuissant, dans ces cas-là...

Elle ne réagit pas.

— Il a fallu une éternité avant qu'Olivia parle enfin, et alors, c'est sorti entrecoupé de sanglots. « Maman, Leo est parti, il s'est enfui... Je crois qu'il me déteste. Je ne sais pas ce que j'ai fait. Il est parti et je n'arrive pas à le retrouver. » Je lui ai alors demandé où elle était, et dès que j'ai su, j'ai sauté dans la voiture et j'ai foncé jusqu'au lycée, mais avant d'y arriver, j'ai remarqué quelque chose.

— Ah... ?

Elle était impatiente, espérant que je lui donnerais enfin un indice... Eh bien, elle allait être servie.

— Oui, ta voiture, cachée derrière les arbres. Je t'ai vue assise là, qui patientait. Tu attendais qui, Jill ?

25

JILL

Je n'arrive pas à croire qu'elle m'ait vue. J'avais bien caché la voiture, de sorte que je n'apparaîtrais pas sur les caméras de surveillance, je le savais, parce qu'il n'y avait rien autour, juste des arbres.

— Je ne t'en ai jamais parlé avant parce que je ne voulais pas que tu saches que j'étais à cet endroit précis.

— Pourquoi étais-tu à cet endroit précis ? je demande.

— Je venais récupérer Olivia, et toi ?

Je prends une profonde inspiration. Le temps manque et je me rends compte que nous sommes tout près d'un endroit propice pour une halte… qui me donnera du temps supplémentaire pour inventer quelque chose.

— Allons nous asseoir là-bas, on regardera un peu les étoiles, puis on grimpera encore un peu ?

— Encore ? Je ne suis pas alpiniste, Jill, comme tu le sais très bien.

— Ne t'inquiète pas, je sais ce que je fais. Viens, installe-toi ici.

Je tapote le monticule et elle me rejoint.

— Alors, je t'écoute… reprend-elle.

— Eh bien... je n'arrivais pas à joindre Tim. Alors je suis sortie vers 21 heures pour voir si je le voyais garé dans les bois aux abords du lycée. Je savais qu'il mijotait un truc, ce soir-là, mais j'ignorais avec qui, et j'ai pensé que ça pouvait être toi. Alors, quand je t'ai vue sur ton trente-et-un pour boire un verre avec les enfants avant le bal, j'ai pensé que tu étais peut-être habillée pour un rendez-vous galant... avec mon mari.

— Un rendez-vous galant ? s'esclaffe-t-elle. Tu es tellement années 1950, Jill.

Je ne réponds pas, de peur de commettre une erreur.

— Cela n'explique toujours pas pourquoi tu étais tapie dans ta voiture derrière des arbres, comme une espionne. Tu étais tout près des bois. Tu es sûre de ne pas avoir vu Leo ?

Je suis tellement anxieuse que je bénis l'obscurité de lui dissimuler mon visage. Je dois veiller à ce que mon intonation soit convaincante.

— Je me suis garée là-bas, parce que je comptais espionner Tim, je mens. Il était censé venir chercher les enfants en fin de soirée, mais je le soupçonnais de retrouver quelqu'un avant.

— Oh, Jill. Que tu aies pisté ton mari, ce n'est pas une surprise, mais... vraiment ? Tu t'es rendue folle pendant des années... Au risque de me répéter, je suis contente que vous ayez enfin rompu, c'est plus sain. Tu peux laisser tomber tout ça.

— Je suis sûre que tu as raison, je concède.

Ce que je viens de lui raconter est suffisamment détraqué pour qu'elle le croie, me semble-t-il. Le mélange de dégoût et de pitié dans sa voix est humiliant, mais je ne pourrai jamais avouer à qui que ce soit pourquoi je me trouvais là, cette nuit-là. J'en emporterai le secret dans ma tombe. Il le faut.

— Voilà, je t'ai avoué avoir pisté mon mari. À toi, maintenant : pourquoi tu es rentrée à ce point en retard, ce soir-là ? je demande.

C'est maintenant son tour de cesser de respirer. J'entends

presque tourner les rouages de son esprit pendant qu'elle cherche une raison à me donner. Je regrette juste de ne pas voir sa nuque se couvrir de plaques rouges une dernière fois.

Nous sommes assises sur une colline du Pays de Galles, à nous nous mentir l'une à l'autre à propos de l'endroit où nous nous trouvions la nuit où mon fils est mort : ce serait drôle, si ce n'était pas aussi tragique.

— J'ai retrouvé Olivia dans les bois. Elle était dévastée, parce que Leo lui avait annoncé, en substance, que c'était fini. Apparemment, il avait reçu un message pendant qu'ils dansaient. Il avait l'air irrité, bouleversé, et il a dit à Olivia : « Il faut juste que je gère le truc. » Puis il est parti. D'après elle, il s'est absenté pendant plus d'une demi-heure, et quand il est revenu, il était visiblement bouleversé. Sauf qu'il l'a repoussée sèchement lorsqu'elle a voulu le serrer dans ses bras pour le réconforter. Elle n'a pas du tout compris pourquoi il agissait de la sorte.

Je sais exactement pourquoi, moi.

— Et elle n'a aucune idée de l'expéditeur du message ou de la raison pour laquelle il était si contrarié ? je demande, feignant l'étonnement.

— Non, aucune.

— Et Rory Thompson ? C'est peut-être lui qui a envoyé le texto à Leo et, quand Leo est sorti pour aller le retrouver, Rory l'aura menacé ou quelque chose comme ça ? Je ne pense pas qu'il ait été très content de voir Olivia au bal avec un autre gars.

— Je ne sais pas s'il a rencontré quelqu'un, ni même s'il est sorti, lâche-t-elle avec une lenteur qui suggère qu'une idée se fait jour dans son cerveau.

J'espère que je n'ai pas gaffé.

Le silence s'installe entre nous, épais. Réfléchit-elle à ce que je viens de dire ?

— Oh... désolée, je pensais t'avoir entendue dire que Leo était allé voir celui qui lui avait envoyé le texto ?

— Non. Leo a dit : « Il faut juste que je gère le truc. » Olivia n'a aucune idée de ce qu'il a fait. Moi, j'ai supposé qu'il était sorti répondre au texto. Peut-être que tu en sais plus que moi ?

— Non... j'ai mal compris, c'est tout. Donc après qu'il est revenu, il... il est reparti ? je demande, afin de faire avancer la conversation. Et Olivia lui a couru après ?

— Pas immédiatement. Elle était bouleversée, donc elle s'est précipitée aux toilettes où ses amies l'ont réconfortée.

Ça me rend triste de penser que Leo n'a eu personne pour le réconforter, lui. Il s'est juste enfui dans la nuit, déboussolé : tout son monde s'était écroulé. Et c'était ma faute.

Je crois entendre quelque chose derrière moi et je me retourne.

— Il y a quelqu'un ? je lance.

Aussitôt, Wendy allume sa torche et en projette le faisceau autour d'elle.

— Tu as vu un truc ? demande-t-elle d'une voix apeurée.

— Non, j'ai cru entendre des pas, mais je me suis peut-être trompée.

— Je pense qu'on devrait partir, Jill, déclare-t-elle en se levant.

— Attends, j'aimerais rester encore un peu.

— Je fais peut-être ma rabat-joie, mais tu as vu les étoiles, on a parlé de tout, alors rentrons et buvons un verre de vin...

— Comme je savais que tu dirais ça, j'ai apporté... ceci.

Je sors ma gourde remplie de whisky.

— J'ai pensé que tu aurais besoin d'un petit remontant. Vu que les effets du vin doivent être en train de s'estomper, je plaisante.

Elle braque la lumière de sa torche sur la flasque en argent.

— Insolente ! s'esclaffe-t-elle.

Son moral a légèrement remonté maintenant que de l'alcool est à portée de main. Je lui tends la flasque dont elle prend une longue gorgée en rejetant la tête en arrière. Puis une autre, avant de se lever et de pivoter sur elle-même en agitant la torche qu'elle dirige sur mon visage.

— Hé, Jill, lance-t-elle. On a les étoiles, la bibine et la danse. Dommage qu'on n'ait pas la musique !

Elle commence à bouger, à se déhancher, agitant les bras en l'air comme une adolescente stupide.

Elle est pompette et idiote, et après plus de vingt ans de ce cirque, j'en ai assez. Elle n'admettra jamais qu'Olivia a fait quoi que ce soit, donc ça ne sert à rien de s'attarder ici. Elle me fait perdre mon temps et le sien avec.

— Le moment est venu, je murmure très bas, au cas où Leo m'écouterait.

Ce n'est pas un geste spontané, né d'une impulsion subite, j'en ai envie depuis longtemps. Après l'avoir invitée pour le week-end, je savais que ça arriverait. Je me suis mise au travail avec Google Earth et j'ai tout préparé, planifié l'itinéraire, ce sommet de colline, pas trop haut pour qu'elle puisse l'escalader, mais avec un magnifique à-pic promettant une chute à laquelle personne ne pourrait survivre. Mon seul sujet d'inquiétude, c'était de savoir si elle allait boire assez pour qu'on puisse croire qu'elle était tombée toute seule. Bécasse que je suis, j'aurais dû savoir que Wendy ne me décevrait pas en la matière et, juste au cas où, j'ai affiché un visage légèrement désapprobateur chaque fois qu'elle a bu un verre avant notre départ. Comme Wendy est une rebelle dans l'âme, mon mécontentement factice a rempli son office, à savoir la pousser à boire encore plus que d'habitude. Mais je devais veiller à ce qu'elle n'en abuse pas trop non plus, et comme je le sais d'expérience, Wendy peut être rieuse une minute et complètement saoule l'instant d'après. Elle devait être capable de marcher jusqu'ici et de gravir cette colline, ce qu'elle a fait sans trop se plaindre, et je vais la prendre au dépourvu. Personne ne soupçonnera jamais que cette vieille Jill, si timide, a précipité sa plus vieille amie du haut d'une colline sur des rochers pointus et bruts, six mètres plus bas.

Elle danse à présent et projette le faisceau de sa torche autour d'elle en chantant « *Fly Me to the Moon* ». Frank Sinatra doit se retourner dans sa tombe. Oh oui, c'est vraiment le moment. Je me lève et elle me rejoint, dansant et se balançant, à la manière stupide et agaçante qui est la sienne. Ça ne sera pas difficile. Je l'attrape par les épaules, comme pour l'accompagner dans ses déhanchements, et d'un mouvement rapide, je m'avance et la prends par surprise.

26

WENDY

Choquée ! Jamais je ne me serais attendue à ça. À un moment, je dansais au sommet d'une colline en m'imaginant à un festival de musique pop afin de chasser les idées noires, et l'instant d'après, Jill cherchait à me serrer dans ses bras. Je commençai à rire, pensant qu'elle faisait l'idiote, mais elle se mit ensuite à tourner avec moi comme une fichue danseuse de salon.

Elle me tenait par les bras et me dirigeait vers l'à-pic, sauf que je ne voyais pas où se trouvait le bord et que je me sentais un peu pompette et faible à cause du whisky.

— Jill, qu'est-ce que tu fous ? hurlai-je.

On aurait dit qu'elle utilisait sa force tout en nerfs pour me faire basculer dans les ténèbres. En une fraction de seconde, je réalisai que j'avais passé beaucoup trop de temps avec mes garçons. Les femmes d'âge mûr comme Jill ne s'amusaient pas à se battre sur un terrain rocailleux dans l'obscurité, alors qu'est-ce qu'elle fabriquait ?

— Jill ! lançai-je, puis : JILL !

Mais même lorsque mon pied dérapa sur le rocher, je n'arrivais toujours pas à croire qu'elle me poussait vers l'abîme. Sidérée, je ne parvenais pas à reprendre mon souffle. Je haletais, terrifiée, perdant pied dans mes vieilles baskets. Je tombais. Malgré le choc et la confusion, un instinct de survie primaire se mit alors en branle et je me cramponnai à Jill. Je sentis de la laine sous mes mains : son écharpe. J'avais attrapé son écharpe.

— Jill, aide-moi ! hurlai-je en commençant à glisser sur le flanc de la colline.

Je ne lâchai pas prise pour autant. Je l'entraînais dans ma chute, incapable de la relâcher. Même en cet instant, je me persuadai qu'elle pourrait tenter de m'aider... jusqu'à ce qu'elle entreprenne de me repousser en criant :

— LÂCHE ÇA !

Nous étions maintenant toutes les deux sur le dos, glissant vers le bas dans la boue et la glace. Jill, au-dessus de moi, me donna un coup de pied si violent à la tête que j'en fus étourdie. Tout devint flou et se mit à bouger au ralenti.

Pendant ces dernières minutes, je n'avais pensé qu'à mes enfants et à la façon dont ils se débrouilleraient sans moi. Olivia, ma fille abîmée, toujours assise dans le même fauteuil, avec son visage immobile de poupée parfaite.

— C'est pour Leo, criait Jill. Je sais que tu as menti, et quand je me serais débarrassée de toi, je trouverai Olivia et je lui ferai cracher la vérité. Tu l'as envoyée en Espagne pour qu'elle quitte le pays, qu'elle échappe à la police, mais elle ne peut pas fuir éternellement !

Cette perspective me terrifia, l'idée que Jill puisse atteindre Olivia, l'accuser, la blesser encore plus qu'elle ne l'était déjà me donna l'élan dont j'avais besoin pour me battre.

Nous glissions toutes les deux et je m'agrippais toujours à son écharpe. Même si elle se débattait, elle avait cessé de crier. Je l'entendis haleter et siffler tandis que je m'accrochais à l'écharpe toujours nouée autour de son cou. Il faisait trop sombre et j'étais tétanisée. Puis elle prit son élan pour me flanquer un nouveau coup de pied. Je sentis sa botte s'approcher de ma tête si bien que, lâchant l'écharpe, je m'écartai vivement. J'étais accroupie dans les rochers, attendant l'impact, mais la force du coup n'atteignit pas ma tête ; en revanche, elle fit basculer Jill vers l'avant. J'entendis un cri étouffé et la sentis rouler assez vite devant moi, vers le bas de la colline. Comme des cailloux et des graviers grondaient dans son sillage, j'enfouis mon visage dans mes bras tout en m'accrochant fermement. Soudain, je perçus un cri sonore et un bruit sourd vers le bas de la colline.

Je demeurai accroupie parmi les rochers. Choquée. Dans le silence.

Tout s'était passé si vite que je dus attendre un moment pour me ressaisir. Toujours agrippée aux rochers, je réussis finalement à regagner le sommet en rampant lentement. Un véritable supplice. Mes bras avaient toutes les peines du monde à tenir. Dans mes tentatives pour me cramponner aux rochers, je cassai mes ongles, qui ne tardèrent pas à saigner, mais je continuai à avancer. Avivées par le froid glacial, les entailles de mes mains piquaient dru. Finalement, je réussis à me hisser sur le sol plat où je me laissai lourdement retomber, épuisée.

Souffrant de partout, j'étais incapable de bouger. Je savais que mon téléphone était dans l'une des poches de mon manteau matelassé, mais je n'avais pas encore la force me lever pour essayer de le trouver. Je restai donc allongée sur le dos un long moment, à regarder les étoiles, tout en essayant de comprendre ce qui venait de se passer. Jill était-elle morte ? Et alors que je fixais le ciel d'un regard vide, quelque chose apparut parmi les points scintillants. Je ne l'avais pas distingué avant, mais là, sautant aux yeux, je le vis, le lion accroupi – la constellation du Lion.

Finalement, je tentai de m'asseoir, afin de localiser mon téléphone, mais mon dos et mes bras me faisaient souffrir chaque fois que j'esquissais un mouvement, au point que je m'entendais gémir de douleur. Mes bras ne parvenaient pas à supporter le poids de mon corps lorsque je m'appuyais sur eux, et je demeurai affalée, épuisée et effrayée, les yeux tournés vers le ciel.

Je criai son nom, sans recevoir de réponse. Je n'avais aucun moyen de savoir jusqu'où elle était tombée. Sa chute avait-elle été vertigineuse ?

Allongée là, je me sentais très vulnérable. Était-elle morte sur le coup, ou se trouvait-elle juste à quelques mètres, guettant l'instant propice pour m'attaquer à nouveau ? Jill était une randonneuse ; elle était plus forte et plus en forme que moi... et si elle était en train de remonter sans faire de bruit ? Je jetai un coup d'œil vers l'à-pic éclairé par la lumière des étoiles, et j'imaginai ses mains réapparaissant soudain. Ses doigts agrippant fermement le bord, ses bras puissants hissant facilement son corps mince tandis qu'elle jaillissait du précipice tel un phénix, pour fondre une nouvelle fois sur sa proie. Je voulais détourner le regard, mais je n'y arrivais pas : je devais être prête au cas où elle reviendrait pour m'achever.

J'étais terrifiée. Je pensais connaître Jill. Elle avait eu des problèmes par le passé, s'était comportée bizarrement, mais je ne l'aurais jamais imaginée, jamais, capable de tuer quelqu'un. La mort de Leo l'avait affectée, cependant le chagrin ne transformait pas les gens en monstres. Si ? Elle avait toujours dû avoir ça en elle, ce détachement. Autrement dit, j'avais eu une tueuse pour voisine. Je frissonnai et tentai à nouveau de bouger. Cette fois, je roulai sur le ventre et, au prix de laborieux efforts, je réussis à m'agenouiller. Je commençai à tâter mon manteau, en quête de mon téléphone. Les poches étaient profondes et le tissu épais. J'enfonçai mes mains palpitantes dans la poche droite, remuant précautionneusement les doigts pour trouver l'appareil, mais rien. Je répétai la manœuvre avec la poche gauche, choix moins probable puisque j'étais droitière, mais au milieu de toute cette folie, Dieu sait dans quelle poche je l'avais fourré. Je fouillai donc la seconde poche, ce qui n'était pas facile avec le manteau encore sur moi : il était long et j'étais à genoux dessus. Mon grand manteau matelassé et mes vieilles baskets glissantes étaient un cadeau pour quiconque voudrait m'assassiner en haut de la colline, cette nuit-là. Après avoir tâtonné encore, j'abandonnai et, en gémissant, je m'affalai sur le ventre. Ce faisant, toutefois, j'entendis quelque chose. Des pas se dirigeaient vers moi. J'eus beau lever les yeux, je ne vis que des bottes, car j'étais incapable de redresser la tête assez haut pour distinguer l'individu qui se tenait au-dessus, mon téléphone à la main.

— C'est ça que vous cherchez, Wendy ?

Je connaissais cette voix, et elle me remplit d'effroi.

— Monsieur Venables ? m'entendis-je murmurer.

— Appelez-moi Derek.

27
JILL

Je ne me suis jamais sentie aussi impuissante, aussi incontrôlable. Je ne peux pas parler, je ne peux pas bouger, je ne peux pas communiquer. Je dois être sous sédatifs, parce que je n'arrête pas de m'assoupir. Soit ça, soit j'ai un traumatisme crânien. J'ai entendu le médecin parler : apparemment, j'ai fait une chute importante. Je ne me souviens pas de grand-chose, mais je me rappelle que Wendy était là.

Bon sang, je déteste cet endroit. J'ai l'impression d'être attachée à mon lit. Avec des tubes qui entrent et sortent de mon corps. Bien que je ne puisse pas les voir, je sens de temps en temps des tiraillements, surtout quand l'infirmière bruyante aux mains brutales est là. Elle me lave aussi. Ce que je déteste. L'autre est plus douce et plus silencieuse. Je l'aime bien, celle-là.

Si je me fie à une conversation en cours au pied de mon lit, j'ai des problèmes... médicalement parlant.

— Elle a atterri sur la tête, explique une infirmière à sa collègue pendant ce que je suppose être une sorte de transmission de service. Comme tu le sais, une blessure de ce type peut entraîner un gonflement du cerveau après l'accident, et c'est ce qui se passe ici.

Silence.

— Ce n'est pas bon signe.

— Non, en effet. Elle est sous stéroïdes et anticoagulants, mais va savoir... Son état est très délicat. J'espère juste qu'elle sera encore là lors de ma prochaine garde.

Merci bien de m'annoncer la nouvelle gentiment.

Elle a parlé à voix basse, mais mon ouïe fonctionne, de même que mon odorat et mon sens de la peur, chez moi qui suis allongée ici, terrifiée, à attendre que mon cerveau gonfle. Je me pose des tas de questions comme : est-ce qu'il va suinter de mon crâne ? Est-ce que ça va faire mal ? Est-ce que je saurai qu'il a gonflé, ou est-ce que tout deviendra noir et c'en sera fini de moi ?

Quand seront-ils fixés sur mon sort ? Et quand ils auront leur réponse – en admettant qu'ils l'aient –, prendront-ils la peine de me le faire savoir ? Probablement pas.

Je sais, je retrouverai Leo. Mais je ne suis pas encore tout à fait prête. J'aimerais faire le point sur ma liste de tâches avant de partir, ce qui me fait penser : qu'est-ce qui est arrivé à Wendy ? Est-elle encore en vie ou ai-je réussi mon coup ? Et si elle est morte, suis-je tirée d'affaire ou y a-t-il un policier assis sur une chaise en plastique devant ma chambre, qui attend que j'ouvre les yeux pour m'arrêter ?

Mes yeux ne s'ouvriront pas. Je ne peux pas parler et j'ai des milliers de questions qu'il m'est impossible de poser. C'est plus que frustrant, ça me donne envie de crier, de pleurer et de bouger. Mais faute de pouvoir rien faire de tout cela, je m'y adonne intérieurement.

Je me demande depuis combien de temps je suis ici. Peut-être des jours ou des semaines, voire davantage.

La dernière chose dont je me souvienne, c'est de m'être assise sur une colline plongée dans l'obscurité avec Wendy Jones. Puis je suis tombée... ou est-ce elle qui m'a poussée ?

Je me suis aussi rappelé pourquoi j'étais avec elle. J'allais la tuer. Je voulais tuer Wendy depuis longtemps, et ce week-end au Pays de Galles faisait partie du plan.

Si Wendy est morte, je me demande ce que Robert ressent.

L'infirmière délicate nettoie ma blessure à la tête. Elle me parle parfois, m'interroge sur ma famille.

Vous n'avez aucune envie de savoir.

L'infirmière délicate sent la pêche. Mon ouïe et mon odorat se sont développés pour compenser ma cécité. J'entends les nuances dans les voix, les pauses significatives dans les conversations. Je suis aveugle, mais je vois tellement plus de choses que c'en est presque biblique.

Oh, le médecin vient d'arriver et, d'après les bruits de respiration et le frou-frou des déplacements, je conclus qu'il est accompagné d'une équipe. Il est difficile de déterminer combien de personnes se rassemblent autour de mon lit pour m'examiner et parler de mon cas. Ce n'est pas idéal pour quelqu'un qui a des problèmes d'anxiété, je me sens très vulnérable et ma paranoïa atteint des niveaux stratosphériques. Par conséquent, avec en plus le souffle de mon tube respiratoire et le bip d'un moniteur, je n'arrive pas à réfléchir dans cette cacophonie soudaine de sons et d'odeurs. Des chaussures souples sur le carrelage, un parfum nauséabond, des raclements de gorge ici et là et l'odeur chimique sucrée d'un après-shampoing. Celui qui est affublé d'une odeur corporelle puissante est encore là. Pouah ! L'air est chargé de miasmes visqueux.

J'essaie de me concentrer sur ce que dit le médecin. Mais comme d'habitude, ses propos n'ont aucun sens pour un non-initié, il n'est question que de doses, de milligrammes et de médicaments aux noms scientifiques à rallonge. Il demande s'il y a des questions. Oui ! J'en ai une. *Est-ce que je vais mourir ?*

J'ai beau essayer de rester éveillée pour comprendre ce qui se passe, mon corps dérive vers le sommeil, ce qui est frustrant, mais c'est plus fort que moi...

Je suis réveillée à présent, et il semble que tout le monde soit parti. Dieu sait combien de temps j'ai dormi... quelques minutes peut-être, des heures, des jours même, mais je suis soudain arrachée de ma torpeur par une forte odeur de désinfectant ou quelque chose du genre. Alors qu'elle m'emplit les narines, je m'imagine dans une forêt de pins au bord d'un lac canadien. Avec Tim, nous y avons fait de la randonnée quand nous étions plus jeunes, quand tout était possible, avant que la culpabilité et les chagrins ne nous séparent. On dirait la vie de quelqu'un d'autre maintenant, les journées d'été avec les enfants qui rient dans le jardin, la douce fumée d'un barbecue. Les Noël où nos deux familles se réunissaient pour le réveillon, un grand sapin scintillant et une maisonnée pleine de gamins surexcités en pyjama. Je repense à nos départs tardifs de la maison des Jones, le soir du réveillon, moi les bras chargés de cadeaux, Tim portant Leo. Une année, je me souviens d'avoir observé, depuis le seuil de la chambre, Tim qui ôtait délicatement les chaussons Batman de Leo, qui le bordait et l'embrassait tendrement. Il était aussi entiché de Leo que je l'étais, mais pour moi, cela s'accompagnait toujours de l'ombre de la culpabilité, parce que je ne pouvais pas en avoir un autre pour Tim.

Il se peut que je pleure. Une larme coule-t-elle sur mon visage ? Est-ce que quelqu'un le remarquerait si c'était le cas ? La machine insuffle de l'air dans mes poumons. Je respire ces bouffées qui sentent bon la forêt et j'essaie de ne pas penser, parce que ça fait trop mal.

Une nouvelle personne vient d'entrer dans ma chambre... Je sens son parfum.

Et je sais exactement de qui il s'agit.

28

JILL

— Jill, c'est moi, Wendy.

On dirait que ma tentative d'assassinat a échoué. Je ne veux pas d'elle ici. Est-ce que je n'ai pas mon mot à dire sur qui vient me dévisager ? Oui je suis dans un satané zoo !

— Je croyais que tu étais morte, dit-elle.

Je la sens bouger légèrement. La chaise racle le sol. Oh, mon Dieu, elle s'assied.

— Bon, Jill, je ne sais pas si tu peux m'entendre, ni même si tu me comprends, mais l'infirmière dit que cela pourrait t'aider d'entendre une voix familière.

Crois-moi, ce n'est pas le cas.

— Ces dernières semaines ont été difficiles.

Tu peux répéter ?

— Je ne voulais pas que tu sois blessée. Je ne sais pas vraiment ce qui s'est passé, mais comme j'ai attrapé ton écharpe, on dirait que j'ai essayé de t'étrangler.

Elle glousse.

Oh non, elle pleure maintenant. Je l'entends froisser un mouchoir et se moucher. Super !

— C'était de la légitime défense, Jill. Tu m'as donné un

coup de pied en plein visage. Je n'arrive pas à comprendre ce que tu essayais de faire.

Sur quoi, elle baisse la voix.

— Jill, tu essayais de me tuer ? Ça me fait un mal de chien de penser que mon amie ne m'a invitée que pour mettre fin à mes jours.

Elle se remet à sangloter.

Il n'y a que Wendy pour rendre visite à une mourante et faire en sorte qu'il soit question d'elle.

— Bref, quoi que tu aies cherché à me faire, j'ai appelé la police et les secours et ils ont rappliqué. Ils ont dû faire venir un hélicoptère pour te rapatrier.

Je suis furieuse. Moi qui ai toujours voulu monter dans un hélicoptère, j'étais dans les vapes la seule fois où c'est arrivé et j'ai raté le truc.

— Tu ne devineras jamais qui était là, qui a tout vu ?

Maintenant, je suis vaguement intéressée.

— Derek Venables.

Oh ?

— Et il s'avère qu'il est bel et bien atteint de démence. Elle n'a pas été diagnostiquée, mais Margaret – c'est-à-dire Mme Venables – m'a tout raconté. De ce qu'elle m'a dit, j'ai déduit qu'il était atteint d'une forme d'Alzheimer.

Elle marque une pause, avant de reprendre :

— Margaret ne veut pas qu'une institution extérieure soit impliquée, parce qu'elle a sa propre façon de s'occuper de lui.

Elle rit un peu.

Et donc ? Continue.

— Tu te souviens de la remise ? Bien sûr que oui, tu y as passé plusieurs heures.

Elle s'arrête de parler. Le pied de la chaise racle le plancher. Elle s'est rapprochée, je sens son souffle sur mon cou. Elle parle à voix basse pour que personne ne l'entende.

— Le pauvre vieux Derek souffre depuis un certain temps ;

or, comme elle est seule pour s'occuper de lui, Margaret a dû recourir au système D.

Elle pose sa main sur mon bras. J'ai envie de la repousser. Ça me donne l'impression d'être envahie.

— Apparemment, tous les soirs, quand ils vont se coucher, elle l'enferme dans cette foutue remise ! Incroyable, non ? Bon, elle vérifie qu'il est en sécurité et au chaud, qu'il a tout ce dont il a besoin, ce qui explique le lit, les livres et les papiers que tu as trouvés. Elle dit qu'il reste assis toute la nuit à éplucher ses notes sur les foutues étoiles.

Je suis intriguée, mais qu'en est-il des photographies ? *Tu l'as interrogée sur les photos ? Qui est le garçon à moitié nu ? Et pourquoi mon mari figure-t-il sur son mur ?*

— Elle m'a dit qu'avant d'avoir cette idée, elle ne fermait pas l'œil. Il ne fait pas vraiment la différence entre le jour et la nuit, donc il sortait au milieu de la nuit et elle devait partir à recherche. Ce n'était sûr ni pour l'un ni pour l'autre... Finalement, elle a eu l'idée de la remise, de sorte que le soir, ou si elle doit sortir dans la journée, elle l'enferme là-dedans.

Cela explique pas mal de choses, mais tout de même, qu'en est-il des photographies ?

— Elle m'a demandé de ne parler à personne de la remise. Elle ne veut pas que les services sociaux s'en mêlent, car elle craint qu'ils ne placent son mari en centre de soins. Pour elle, la vie ne vaudrait pas la peine d'être vécue si l'un était privé de l'autre. C'est triste, non ? Malgré tout, ils s'aiment toujours. Ça m'a beaucoup touchée. Et je les envie un peu aussi, pour être honnête.

C'est triste. En les regardant, je pensais qu'ils n'avaient rien, mais il semble qu'ils aient tout.

— C'est bizarre, hein, comme on peut regarder quelqu'un et penser qu'on sait exactement qui il est, alors qu'on se plante complètement. Ils ne font pas de mal à qui que ce soit, ils veulent juste continuer à vivre leur petite vie dans cette vieille ferme étrange avec tous ces meubles anciens. Beurk, ça me donne la chair de poule, mais chacun son truc, au fond.

Oui, et s'ils sont heureux, qui se soucie de l'âge de leurs meubles ?

— Oh... il y a autre chose. La photo de l'ado à moitié nu que tu as vue sur le mur de la remise ?

Oui, oui, continue.

— C'est leur fils. Il est mort. Apparemment, un décès très brutal. Il souffrait d'une malformation cardiaque que personne n'avait détectée. Et s'il n'a pas de haut sur les photos, c'est parce qu'il était un boxeur passionné, très jeune, mais apparemment très prometteur.

C'est tragique. Je regrette de n'avoir pas pris le temps de m'asseoir avec Mme Venables. Nous aurions probablement pu nous entraider. Seule une autre mère qui est passée par là peut comprendre. Alors, et l'autre photo, Wendy ? Ne me laisse pas en plan maintenant !

— Écoute, les médecins ne me communiquent aucune information parce que je ne suis pas de la famille. Ton conjoint est encore Tim. Bref, tout ce qu'ils consentent à dire, c'est que tu es dans un état critique. Tu pourrais ne pas t'en sortir, Jill.

Parle-moi donc de la photo de Tim ou je ne le saurai peut-être jamais !

— Mais ça m'a fait réaliser qu'il ne nous reste que peu de temps, à toi et à moi, et au cas où il resterait une lueur de quelque chose dans ton cerveau, je voudrais te dire...

Oui ?

— Je sais à quoi ça ressemble, ce qui s'est passé avec Olivia et je comprends ce que tu dois ressentir.

Oh, c'est reparti pour la sempiternelle rengaine ! « Ma fille est innocente. » Je ne veux pas entendre ça.

— Le fait est que je ne peux pas t'affirmer, la main sur le cœur, qu'Olivia n'a pas tué Leo...

Ooh, y a-t-il un aveu à venir ?

Elle reprend son souffle, ajuste à nouveau sa chaise. Je sens son souffle sur mon cou, c'est révoltant.

— Jill, je vais t'avouer quelque chose. Je brûlais de le faire mais je savais que si je te parlais, tu irais directement à la police, alors je n'en ai parlé à personne.

Si je n'étais pas sous respirateur, je retiendrais mon souffle. Dans l'état actuel des choses, je crois que mon cœur bat trop vite.

— J'ai menti sur ce qui s'est passé la nuit où Leo est mort.

29

JILL

Je ne suis pas sûre qu'on puisse avoir le souffle coupé quand on est sous respirateur artificiel. Mais si c'est possible, c'est ce qui m'arrive, dans l'attente de ce que Wendy est sur le point de me révéler.

— Donc, je suis arrivée dans les bois cette nuit-là...

Et ?

Une éternité s'écoule.

Est-elle encore là ?

Elle a dû partir.

Oh, quel enfer ! Il y a beaucoup d'inconvénients horribles à se retrouver dans ma situation, à n'entendre que des bribes de conversations entre les infirmières et à ne pas savoir qui est allongé à côté de moi. Car voyez-vous, il y a un autre patient dans la chambre, et peut-être plus d'un. Je ne sais pas s'il s'agit d'un homme ou d'une femme, d'un mort ou d'un vivant, mais j'entends au moins un autre respirateur, et la gentille infirmière lui parle parfois. Ou bien se parle-t-elle à elle-même ?

Minute, ce n'est pas la voix de Wendy que j'entends dans le couloir ? Elle n'est pas partie ! Depuis combien de temps traînet-elle dans les parages ? Ou bien je me suis évanouie et nous sommes un autre jour, d'une autre semaine ? Mon Dieu, que cette désorientation permanente est perturbante !

Sa voix est de plus en plus forte : elle se rapproche. Je sens mon cœur battre, j'entends le bip du moniteur, mes poumons qui pompent.

— Ça me fait plaisir de te voir…

Est-ce à moi qu'elle s'adresse ? La voix manque de netteté, mais je reconnais celle de Wendy.

— Il fallait que je vienne. Ça va ?

Un homme ?

— Oui, je… je pense que oui.

Il ajoute quelques paroles sur un ton consolateur. Je n'identifie pas sa voix car il est trop loin.

— Oh, bon sang ! C'est tellement affreux, tellement affreux !

Cette explosion de Wendy est suffisamment sonore, elle, pour que je l'entende clairement. Elle est suivie de ce que je crois être un reniflement. Est-elle en train de pleurer ? Ou bien de rire ? Ce serait tout à fait normal qu'elle se moque de moi.

Ils échangent en chuchotant, si bien que je n'arrive pas à distinguer leurs mots, juste un faible bourdonnement. Je reste allongée à écouter ces chuchotis ponctués de larmes, entrecoupés par le timbre plus grave d'une voix d'homme. Qui est-ce ?

Les sons se transforment en d'autres sons, un bruit que je n'arrive pas à identifier.

Je reprends espoir lorsque j'entends le frottement des pieds de la chaise en plastique sur le sol. Elle se rapproche de moi. Est-ce son souffle que je sens sur mon visage ? Est-elle si proche ? Va-t-elle avouer ?

— C'est bien que tu sois là, dit-elle, plus distinctement maintenant. Je ne voulais pas te demander de venir. Tu as déjà bien assez à gérer comme ça, mais je suis contente quand même.

Je n'entends pas la réponse de son interlocuteur, juste un grondement sourd. Il s'agit bien d'un homme.

— Le voyage s'est déroulé sans encombre ?

Il ne répond pas. Peut-être hoche-t-il la tête ? Je n'en sais rien.

— Je n'en peux plus, se plaint-elle. Je veux partir d'ici.

Tu m'en diras tant !

Il réplique quelque chose comme :

— Tu n'es pas obligée de rester.

Je n'arrive toujours pas à l'entendre correctement. Il parle beaucoup plus bas et on dirait qu'il se tient de l'autre côté de la pièce. Je suis incapable de distinguer sa voix ou ses mots. *Qui est-ce ?*

— Tu n'as pas besoin d'une pause ? je crois l'entendre demander. Tu es venue tous les jours.

Il est un peu plus proche maintenant. Je parviens à discerner quelques mots et à combler les lacunes moi-même. Je suis douée pour ça dorénavant.

— Oui, je pourrais retourner à l'hôtel... admet-elle avant de s'interrompre pour lâcher un petit rire triste. Je dis : « hôtel », mais c'est une chambre avec une douche crasseuse.

— Ça n'a pas l'air génial, concède-t-il. Ne t'inquiète pas, ça ne sera plus très long, on va bientôt rentrer.

— Je ne peux pas la quitter pour l'instant.

— Pourquoi ? Elle n'a besoin de personne. Regarde-la, elle est... il n'y a plus rien dans ce corps. Elle est grise et froide, sans la moindre étincelle de vie. C'est la machine qui la maintient en vie. Je ne pense pas qu'elle passera la semaine.

— Vraiment ?

Il y a un mélange d'affolement et de surprise dans sa voix, elle semble vraiment bouleversée. J'en suis presque touchée.

— À mon avis, ce serait une bénédiction. Qu'est-ce que la vie lui réserve, maintenant que Leo est parti ? Il était tout pour elle.

— Mais elle ne peut pas mourir, qu'est-ce qui va m'arriver, sinon ?

Oh... elle n'est pas bouleversée. Je n'aurais pas dû me sentir presque touchée.

— Qu'est-ce que tu veux dire ?

— Ça va ressembler à quoi ? J'ai parlé à la police hier et ils ont été très insistants, ils m'ont même posé des questions sur toi.

— Sur moi ? Oh... tu ne me l'avais pas dit.

— Il était tard, tu étais en route. C'est la troisième fois qu'ils me font venir.

— Tu étais accompagnée d'un avocat ?

— Non.

— Merde, Wendy !

Il a l'air exaspéré, mais sa voix manque encore de netteté. Il est toujours trop loin pour que je l'identifie, je ne fais qu'assembler les sons.

— Tu aurais dû être accompagnée d'un avocat.

— Mais ils n'avaient pas l'intention de m'arrêter, donc si j'avais réclamé un avocat, j'aurais donné l'impression d'être coupable.

Il ne répond pas, ce qui est frustrant car je veux l'entendre et déterminer de qui il s'agit.

— Jill est tombée, je ne l'ai pas poussée, déclare-t-elle. Ne me regarde pas comme ça. Je n'ai rien fait.

— Ce n'est pas ce que je dis. Tout ce que je t'explique, c'est que tu as besoin d'un avocat. Sinon, tu vas lâcher quelque chose qui risque de se retourner contre toi.

— Je ne suis pas stupide, je ne dirai rien de compromettant.

— Tu pourrais laisser échapper quelque chose sans t'en apercevoir.

Il marque une pause.

— À mon avis, reprend-il, on devrait partir dès que possible. La police t'a interdit de quitter le pays ?

— Non, mais ça paraîtrait bizarre si je sautais dans un avion maintenant, non ?

— Wendy, il ne s'agit pas de « paraître bizarre », il s'agit de se tirer d'ici. Et si la police ne t'a pas interdit de quitter le pays, tu es censément libre de partir.

Qu'est-ce que c'est que cette histoire ?

— Écoute, si elle meurt, j'ai peur qu'on me colle une accusation de meurtre. J'aurai l'air moins coupable si je reste ici, la mine affligée.

C'est donc pour ça qu'elle traîne autour de mon lit, c'est de la comédie. Tu as toujours été une grande actrice, hein, Wendy ?

Un silence. Un silence douloureux pendant lequel mon cerveau embrouillé tente d'assimiler tous ces éléments. Puis Wendy reprend soudain la parole.

— N'oublie pas qu'ils peuvent rouvrir le dossier de Leo à tout moment, et dans ce cas, où cela nous mènera-t-il ?

— Chut, ne prononce pas ces mots ici, murmure-t-il.

— Ne t'inquiète pas, il n'y a pas de caméras. Personne ne peut nous entendre.

— Fais quand même attention !

— Je sais, mais je ne pense pas que tu réalises la gravité de la situation pour moi. Jill avait des traces autour du cou, qui provenaient de son écharpe, mais ça donne l'impression que je l'ai étranglée. Et M. Venables n'arrête pas de répéter qu'il m'a vue la pousser.

— J'en conviens, ça se présente mal. Voilà pourquoi je t'ai déconseillé de rester à son chevet des semaines durant.

Des semaines ? Je pensais que mon séjour ici se comptait en jours ?

J'entends des sanglots étouffés, probablement Wendy qui imagine pourrir en prison.

— Reste calme. Tout va bien se passer, mais tu ne dois surtout pas perdre les pédales, l'exhorte-t-il.

Même si sa voix est étouffée, j'y décèle une pointe de colère, de peur même.

— Un coup d'œil à ce moniteur suffit pour constater qu'elle s'affaiblit, poursuit-il. Elle ne sera plus là dans une semaine à la même heure... mais nous non plus. On sera loin, sur une plage, à boire des bières fraîches.

À cet instant, il est suffisamment proche pour que j'identifie la voix. Et je réalise alors de qui il s'agit.

30

WENDY

Je retournai finalement à l'hôpital quelques jours plus tard. Nous séjournions dans un horrible hôtel, mais je m'y sentais bien moins seule depuis qu'il avait repris l'avion pour le Royaume-Uni. Nous dînions dehors, nous faisions des promenades, c'était romantique et, en dépit de tout, j'avais espoir en l'avenir... en notre avenir.

Je décidai de retourner voir Jill seule, et cette fois, j'étais déterminée à tout lui dire. Il ne restait plus beaucoup de temps : elle s'éteignait rapidement et notre vol était réservé pour le lendemain.

— Ça va, Jill ? dis-je doucement, en entrant dans la chambre.

Charmane, l'infirmière de l'unité de soins intensifs, vérifiait son moniteur.

— Je me sens très impuissante, admis-je. J'ai l'habitude de m'occuper des gens, mais ma spécialité, c'est de mettre des bébés au monde.

— La mienne semble être de les aider à le quitter, ce monde, répliqua-t-elle alors que nous regardions Jill, aussi immobile qu'une statue.

— Comment va-t-elle ? demandai-je. Entre professionnelles de santé, s'il vous plaît, dites-moi la vérité.

Elle détourna les yeux de mon visage pour les reporter sur Jill, avant de jeter un coup d'œil autour d'elle pour vérifier que personne n'était à portée de voix.

— C'est difficile à prévoir, mais dans le cas de Jill, il s'agit d'un traumatisme crânien sévère. Si elle survit, elle aura probablement des séquelles sur le long terme.

— Oh mon Dieu, de quel type ?

— Tout ce qui se trouve entre les lésions cérébrales permanentes, un handicap, voire une espérance de vie plus courte.

— Oh, ça ne se présente pas bien, murmurai-je. Nous nous connaissons depuis un bail, Jill et moi. Plus de vingt ans.

— Waouh, c'est dur ! compatit-elle en me tapotant l'épaule. À mon avis, il va falloir prier pour un miracle... Je vous laisse entre vous, conclut-elle sur un sourire plein de commisération.

Dès qu'elle eut quitté la pièce, j'approchai ma chaise du lit de Jill. Je voyais les fines ridules et les pores dilatés de son visage endormi. La petite cicatrice sur sa joue, séquelle d'une chute à vélo quand elle était enfant, une marque de varicelle, chaque défaut et chaque pigment d'une vie, les cicatrices que nous portons tous, à l'intérieur comme à l'extérieur.

— Désolée, je n'ai pas eu la possibilité de terminer ce que j'avais commencé à te dire. Je voulais vraiment aller jusqu'au bout, mais une chose en entraînant une autre...

Je me rendis compte qu'il était inutile de broder. Et comme elle dormait, dans l'ignorance béate de ma présence, je pouvais parler, lui dire tout ce qui s'était passé.

— Donc je me suis garée où Olivia me l'avait indiqué au téléphone : derrière le lycée, dans une clairière qui menait à des bois et à la rivière. Je connaissais cet endroit, parce que Josh y avait été surpris en train de fumer. Apparemment, c'était un coin qui échappait aux caméras de vidéosurveillance. Il faisait très sombre et les arbres étaient plus denses que ce à quoi je m'attendais. J'ai failli me prendre les pieds dans les branches cassées qui jonchaient le sol. Je me suis souvenue que quelqu'un avait parlé d'une maladie fongique dans ces bois, le flétrissement du frêne... Toutes les branches tombaient, les arbres mouraient.

Je m'arrêtai un instant.

— C'est étrange de parler avec toi sans que tu m'interrompes ou que tu me contredises, plaisantai-je. Ou que tu me juges, d'ailleurs.

J'effleurai sa main très légèrement. Elle était aussi froide que de l'albâtre. Et si immobile qu'on aurait pu la croire déjà morte.

— Je ne pense pas que tu aies besoin de le savoir, mais sur le moment, j'ai été frappée par le fait qu'il était effrayant de se trouver dans une forêt mourante, en pleine obscurité, à crapahuter parmi des branches mortes pour trouver mon enfant. Je l'ai appelée, mais elle ne m'a pas répondu. Est-ce que j'étais au bon endroit ? Elle avait l'air extrêmement stressée au téléphone. Je m'étais précipitée pour arriver sur place et je n'avais posé que très peu de questions. J'étais terrorisée, je craignais qu'elle ait été attaquée... Hormis les basses de la musique au loin, en provenance de la salle du lycée, il régnait un silence de mort.

Le respirateur de Jill aspirait et soufflait en permanence et, de temps en temps, le moniteur cardiaque montrait un pic qui m'amena à me demander si elle passerait la nuit. Mais bon, dans son état, une altération du rythme cardiaque pouvait signifier à la fois beaucoup, et rien du tout.

— J'ai couru dans la clairière et la première chose que j'ai entendue, c'est Olivia qui pleurait. Je me suis donc précipitée vers elle. Je ne pouvais pas vraiment la voir, mais j'ai entendu une voix bizarre, hésitante et rauque : « Maman ? C'est toi ? » Je l'ai rassurée en allumant la torche de mon téléphone que j'ai braquée devant moi et je l'ai vue, penchée au-dessus de quelque chose. Je n'arrivais pas à voir de quoi il s'agissait, mais je me suis approchée d'un pas chancelant. Des mégots de cigarettes et des feuilles à rouler des joints jonchaient le sol, et j'étais en sandales, donc les racines des arbres et les branches cassées m'entaillaient les pieds. Pourtant je ne sentais rien, j'avançais vers elle tant bien que mal. Elle avait besoin de moi ! En m'approchant avec la torche, j'ai vu qu'elle ne se penchait pas sur quelque chose, mais sur quelqu'un. C'était Leo. Je me suis avancée et j'ai dirigé la torche sur son visage... Ce que j'ai vu restera gravé dans ma mémoire jusqu'à ma mort. Il avait les yeux grands ouverts, le visage couvert de sang, et ses yeux fixaient la lumière.

À la vue de quelque chose qui clignotait sur le moniteur, je me demandai si c'était une réaction à mon récit, mais je savais que ce n'était pas possible. Jill n'entendait pas, et ne comprenait pas non plus.

— En lui jetant un coup d'œil, j'ai pensé : *overdose*. J'ai complètement perdu les pédales et j'ai crié au visage d'Olivia. « Qu'est-ce qu'il a pris ? – Rien, maman ! » Je la revois encore, le visage mouillé de larmes, la bouche ouverte sur un cri d'horreur muet tandis que nous nous regardions toutes les deux. Olivia était désemparée. Elle m'a raconté qu'il avait reçu le texto et qu'à son retour, il l'avait regardée « comme si elle était la fille la plus laide qu'il ait jamais vue ». Ça lui avait brisé le cœur, puis il lui avait dit qu'il ne voulait plus sortir avec elle et il s'était enfui du lycée. Je t'ai dit la vérité, là-dessus : j'ignore de qui venait le texto et ce qui l'a contrarié quand il l'a lu. Sache que j'ai essayé de le réanimer, Jill, dis-je, soudain consciente de devoir l'énoncer clairement.

Au moins, je me sentais mieux en sachant que j'avais fait tout ce que je pouvais pour lui.

— J'ai débarrassé le sol des éclats de brique, des branches et de tous les autres détritus, je suis passée en mode infirmière et je l'ai examiné. Pas de pouls, le corps encore chaud, du sang qui s'échappait d'une profonde blessure à la tête : elle semblait avoir été causée par les racines pointues de l'arbre sur lequel il avait atterri. Mais je n'ai pas renoncé, ma chérie. Je lui ai fait du bouche-à-bouche et un massage cardiaque, et je me suis acharnée longtemps. Mais il était parti. Crois-moi, s'il y avait eu la moindre lueur de vie en lui, je l'aurais ramené à nous. Olivia a passé tout ce temps le visage enfoui dans ses mains, à gémir. Elle était en état de choc, et continuait à se balancer d'avant en arrière. Je sais ce que tu penses, Jill, j'ai pensé la même chose – et je lui ai posé ces questions. Je lui ai demandé s'ils s'étaient battus, s'il avait glissé et était tombé, si elle l'avait frappé. Mais elle n'a pas arrêté de dire « non », qu'environ vingt minutes après son départ du bal, elle était partie à sa recherche. Et qu'elle l'avait trouvé dans cet état, par terre, avec du sang ruisselant de son crâne. Je sais, tu vas sans doute répliquer qu'Olivia est colérique, qu'elle a peut-être perdu la tête et... Bref, tu vois ce que je veux dire. C'est plus ou moins la reine des crises de colère, elle a toujours été comme ça depuis qu'elle est toute petite. On avait l'habitude d'en rire, non ?

Je m'interrompis. Ce n'était plus drôle.

— J'admets qu'Olivia peut m'avoir menti, Jill. Elle pourrait facilement avoir suivi Leo, furieuse, et il n'est pas exclu qu'ils se soient battus.

Je guettai un signe qui me montrerait qu'elle avait entendu. Mais non, pas un frémissement de paupières, rien.

— Jill ? repris-je en lui saisissant la main.

Elle était glacée. D'épaisses veines bleues formaient des nœuds sous une peau aussi pâle et fine que celle d'une très, très vieille personne. Ce n'était plus Jill, ma voisine fraîche comme un gardon qui marchait, randonnait, parlait et jugeait.

— Jill ? répétai-je.

Pas la moindre réaction.

— Il est arrivé à Olivia de raconter des mensonges ; elle a « une imagination fertile », comme je crois te l'avoir entendu dire. J'ai été offensée que tu traites ma fille de menteuse, mais je dois admettre que même Robert l'appelait Walter Mitty.

Cependant, elle ne disait que de pieux mensonges, et toujours pour épargner les sentiments des gens. Elle n'est pas malveillante, et l'ironie de la situation, c'est qu'elle ne profère même plus de pieux mensonges maintenant... alors que je serais prête à donner n'importe quoi pour en entendre à nouveau de sa bouche. Mais ce soir-là, sa voix était claire. Elle était désespérément malheureuse, mais elle restait notre fille fougueuse et pleine d'entrain. Elle avait été larguée, rejetée et... je sais ce que tu penses : elle a dû faire quelque chose sous le coup de la colère ? Je me suis aussi posé cette question... et en toute honnêteté, Jill, je ne peux pas te jurer, la main sur le cœur, qu'elle ne l'a pas blessé ce soir-là. La théorie de Robert et la mienne, c'était qu'elle avait peut-être poussé Leo, ce qui avait pu le faire tomber et se cogner la tête. Les médecins légistes ont dit que la branche trouvée près de la scène de crime était couverte du sang de Leo, autrement dit qu'il avait pu tomber et se blesser à la tête avec cette branche. Cela confirmerait la théorie de l'accident. La blessure à la tête aurait pu précipiter sa chute dans la rivière, de la même manière qu'un excès d'alcool au bal. Un accident, soulignai-je.

Je continuai, consciente que l'infirmière pouvait revenir d'une minute à l'autre et que le temps m'était compté :

— Quoi qu'il en soit, comme tu le sais, je suis douée pour rester calme dans les situations stressantes, comme quand Olivia s'est cassé le bras, et le jour où Leo est tombé d'un arbre, alors qu'il avait sept ans. C'est toujours moi qui gère les crises ; Robert ne savait que s'effondrer ou se mettre en colère, mais je prenais tout sur moi. Je pense que c'est pour cela que je suis si douée dans mon travail, ajoutai-je. J'ai donc réalisé que j'avais deux options : je pouvais emmener Olivia au poste de police, leur raconter ce qui s'était passé, et elle risquait de se faire inculper pour meurtre ou homicide involontaire. Bref, de ruiner sa vie. Ou bien je pouvais supprimer le problème, ne jamais en parler à qui que ce soit et faire jurer à Olivia de garder elle aussi le silence. J'ai essayé de rester calme et de déterminer la meilleure solution. Pourrions-nous nous en sortir ? Est-ce que je ratais quelque chose d'évident ? Ça n'a pas été une décision facile, Jill, et pendant un moment, j'ai vraiment envisagé d'appeler la police. Après tout, Olivia leur aurait simplement répété sa version des faits, à savoir qu'elle l'avait trouvé là.

J'avais beau savoir que Jill ne pouvait ni entendre ni comprendre ce que je lui racontais, je ne voulais pas m'ouvrir davantage. Si je n'avais pas appelé la police, c'est que j'avais soudain entendu la voix de ma fille dans l'obscurité. « Je le déteste, je le déteste ! » avait-elle grogné d'une voix grave que je n'avais pas reconnue et qui ne semblait même pas humaine. « Je suis bien contente qu'il soit mort. »

Ce souvenir me fit frissonner. Elle parlait comme un animal blessé, ce qui m'avait glacé le sang. Elle avait été très blessée. Elle aimait Leo et il l'avait rejetée au cours de ce qui était censé être la soirée la plus magique de sa vie jusqu'alors. En tant que mère, je comprenais, mais la police ne serait pas aussi compréhensive.

Le récit des événements m'avait ramenée sur la scène. Dans la lumière de la torche, je voyais son visage strié de larmes, le mascara qui avait coulé autour de ses yeux, le rouge à lèvres barbouillé. Elle ressemblait à un monstre, avec les taches de sang incriminantes sur la mousseline de soie bleu pâle de sa robe. Le faisceau de la lampe ne me montrait que de la fureur, une fureur pure, déchaînée. J'avais alors pris conscience que dans cet état, ma fille de seize ans, si belle, était sans doute capable de tout. Même d'un meurtre.

Wendy a dit qu'elle devait sortir : elle a reçu un texto apparemment.

— Je me sens beaucoup mieux depuis que je t'ai raconté tout ça, Jill, a-t-elle murmuré avant de partir.

On dirait qu'elle adore se décharger sur moi, utiliser mon corps catatonique comme une éponge pour absorber sa culpabilité. J'aimerais me sentir mieux, moi aussi, toutefois en entendant cette infirmière raconter à Wendy qu'elle devait prier pour un miracle, je me demande s'ils ne devraient pas tout simplement me débrancher maintenant... Certes, mais pas avant d'avoir entendu le reste de ce que Wendy a à me dire.

Elle doit revenir, elle ne peut pas me laisser dans l'incertitude comme ça, alors qu'elle était sur le point de m'avouer enfin la vérité. Je brûle de savoir ce qui s'est passé, mais en même temps, j'ai peur de l'entendre. Enfin, ce n'est pas comme si j'avais le choix. Je suis obligée d'écouter.

Maintenant que j'ai entendu une partie de la vérité sur les événements de cette nuit-là, toutes sortes de pensées affluent. Et avec le temps que j'ai à disposition, tout ce silence et tout cet espace, j'analyse différents scénarios comme un détective. Si

Olivia a dit à sa mère qu'elle avait trouvé Leo là, et que nous prenons cette déclaration pour argent comptant, cela signifie que quelqu'un d'autre l'avait blessé ou frappé à la tête avant qu'elle arrive. Si on pousse cette idée jusqu'à sa conclusion logique, quelqu'un d'autre guettait Leo cette nuit-là. Alors, le cas échéant, qui ? Et pourquoi ?

Une fois les enfants partis pour le bal ce soir-là, je suis rentrée et j'ai arpenté ma maison, allant constamment à la fenêtre pour observer la route et voir si Leo ne revenait pas plus tôt que prévu. Et pendant mes déambulations, je me souviens d'avoir vu Josh, l'aîné des Jones, sortir de leur maison avec Robert. Lorsque je m'étais rendue chez eux, avant le départ des jeunes, Wendy m'avait expliqué que Robert était censé rentrer, mais que son vol avait été retardé. Elle était très déçue car il ne verrait pas les enfants sur leur trente-et-un. Mais, bousculée alors par Wendy et son photographe, pendant qu'on me pressait de boire du prosecco, je m'étais demandé si Robert n'avait pas fait exprès d'être en retard.

Telles étaient les pensées qui m'avaient traversé l'esprit pendant que je regardais Robert et son fils monter dans la voiture. Robert, au volant, semblait adresser des reproches à Josh, en tout cas aucun des deux ne souriait. Le détail a-t-il son importance ? Où allaient-ils ? Je prends des notes mentales, stocke les informations dans des fichiers au fond de mon cerveau.

Et Tim ? Je sais qu'il n'aurait pas fait de mal à Leo, mais il avait affirmé qu'il était au travail, or quand je lui avais téléphoné pour lui rappeler d'aller chercher les enfants au bal, il n'avait pas répondu. J'avais alors appelé sa ligne fixe pour m'entendre répondre par son collègue qu'il avait déjà quitté le travail : il n'était que 19 heures. Je ne saurai sans doute jamais exactement où Tim se trouvait ce soir-là, mais je sais qu'il était avec une femme. Ma seule question serait : laquelle ?

J'ai tellement de questions ! C'est un vrai supplice de ne

pouvoir les poser. Il me manque beaucoup de choses, allongée ici, mais ce qui me fait le plus défaut, c'est un stylo et du papier pour noter ces questions, ainsi que celles qui découlent du récit que Wendy m'a fait de cette nuit-là.

Il semblerait que le personnel médical soit en train de me rayer de la carte. J'ai entendu d'innombrables échanges d'où il ressortait que je ne passerais peut-être pas les vingt-quatre prochaines heures. Mais ils ne me connaissent pas : je n'abandonne pas facilement. J'espère pouvoir bientôt rouvrir les yeux. Je ne pourrai peut-être pas parler, mais je pourrai au moins communiquer en clignant des paupières.

Avant, je pensais sans cesse manquer de temps. Or maintenant que je dispose de tout le temps du monde, je ne peux rien en faire du tout. Je suis épuisée. Le simple effort de rester consciente pour écouter le récit de Wendy m'a anéantie. J'ai assimilé chaque mot, tel un diamant précieux que je voudrais tenir dans ma main, dont je voudrais analyser les facettes et les regarder capter la lumière. J'essaie de tout garder en tête pour quand j'irai mieux. J'espère seulement que ma mémoire ne me trahira pas.

— Tu sais quoi, Jill ?

C'est la voix de Wendy, qui est de retour. J'ai dû m'endormir.

— Tu as l'air d'une sainte de pierre, d'une gisante, lance-t-elle avec éclat, comme si mon coma était une blague. Cette confession que je bredouille au chevet de ton corps en décomposition me rappelle mes derniers instants avec ma mère. Je t'ai parlé de ma mère, non ? C'était une catholique convaincue qui se confessait régulièrement à son curé. Elle voulait être pardonnée, sauvée, tout comme moi aujourd'hui, mais si je suis honnête – et c'est à cela que sert la confession...

Elle s'arrête un instant, sans doute pour réfléchir.

— Je ne suis pas pratiquante, donc ça n'a pas d'importance... mais je ne pense pas que ma fille ou moi irons au paradis.

Non, Wendy, je pense en effet que ce train-là est parti sans vous, et que vous êtes toutes les deux montées à bord d'une rame qui fonce dans la direction opposée !

— Alors, où en étais-je ?

Elle prend quelques secondes pénibles pour se remémorer la chose, au cours desquelles je ne peux lui communiquer le moindre indice.

— Ah oui... donc je n'ai pas appelé la police. Olivia était tellement désemparée qu'il était exclu que je la laisse entre leurs pattes. Elle avait toutes les chances de s'incriminer, qu'elle soit coupable ou non. Mon instinct m'a poussée à la ramener à la maison, à faire disparaître les taches suspectes sur sa robe, à l'obliger à prendre une douche et à tout laver.

Je me sens mal, mais ce doit être psychologique : je ne me pense pas biologiquement capable de ressentir quoi que ce soit.

— J'ai donc dit à Olivia d'enlever ses chaussures, poursuit Wendy. Elle était toujours agenouillée près du corps de Leo, à me regarder comme si j'étais folle. Elle a d'abord refusé, mais je lui ai simplement ordonné de m'obéir. Je revois mes mains trem-blantes lorsque je me suis penchée pour défaire les lacets de Leo. Heureusement, il était encore souple, sans signe de rigidité cadavérique, et il a été facile de lui ôter ses chaussures. Je les ai tendues à Olivia et lui ai dit de les enfiler.

Qu'est-ce que c'est que cette histoire ?

— Elle avait compris qu'il ne fallait pas discuter, donc, bien malgré elle, elle a enfoncé ses pieds dans les chaussures neuves et brillantes de Leo. Elle gémissait. C'était tout simplement horrible.

Mon cœur se brise une fois de plus. Je l'avais emmené en ville pour acheter ces chaussures. Elles étaient un peu serrées, mais elles lui plaisaient tellement qu'il s'en fichait. Comme ces petits riens sont précieux maintenant, aussi fragiles que les aigrettes des pissenlits. Je tends les mains vers eux, je cherche à m'y accrocher, à ces petits riens qui deviennent tout.

Mais la voix de Wendy s'infiltre dans ma tête, me ramène à l'horreur, au corps de mon fils sur le sol, à ma voisine, à sa fille. L'aigrette de pissenlit a disparu.

— On pleurait toutes les deux et j'avais envie de la serrer dans mes bras, malheureusement ce n'était pas le moment. Le bal se terminait à 23 heures et certains fêtards allaient sûrement rentrer chez eux à travers bois, car c'était un raccourci. J'ai donc commencé à le soulever par les épaules. « On l'emmène à la rivière ? » elle a demandé de sa petite voix terrifiée. Elle lui a soulevé les jambes et je lui ai dit de ne pas les laisser tomber. Si ses pieds traînaient, ce serait fichu, la preuve que quelqu'un avait déplacé son corps. C'est pour ça que je lui ai fait échanger leurs chaussures, pour que les empreintes d'Olivia ne se trouvent pas sur la scène. Et c'était destiné en même temps à faire croire que Leo avait marché jusqu'à la rivière. J'avais vu l'astuce dans une série policière, mais ce que je n'avais pas réalisé en regardant la fiction, c'est que mes empreintes de pas pouvaient aussi se retrouver là. J'étais chaussée de ballerines souples, qui ne laissaient guère de traces, pourtant j'ai pris soin de balayer le sol sur lequel j'avais marché avec une branche feuillue.

Elle donne cette précision avec une certaine fierté. *Bien joué, tu as trompé la police et sauvé ta meurtrière de fille. Continue, Wendy !*

— Mais elle était dans tous ses états, et elle pleurait tellement que j'ai dû lui passer un bon savon. Tu sais comment elle est, Jill : depuis qu'elle a treize ans, elle se dispute avec moi à propos de tout. Tu disais que j'étais trop douce, et tu avais sans doute raison. Oui, j'ai été trop douce avec elle, mais c'était ma fille, tu sais.

Oh oui, je sais. Et c'était mon fils !

— Bizarre, mais je me suis presque attendue à ce que tu me

sortes quelque chose, lâche-t-elle. Une de tes diatribes sur le fait que tous les enfants ont besoin de limites, non ? Tu avais raison. J'aurais peut-être dû en fixer plus : Josh serait peut-être moins égoïste et plus gentil ; Freddie n'exigerait peut-être pas de l'argent à tout bout de champ et serait moins détestable quand nous refusons. Et Olivia... Oh, par où commencer ? Elle n'a pas évolué comme nous l'avions espéré. Tu avais raison, je l'ai trop gâtée.

Tu les as tous gâtés et, par conséquent, ce sont tous de sales gosses.

— On a fait de notre mieux, toi et moi, mais je ne pense pas que l'une de nous ait réussi à être une bonne mère, vois-tu ?

J'aimerais pouvoir déclarer que je ne suis pas d'accord, mais c'est vrai. Nous avons toutes les deux essayé, et toutes les deux échoué, de manières très différentes.

— Je ne sais pas comment nous avons réussi, physiquement, poursuit-elle. Paraît-il que l'instinct maternel est si puissant qu'une femme est capable de soulever un camion renversé sur son enfant. Est-ce vrai ? Va savoir, mais il est médicalement prouvé qu'en cas de stress extrême, les êtres humains accomplissent des exploits hors de leur portée dans des conditions normales. Et c'est ce que j'ai fait ce soir-là. Pendant qu'Olivia se débattait avec les jambes de Leo, j'ai attrapé son torse, sous les aisselles et, avec d'immenses efforts, nous l'avons soulevé. C'était horrible. Une ou deux fois, elle a failli lui lâcher les jambes, ce qui m'a fait couiner. Je ne voulais pas de traînées sur le sol. Il fallait que la police et l'équipe médico-légale pensent qu'il avait glissé ou s'était suicidé, que personne d'autre ne s'était trouvé là.

Tu étais mon amie. Comment tu as pu ? Je ressemble peut-être à une statue, mais à l'intérieur, je ne suis que dégoût, haine, en proie à un chagrin accablant qui m'arrache des sanglots inaudibles. Mes sentiments sont si viscéraux et si bruts que je m'étonne qu'elle ne puisse pas voir le tsunami de douleur et de rage qui bouillonne juste sous la surface.

— Mon Dieu, je sens encore le poids de son jeune cadavre pendant que nous le soulevions et bataillions pour le transporter à la rivière, et une fois que nous y sommes arrivées... Cela me fait frissonner.

Et cela me fait hurler intérieurement. En silence.

— Je ne voulais pas le faire, et Olivia encore moins. « On appelle la police et on leur dit la vérité », elle m'a suppliée. Mais comme je te l'ai déjà expliqué, ce n'était pas la vérité, le problème, mais de quoi la mort de Leo avait l'air !

Elle s'arrête de parler. C'est un soulagement. Mon cerveau blessé est submergé par les informations et les implications de ce qu'elle vient de me confier.

— J'ai pleuré, Jill. Nous avons pleuré toutes les deux, poursuit-elle, sempiternelle héroïne de son propre récit. Je n'arrivais pas à croire que, quelques heures auparavant, toi et moi, on les regardait partir dans une limousine.

Elle marque une pause, sans doute pour mieux assimiler la chose.

Je ne peux pas me laisser attendrir. Je n'ai faim que de vengeance.

— Nous ne pouvions pas le voir dans l'obscurité, mais quand nous l'avons jeté dans l'eau, nous avons entendu des éclaboussures qui nous ont indiqué qu'il avait plongé.

Ta fille a tué mon fils et tu l'as couverte ?

— J'étais horrifiée, mais je me suis dit que c'était la bonne chose à faire. Même si c'était Olivia qui l'avait poussé, il s'agissait d'un accident. Il n'était tout de même pas juste que sa vie soit gâchée à cause d'un accident, si ?

Non, bien sûr que non. On ne va pas ruiner la vie d'Olivia parce qu'elle a assassiné quelqu'un.

— Il est possible que Leo ait trébuché et soit tombé avant qu'Olivia arrive, et qu'elle se soit retrouvée au mauvais endroit au mauvais moment. Elle n'allait pas porter le chapeau pour ça, ajoute-t-elle. Je sais que tu m'as toujours reproché d'avoir un sens moral légèrement déviant, Jill, mais je sais faire la différence entre le bien et le mal. C'est juste une question de perspective, et...

Elle s'arrête.

— Mon Dieu, j'ai cru voir tes paupières trembler. Jill ? Jill ?

Elle se tait à nouveau.

Je sens un mouvement à côté de moi. Peut-être est-elle en train de se servir de l'eau.

— Cela te paraît probablement brutal, mais tu dois me comprendre avant de me juger – et je sais que tu me jugerais si tu étais là. Si nous avions laissé le corps sur place et appelé la police, la vie d'Olivia n'aurait pas été la seule à être détruite. Toute notre famille aurait été décimée par sa condamnation pour meurtre, poursuit-elle, comme si cela justifiait ses agissements.

Son sens moral n'est pas seulement déviant, il est inexistant. C'est une psychopathe !

— Si Olivia était allée en prison, Robert aurait dû démissionner, et les garçons... Que leur serait-il arrivé ? Ses deux frères espèrent décrocher leur diplôme universitaire l'année prochaine. Leur vie est enfin sur de bons rails et ç'aurait été comme jeter une bombe au milieu de tout ça. Mon Dieu, c'est tout vu. Qu'est-ce qui leur serait arrivé avec une sœur condamnée pour meurtre ? Tu comprends, non ? Je devais penser à tout le monde.

Non, tu devais penser aux Jones. Personne d'autre ne comptait ; personne d'autre n'a jamais compté.

— Je sais que tu ne peux ni m'entendre ni me comprendre, pourtant j'ai besoin t'expliquer tout ça, quel a été mon raisonnement. Quand je suis arrivée, il était trop tard pour Leo, mais je devais sauver Olivia. Tu n'aurais pas agi autrement, Jill. Je le sais.

J'entends sa chaise racler le sol. Elle s'en va, cependant avant de partir, elle se penche sur moi, je le sens. Mon cœur s'emballe. Je n'ai jamais senti une telle intensité auparavant... et oui, je perçois vraiment son souffle sur ma joue lorsqu'elle murmure :

— Tu n'en as plus pour longtemps, Jill. Je suis contente de t'avoir tout dit, même si tu ne peux pas m'entendre. Je sais que tu m'en veux, parce que ton enfant est mort et que la mienne a survécu, mais sache que tu n'es pas la seule à souffrir. Depuis cette nuit funeste, j'ai perdu ma fille, moi aussi.

32

WENDY

Lorsque je quittai l'hôpital ce jour-là, j'étais en lambeaux. Revivre cette nuit avait été très difficile, non seulement du fait de la mort de Leo, mais aussi à cause de ce que j'avais exigé d'Olivia.

Ma fille était dévastée, mais sur le moment, dans ces bois sombres, j'avais pensé que c'était la meilleure option, la plus sûre : déplacer le corps, se débarrasser des preuves. Leo était mort, il était trop tard pour le sauver, mais Olivia était vivante et, en tant que mère, je me devais de la sauver.

Je ne saurais probablement jamais s'il était déjà mort quand elle était arrivée dans les bois, mais pour ce que ça valait, j'avais cru Olivia quand elle avait affirmé n'avoir rien fait. Je n'avais simplement aucune preuve pour l'attester. Quoi qu'il en soit, je n'aurais jamais dû la forcer à déplacer le corps de Leo mais plutôt appeler la police.

J'avais gardé cette culpabilité longtemps enfouie et je me sentais beaucoup mieux d'avoir tout expliqué à Jill. J'avais la sensation de m'être délestée d'un poids. Maintenant que je lui avais parlé, je pouvais continuer ma vie sans être accablée par ce terrible secret. C'était fini, pour moi du moins, et ce serait bientôt fini pour Jill aussi.

Robert et moi allions entamer une nouvelle vie ; nous avions tout prévu et j'avais hâte d'en ouvrir le prochain chapitre. Nos vols étaient réservés, nous partions le surlendemain.

***

Le lendemain matin, je me réveillai plus gaie que je ne l'avais été depuis longtemps. Je ne m'en étais pas rendu compte jusqu'alors, mais ce secret m'avait pesé très lourd, et je voyais enfin la lumière au bout du tunnel. Il y avait quelque chose de réconfortant à franchir ces grandes portes à double battant, à inspirer l'odeur amère de l'antiseptique mélangée à celle du faux pin. Une odeur qui m'était très familière : en tant que sage-femme, j'avais l'impression d'être chez moi en parcourant pour la dernière fois les interminables couloirs de l'unité de soins intensifs. C'était le dernier jour où je rendais visite à Jill : je voulais la voir une ultime fois pour lui dire au revoir.

Charmane, qui venait d'achever sa toilette au gant, lui parlait doucement lorsque j'entrai dans la chambre avec un chapelet de ballons roses acheté à la boutique de l'hôpital. Les fleurs n'étaient pas autorisées dans l'unité de soins intensifs et, bien que Jill l'ignore, je voulais marquer cette dernière entrevue. Mon amie était en train de mourir et je quittais le pays.

— Oh, comme c'est beau ! s'exclama l'infirmière. Laissez-moi vous aider.

Elle me les prit et les attacha au pied du lit de Jill.

Je la regardai, son moniteur qui bipait, son visage grisâtre. J'avais vu des cadavres, des gens étaient morts sous mes yeux et, à mon avis, elle était proche de la mort. Je savais depuis un certain temps qu'elle vivait ses derniers jours, mais ce n'était pas une patiente, c'était mon amie dont je faisais le deuil. Mes yeux s'emplirent de larmes aussi soudaines qu'inattendues.

— Vous vous sentez bien, madame Jones ? demanda Charmane de derrière les ballons roses qui paraissaient un peu ridicules et trop festifs sur le lit de mort de Jill.

C'était moins un geste aimable qu'une farce cruelle.

— C'est juste que je déteste la voir dans cet état, répondis-je.

La pure vérité, même si au fond de moi, j'étais également heureuse que ce calvaire prenne fin.

— Vous êtes une amie loyale, murmura-t-elle avec un léger accent jamaïcain. Je suis sûre qu'elle adore ces ballons.

Je soupirai.

— Quel dommage qu'elle ne les voie jamais !

— Oh, allez savoir, ce n'est pas complètement impossible.

— J'aimerais bien le penser, moi aussi, acquiesçai-je, me ralliant à son optimisme feint.

Nous faisions tous ça, nous les membres du personnel médical. Il était important de donner espoir aux amis et aux parents tout en gérant leurs attentes.

— La nuit dernière, je jurerais avoir vu un léger sourire sur ses lèvres, me raconta l'infirmière, dont les yeux marron exprimaient un mélange de tristesse et d'espoir. J'ai appelé le médecin chef, qui est venu vérifier ses constantes, fit-elle en se rapprochant. Je ne voudrais pas vous donner de faux espoirs, mais il pense qu'elle est peut-être en train de se réveiller, conclut-elle avec enthousiasme.

Mon cœur s'emballa et le bout de mes doigts se mit à me picoter. *Quoi ?*

— Oh... fis-je, la bouche soudain sèche. Je croyais que c'était impossible. J'ai parlé à l'une des infirmières l'autre jour et elle m'a dit que Jill ne se réveillerait jamais.

Charmane haussa les épaules.

— C'est difficile à dire. Il ne faut jamais dire « jamais ». On peut penser que le patient n'est pas conscient, mais on n'en est jamais absolument sûr... Certains s'en sortent, contre tous les pronostics.

— Oh... vraiment ?

Je m'efforçai d'esquisser ce qui, je l'espérais, ressemblait à un sourire, mais qui s'approchait probablement davantage d'une grimace.

— Oui, oui, vous seriez étonnée. J'ai une formation médicale, je ne suis pas censée croire aux miracles, mais j'en ai vu ici.

— Oui, je vois aussi des miracles dans ma profession de sage-femme, renchéris-je. Mais Jill est dans cet état depuis des semaines, et même si elle se réveille, son cerveau... ?

— Le cerveau humain est étonnant, et d'une très grande complexité.

Elle s'appuya contre le pied du lit. Les ballons flottaient autour d'elle alors qu'elle m'assénait le coup de grâce.

— Les patients comme Jill donnent souvent l'impression d'être inconscients, hors d'atteinte, et même si elle a l'air de ne pas être avec nous, elle peut entendre et être consciente de tout, sans être encore capable de communiquer.

Putain de merde !

— Donc il y a une chance qu'elle se réveille ? insistai-je.

Je fus toutefois incapable de regarder Charmane, redoutant qu'elle lise la terreur dans mes yeux.

Elle me dévisagea, pleine de sollicitude, et me caressa le bras.

— Je ne veux pas vous donner de faux espoirs, mais ma collègue m'a dit qu'elle avait cligné des yeux hier, ce qui pourrait être le signe qu'elle commence à émerger.

Elle souriait, la main toujours sur mon bras, le visage trop proche du mien.

— Le médecin chef est très optimiste. Il a programmé un scanner cérébral pour aujourd'hui.

Avant que je puisse dire quoi que ce soit pour montrer ma joie devant ce « miracle » potentiel, elle se détourna.

— Oh, regardez, un autre visiteur. Bonjour.

— Comment va-t-elle, Charmane ?

Il considérait l'infirmière avec une inquiétude apparemment sincère. J'étais stupéfaite. Je me rendais compte pour la première fois qu'il était un acteur accompli, et l'infirmière était manifestement sous son charme, factice ou non.

— Elle est dans un état stationnaire, répondit-elle. Il ne faut pas perdre espoir. Je disais justement que des signes nous indiquent qu'elle peut encore s'en sortir.

— Oui, Charmane vient de m'expliquer qu'une des infirmières avait vu Jill cligner des yeux, hier, et qu'elle va passer un scanner cérébral tout à l'heure, ajoutai-je.

J'entrevis dans ses yeux une panique qui devait refléter la mienne. Je ne comprenais pas pourquoi, en revanche. Après tout, il n'avait aucune raison de s'alarmer, à moins qu'il n'ait deviné que j'avais tout révélé à Jill. Je me sentais si bête.

— Eh bien, quelle nouvelle !

Il détourna son regard de Charmane et fixa Jill, tandis que je m'efforçais de reprendre contenance. Je sentais les yeux de l'infirmière sur moi. M'observait-elle vraiment, ou ma culpabilité me poussait-elle à le croire ?

Dès qu'elle fut partie, je lui fis signe de s'éloigner du lit de Jill. Je ne voulais pas qu'elle entende un mot de plus.

— Je suis inquiète. Si elle se réveille, elle prétendra que j'ai essayé de la tuer, je le sais, chuchotai-je, ce qui, honnêtement, était le cadet de mes soucis. Je pense qu'on devrait partir maintenant !

— Elle peut dire ce qu'elle veut, ce sera ta parole contre la sienne. Ça ne tiendra pas devant un tribunal.

Je me sentais tellement idiote de lui avoir parlé. Qu'est-ce qui m'avait pris ? Il fallait que je l'en informe, qu'il soit préparé.

— Écoute, je lui ai dit certains trucs, lui chuchotai-je à l'oreille.

Il me regarda avec une expression confuse.

— De quoi tu parles ?

— Qu'Olivia avait peut-être poussé Leo... Que j'ai jeté son corps dans la rivière.

— Qu'est-ce que c'est que ce délire ?

— Je voulais juste me soulager d'un poids. J'espérais que...

— Tu lui as avoué qu'Olivia l'avait découvert ? Que tu l'avais jeté dans la rivière ? murmura-t-il entre ses dents serrées.

— Vous allez bien, tous les deux ? demanda Charmane qui venait de passer la tête dans l'embrasure de la porte.

Nous opinâmes de conserve, en ajoutant un pâle sourire au geste.

— C'est une belle journée, ensoleillée et chaude pour un mois de mars, commenta-t-elle.

Elle vérifia les constantes de Jill, puis consulta sa montre et resta plantée là, se contentant de papoter avec nous et de nous informer qu'elle avait hâte d'être en été.

La panique enflait dans ma poitrine. Je me sentais près de crier.

— Je crois que je vais y aller, annonçai-je, espérant qu'il saisirait la perche que je tendais.

— Ah... OK. Je t'accompagne, dans ce cas, répondit-il.

Après avoir pris congé de Charmane, je m'abstins d'embrasser Jill sur la joue comme je l'avais fait jusqu'alors, de peur de la réveiller. J'avais le cœur lourd en sortant de ce petit box blanc aseptisé. Une fois hors de la chambre, ce fut presque au pas de course que nous parcourûmes les couloirs de l'hôpital. Je laissai le soleil de la rue baigner mon visage dans l'espoir de me calmer. Sans succès. Mon cœur cognait dans ma poitrine. J'inspirai de grandes bouffées d'air froid pour m'apaiser, tandis qu'il se tenait près de moi, agité.

— Qu'est-ce qui t'a fait penser que tu pouvais le lui dire ?

Il s'efforçait de ne pas laisser transparaître sa colère, c'était évident, mais ses mots piquaient.

— Je suis désolée, bredouillai-je. Je me sens complètement stupide.

— Ne parlons pas de ça maintenant. Ramène ta voiture à l'hôtel. Je suivrai dans la voiture de location.

Il regarda sa montre.

— Je crois que j'ai laissé mon portefeuille dans la chambre, constata-t-il en vérifiant ses poches.

De petites veines saillaient sur son front, comme chaque fois qu'il était stressé.

— Tu veux que je vienne avec toi ? suggérai-je.

— Non... non, tu ne peux plus y retourner, qu'elle vive ou qu'elle meure. Tu dois rester sous les radars maintenant. Je te retrouve à l'hôtel.

— D'accord.

Je me sentais dans la peau d'une enfant qui se serait fait gronder par son père pour une bêtise. Or, c'était bel et bien le cas : j'avais fait la chose la plus stupide de ma vie. Et ma fille et moi risquions d'en payer le prix fort.

33

JILL

La gentille infirmière s'appelle Charmane. J'ai entendu l'une de ses collègues l'appeler ainsi hier. Il est certain que j'entends bien mieux, désormais, et je me sens moins désorientée et moins confuse. Je ne sais pas si j'ai rêvé, mais je crois que Charmane a dit à Wendy que j'étais en train de revenir à moi. Quelle belle expression que celle-là ! Une douce musique à mes oreilles. Et je me trompe peut-être, mais je serais prête à jurer que j'ai senti mon doigt tressaillir. J'espérais que mes visiteurs le remarqueraient et alerteraient l'infirmière, mais ils ne l'ont manifestement pas vu... à moins que cela ne se soit pas produit, après tout. Mais je suis quand même exaltée par l'étincelle de cette possibilité, par le fait qu'il pourrait enfin y avoir un soupçon de couleur dans ce que j'imagine comme une pièce toute blanche.

Charmane prend toujours son temps, me parle, me pose même des questions. Avec elle, j'existe. Wendy ne me parle pas, elle parle devant moi, elle se moque de ce que je pense et de ce que je ressens en entendant ses propos. Je ne suis qu'un réceptacle vide dans lequel elle déverse sa culpabilité.

Elle pense peut-être s'en être débarrassée, mais elle la

charrie toujours sur ses épaules. Elle l'emportera dans sa tombe, et si j'ai mon mot à dire, elle passera du temps en prison avant. Je dois survivre, me sortir de ces sables mouvants. Hormis Wendy et Olivia, je suis la seule à savoir ce qui s'est passé cette nuit-là, et je suis la seule à pouvoir faire en sorte que justice soit rendue.

— Bonjour, Jill.

C'est lui.

Mon ventre se noue. Je n'ai pas eu de réaction aussi viscérale depuis mon arrivée ici. Est-il seul ? Ou Wendy est-elle à ses côtés ?

— Il fallait que je revienne. Je voulais juste te voir.

Je ne comprends pas. Pourquoi maintenant, après tout ce temps ?

J'entends le raclement familier de la chaise qu'il traîne vers le lit.

— Je me sens mal pour tout. Je ne peux pas te dire à quel point ce qui s'est passé m'a affecté. J'ai vécu avec ça, comme toi bien sûr, mais s'y accrocher était... est épuisant. Je me suis senti extrêmement coupable, et cela pèse tellement lourd que je regrette parfois que nous ne leur ayons rien dit, que nous n'ayons pas agi au grand jour et géré la chose. Qui sait ? Aujourd'hui, la plaie se serait peut-être cicatrisée.

Je ne veux pas entendre ça. Pas maintenant. Il n'y a pas de guérison possible. Nous avons ouvert une blessure qui ne pourra jamais être refermée.

Il reprend son souffle.

— Je me souviens que Wendy et toi avez eu les bébés à quelques semaines d'intervalle. Nous savions qu'ils deviendraient de grands amis. C'était doux-amer de voir les enfants jouer ensemble, les garçons aussi, Josh qui aidait Leo à faire ses devoirs de maths ou Freddie qui apprenait à jouer au cricket. Je les voyais avec Wendy et toi, nos deux familles heureuses, et je me disais : *Si seulement ils savaient !* Il m'arrivait d'assister aux grands déjeuners familiaux du dimanche et d'avoir des pensées intrusives. Il suffisait d'une phrase pour faire tout exploser.

Je ne peux pas supporter ça. C'est inutile. Trop douloureux. Je ne veux pas l'entendre. Je veux fuir. Mon Dieu, comme j'aimerais pouvoir décamper d'ici et m'éloigner de lui.

— Mais en fin de compte, nous étions deux familles. J'aimais Wendy et tu aimais Tim. Même si j'avais de l'affection pour toi, ça n'aurait jamais fonctionné, Jill.

Ce terrible secret qui nous rapproche nous sépare aussi. À l'instar des ballons roses de Wendy qui se moquent de moi au pied du lit. Nous sommes tous deux trop effrayés pour les détacher, l'œil toujours aux aguets pour le cas où ils s'envoleraient et éventeraient notre secret.

— Les secrets sont destructeurs, hein ? J'ai gardé celui-là si longtemps que je le sentais creuser un trou en moi. Je pouvais à peine regarder Wendy et les garçons dans les yeux, j'avais du mal à me détendre dans ma propre maison. C'est pourquoi, à la naissance de Leo, j'ai choisi de travailler à l'étranger. Je pensais que ce serait plus facile au bout d'un moment, mais une année a fini par en devenir une autre et j'ai raté des tas de choses, mes enfants qui grandissaient, notre vie ensemble...

Le jour où nous avons fait connaissance, tu as marché jusqu'à l'arrière de la camionnette, tu as ouvert les portières et, en quelques secondes, tu as débarqué mes meubles. J'étais triste que Tim m'ait laissé tomber pour le déménagement... Je ne pouvais jamais compter sur lui... et j'ai été sensible à ton charme dès ce premier jour. Puis, au fil des années, mon amour pour toi a grandi, mais il ne m'a pas rendue heureuse ; il m'a rendu jalouse, malheureuse et coincée. Était-ce pareil pour toi ?

— Le truc, Jill, c'est que ce qui s'est passé entre toi et moi, c'est l'histoire de deux personnes prises dans un monde d'adultes dont elles voulaient s'échapper. Tu étais déçue par Tim et, moi, j'étais si fou de Wendy, et si peu sûr de moi, que je me suis perdu en pensant être incapable de lui donner ce qu'elle voulait. Puis tu es arrivée. Nous nous sommes bien entendu, nous avons sympathisé, ri, et j'ai senti que je pouvais tout te dire. Je me sentais bien avec toi. C'était facile, je n'avais pas besoin de me forcer.

Je ne t'ai jamais dit ce que je ressentais pour toi, parce que nous étions tous les deux mariés, mais si je pouvais parler, je te le dirais, maintenant. Il ne serait pas trop tard ; nous ne sommes plus mariés et je pense que je vais aller mieux. Peut-être que notre heure est arrivée, Robert ? Toi et moi enfin ensemble, c'est tout ce que j'ai toujours voulu.

— Je ne sais pas si Wendy te l'a dit, mais notre mariage a tangué pendant un certain temps. La mort de Leo a affecté toutes les personnes impliquées de près ou de loin. Ça a été un choc terrible, affreux.

Il renifle, je crois qu'il est bouleversé.

— Mais... tu sais, nous nous sommes remis ensemble pour les enfants, pour Olivia en fait. Elle a été choquée. Enfin, comme nous tous. La pauvre Wendy est dans un état lamentable.

Vraiment ? Pauvre Wendy.

— Je ne sais pas pourquoi je te raconte ça. J'étais en colère contre Wendy à cause de ses jacasseries, mais tu sais comment elle est. C'est son énergie fantasque, sa vivacité, son optimisme bavard qui m'attirent vers elle.

Oh...

— Je sais qu'elle a essayé de me changer, elle continue à le faire. Toi, tu m'as accepté tel que j'étais, et notre amitié comptait beaucoup pour moi, mais après cette nuit-là, et ta grossesse, je t'ai perdue en tant qu'amie.

En tant qu'amie ?

— Je me souviens que tu as dit un jour que nous nous ressemblions beaucoup, toi et moi, complètement opposés à Tim et Wendy, les « fêtards ». Mais à mesure que notre mariage s'est prolongé, je me suis rendu compte que les fêtards ont besoin de gens calmes pour les apaiser, les organiser et veiller sur eux, et que les gens calmes ne peuvent se passer du pétillant de ces fêtards. La vérité, Jill, c'est que Wendy est l'amour de ma vie et que j'ai passé ces dix-sept dernières années à me torturer à cause de la nuit où je l'ai trompée avec toi. C'est l'un de mes plus grands regrets.

Je ne pensais pas pouvoir souffrir davantage. Je pleurerais... si je pouvais.

J'ai été sa plus grande erreur, une figurante gênante dans le film de son mariage avec Wendy.

J'ai été l'enfant qui a perdu ses parents, la petite amie larguée, l'épouse trompée, la mère victime de plusieurs fausses couches. Toute ma vie, j'ai été la femme que personne ne voulait ou ne voulait être. Même mes soi-disant amies ne me fréquentaient que parce que je les aidais à se sentir mieux, dans leur mariage et dans leur vie.

Mais tout à l'heure, quand Robert est venu me voir, j'ai vraiment cru qu'il serait celui qui changerait tout, qu'il était venu pour me sauver.

Je ne suis pas une femme passionnée, encline à l'obsession et à la jalousie. J'aime en silence, secrètement. Mes sentiments pour Robert ont brûlé profondément, avec calme et constance, sans jamais faiblir pendant de longues années.

Sa présence dans ma vie m'a permis de surmonter le désir d'enfant, la souffrance devant les bébés d'autrui, les baptêmes et les premiers jours de crèche autour de moi, quand je n'avais pas encore Leo. Pendant les sept longues années où j'ai essayé d'avoir un bébé, la vie des autres s'est poursuivie. Les grands moments dans l'existence de leurs enfants m'ont été douloureux, mais du moment qu'il était là, j'arrivais à m'en sortir. Il était très différent de Tim, et j'ai eu l'impression d'être enfin aimée par un homme. Sauf que non, en définitive.

Je suppose que c'était injuste, mais Robert étant dans les parages, je les comparais constamment tous les deux, et Tim n'en sortait jamais gagnant. Ils étaient comme le jour et la nuit. Robert était intelligent, cultivé, fiable, il ne buvait que du bon vin, et jamais trop. Mon mari, quant à lui, était un être insensible, bruyant, qui n'avait jamais ouvert un livre de sa vie et, après avoir flirté avec toutes les femmes de tous les événements sociaux auxquels nous participions, il buvait tellement de bière que je devais l'aider à rentrer à la maison.

Cela peut paraître immature, de s'enticher de quelqu'un d'aussi heureux en ménage, qui me considérait comme une amie et que je ne pourrais jamais avoir. Mais aimer Robert de loin me suffisait. Le soir, dans mon lit, je pouvais me détourner de mon mari et imaginer Robert allongé à côté de moi. Je vivais en imagination des scénarios où nous entretenions une liaison secrète, où nous quittions nos conjoints respectifs pour aller vivre dans un cottage en bord de mer. Ces rêves remontent à loin, mais jusqu'à aujourd'hui, j'ai continué à vivre avec un petit espoir secret.

Ces nuits-là, je me sentais malheureuse. Je ne faisais pas que me languir de Robert : mon désir inassouvi d'enfant était mêlé à tous mes sentiments. Tim avait refusé de suivre un traitement contre l'infertilité, son désir d'enfant n'étant pas aussi puissant que le mien. « Pourquoi tu passes ton temps à observer la vie des autres et à la leur envier ? » Je ne pouvais pas lui répondre que ça s'expliquait par le partenaire inadéquat qui partageait la mienne. Avant d'être enceinte de Leo, je m'asseyais seule dans le jardin les soirs d'été, en prêtant l'oreille à la vie de nos voisins. Leur jardin était toujours plus ensoleillé que le nôtre, qui paraissait plus sombre, plus fermé. Je l'imaginais aussi plus froid que le leur. Wendy appelait ses petits depuis la cuisine. Leurs doubles portes grandes ouvertes laissaient entrer le soleil, leurs rires et leurs conversations se déversaient dans le jardin. Ses garçons étaient minuscules, mais très vivants. Ils jouaient au foot ou plongeaient dans une petite pataugeoire. Leur chien aboyait.

« Bon sang ! Je ne peux pas m'entendre penser ! » criait-elle depuis la cuisine.

Et moi, je l'enviais, parce que je pouvais m'entendre penser, et que mes idées fixes tournaient en rond dans ma tête.

Si Robert était chez lui, j'entendais sa voix rocailleuse, son autorité tranquille qui me faisait tomber en pâmoison. Il disait aux garçons de se calmer et demandait à Wendy où était l'huile d'olive. Je sentais l'odeur du barbecue, mon cœur s'emballait rien qu'à l'idée de sa présence. Si proche et pourtant si lointaine. Leur vie était bien remplie et Wendy passait de l'assistante maternelle au travail, à la crèche et retour. Souvent, sa mère apparaissait telle Mary Poppins et transformait l'endroit en Disneyland pour les adultes et les enfants.

Je voulais tout ce que Wendy avait, tout ce qu'elle était. Son existence frénétique, avec deux enfants, un travail et un mari très pris par son travail, m'apparaissait comme le summum du bonheur. En attendant, il m'arrivait de retrouver une amie ou de rester boire un verre après le travail. J'ai même rejoint un club de lecture à la bibliothèque locale, mais j'y étais la plus jeune, d'une bonne centaine d'années. Tim était soit au travail, soit au pub, et parfois, lorsque j'étais à la maison le soir et que les rires devenaient trop forts dans la maison voisine, je rentrais et fermais la porte. Je m'installais dans le salon pour regarder *Coronation Street*, formant le vœu d'avoir les enfants, le chien, la pataugeoire qui fuyait et le mari fiable. Je croyais qu'un bébé transformerait Tim en père de famille et que nous pourrions mener la vie des Jones, dans une version plus pâle et plus calme. Mais comme je l'ai vite découvert par la suite, un bébé ne fait pas d'un homme un père. Et lorsque Leo est arrivé, j'ai dû me rendre à l'évidence que je n'étais ni avec l'homme qu'il me fallait, ni dans la bonne vie.

Il ne m'est jamais venu à l'esprit que Robert me regarderait un jour : avec une femme comme Wendy, pourquoi l'aurait-il fait ? Et puis un soir, nous sommes allés chez les Jones, pour une soirée juste tous les quatre, à boire quelques verres et à grignoter dans le jardin. Tim et Wendy ont gloussé toute la soirée, Robert et moi avons parlé de politique : il m'a présenté son travail chez Médecins sans frontières. Un peu plus tôt, en plaisantant à moitié, j'ai accusé Tim et Wendy d'avoir une liaison, ce qui l'a manifestement mise en colère. « Comment tu as pu avoir une idée pareille ? » a-t-elle lancé, dans le brouillard de l'ébriété. Tenant à peine debout, elle a chancelé et m'a crié : « Je flirte. Je flirte avec tout le monde. Tu ne flirtes même pas avec ton propre mari, c'est pour ça qu'il se rattrape avec toutes les autres... Tu devrais peut-être essayer de temps en temps, Jill ! »

Peu après, elle est partie se coucher en titubant, tandis que Tim s'est endormi sur une chaise longue, tous deux tellement bourrés qu'ils avaient tout oublié le lendemain.

Robert s'est excusé pour le comportement de Wendy, mais je m'en moquais. J'aurais bien aimé que Tim et Wendy se mettent ensemble. Cela nous aurait laissé la voie libre, à Robert et moi. Il était gentil, intelligent et fiable... Tout ce que Tim n'était pas. Je pensais qu'il ressentait la même étincelle invisible. Ce soir-là, nous avons longuement parlé de nos vies, de ses espoirs pour leurs deux garçons, de mon rêve d'être mère. C'était ce genre de conversation, tard dans la nuit, un peu éméchée, où l'on avoue des choses que l'on devrait probablement taire.

« J'ai parfois l'impression qu'on a épousé les mauvaises

personnes, toi et moi », me suis-je entendu dire dans le silence éclairé par les guirlandes.

Il s'est tourné vers moi en souriant. « Tu as peut-être raison. »

C'est tout ce qu'il a dit, mais cela m'a encouragée et j'ai flirté, je lui ai dit qu'il était beau et que je l'admirais, ce qui a semblé lui plaire. Plus tard, il m'a proposé de me raccompagner, laissant Tim encore dans les vapes sur la chaise longue de leur jardin. Nous avons emprunté leur allée d'un pas mal assuré et enjambé les parterres de fleurs jusqu'à notre maison, où nous nous sommes maladroitement embrassés, sur le pas de ma porte. Malgré mon état d'ébriété, j'étais euphorique et je l'ai invité à entrer. Neuf mois plus tard, Leo est né.

La découverte de ma grossesse a été merveilleuse, traumatisante et dévastatrice. J'étais en proie à des sentiments contradictoires, déchirée entre la culpabilité, la jalousie, la honte et une joie pure et incroyable. Le genre de joie qui vous prend au fond de la gorge dès que sa source vous revient à l'esprit.

Cette joie était évidemment tempérée et atténuée par la culpabilité, et un profond sentiment d'injustice : pourquoi ne pouvais-je pas simplement être avec l'homme que j'aimais et avoir avec lui le bébé que j'avais tant désiré ? En même temps, je ne pouvais pas regarder Wendy sans me détester. À la naissance de Leo, j'ai annoncé à Tim que je ne voulais pas de visites, parce que je me sentais affreusement mal. Elle m'a donc envoyé une magnifique corbeille de fruits à l'hôpital, qui est restée sur ma table de chevet, comme un rappel insistant de la mauvaise personne que j'étais. Et quand je suis rentrée chez moi avec Leo, elle a laissé des fleurs sur le pas de ma porte, m'a envoyé des textos, a essayé de m'appeler, mais ma honte et ma jalousie se sont transformées en une sombre rage contre moi-même, m'empêchant d'affronter qui que ce soit. À commencer par Wendy.

Comme tout le monde et contre toute attente, Tim, pensant

que je souffrais de dépression post-partum, a manifesté une certaine inquiétude… sans doute parce qu'il se demandait qui allait s'occuper du bébé si j'étais malade. Il a pris des congés pour veiller sur Leo et moi, et pendant quelques semaines, il a même cessé d'aller au pub tous les soirs. Je l'ai appris plus tard, il avait confié à Marek que s'il restait à la maison avec moi, c'était parce qu'il craignait que je nous fasse du mal, au bébé ou à moi. Hilarant ! Car je risquais plutôt de faire du mal à Tim.

Je n'oublierai jamais la première fois où Robert a vu son fils. Wendy avait organisé dans leur jardin une grande fête surprise pour mon anniversaire. J'avais trente-deux ans et je souffrais de dépression post-partum, mais Wendy voulait une fête. Il se trouve que mon anniversaire tombait à ce moment-là et elle était déterminée à s'amuser. Mais c'était bien la dernière chose dont j'avais envie, tant mon désarroi était grand.

Elle avait stipulé : « Pas d'enfants » et communiqué à Tim les numéros de téléphone de plusieurs personnes susceptibles de s'occuper de mon bébé de deux mois pour la soirée.

« Désolée, mais si elle veut que je sois là, elle devra supporter aussi Leo », avais-je répliqué lorsque Tim s'était opposé à ce que je l'emmène. Je pensais alors qu'il s'agissait d'un simple dîner à quatre. Je n'aurais jamais laissé mon fils à une baby-sitter, et certainement pas à deux mois. Je ne voulais même pas aller dans la maison voisine. Si j'ai finalement accepté, c'était seulement pour que Robert puisse rencontrer son fils.

Le visage de Wendy valait le détour lorsqu'elle a vu Leo à sa soirée chic. Elle était manifestement furieuse que j'aie désobéi aux règles, mais elle tenait à tout prix à paraître raisonnable devant ses amis. Ils criaient déjà tous : « Surprise ! » et j'ai eu la sensation d'être agressée.

Finalement, je me suis installée sur un meuble de jardin et j'ai étalé mon kit pour bébé sur la table. Wendy n'a pas voulu photographier mon tire-lait ou mes couches, elle ne donnait que dans le beau.

J'ai donc attendu à la table, seule, en grignotant des canapés photogéniques et en attendant que le père de mon bébé se présente. Il a fini par apparaître et je l'ai appelé pour lui présenter son troisième fils.

Il est toujours là, et je ne peux m'empêcher de me demander ce qu'il pense.

— Le truc, c'est que Wendy a l'impression que nous devrions retourner en Espagne maintenant, elle croit que nous risquons beaucoup en restant ici. Elle a peur de t'en avoir trop dit et que tu te réveilles. Mais ça n'arrivera pas.

Si. Je me réveillerai, et à ce moment-là, je répéterai à la police ce qu'elle m'a raconté, et je dirai à tout le monde qui est le père de Leo. J'en ai assez de garder les secrets des autres, ils me rongent de l'intérieur.

— Oh, Jill, j'aurais aimé que les choses soient différentes.

Il prend une longue inspiration. Je le vois de mon œil mental, passant les doigts dans sa belle crinière. Il a presque cinquante ans, mais il a encore des mèches épaisses et bouclées et une silhouette de jeune homme, d'après mes souvenirs.

— Je regrette profondément ce qui s'est passé.

Oh...

— J'ai été horrifié quand tu me l'as dit ce soir-là, à la fête. J'ai honte de ma réaction ; je vous ai rejetés, le bébé et toi. Mais tu dois comprendre que je ne pouvais pas risquer de blesser Wendy et les enfants.

Il ressemble à Wendy, qui protège les siens au détriment des autres. Ils ne se soucient pas des conséquences, du moment qu'ils sont tous en sécurité. Il me semble que les sentiments et le destin des membres de la famille Jones passent toujours en premier lorsqu'il s'agit de la vie... et de la mort d'autrui.

— Toi et moi, c'était une erreur commise dans les vapeurs de l'ivresse et qui n'aurait jamais dû se produire, mais sache que je ne regretterai jamais Leo.

Les yeux me brûlent. C'est une sensation bizarre, comme lorsque Charmane y met des gouttes pour les empêcher de sécher.

— Quand tu nous as annoncé qu'il voulait être médecin, j'ai failli lâcher : « Comme son père. » Et lorsqu'il réussissait ses examens ou gagnait une médaille lors d'une journée sportive, je le savais, généralement par l'intermédiaire de Wendy, et je le félicitais en silence. Elle adorait Leo, elle n'arrêtait pas de répéter qu'il faisait partie de notre famille. Je suppose que c'était le cas.

Je pense que cela le perturbe. Il reste silencieux pendant un bon moment, au point que je me demande s'il pleure. Ressent-il la perte de notre enfant aussi profondément que moi ? Quand je me réveillerai, je l'interrogerai là-dessus.

— Je ne sais pas pourquoi je te dis ça maintenant, je n'en ai parlé à personne, mais mon secret est bien gardé avec toi. Mon Dieu, j'ai encore froid dans le dos quand je repense à la soirée où tu m'as annoncé que j'étais le père de Leo, à cette fameuse fête. Wendy s'était donné un mal de chien, elle avait créé ce bel espace avec ces belles personnes, et soudain, je t'ai vue.

Je m'en souviens parfaitement bien. Nos regards se sont croisés à travers la foule des danseurs et tu as été attiré vers moi, qui étais là, toute seule avec ton enfant. Je pensais que tu savais, qu'un instinct primitif t'avait soufflé que Leo était ton fils.

— C'était bizarre, tu n'avais pas l'air du tout à ta place, une petite femme frêle dans des vêtements sombres qui se cramponnait à son bébé, pendant que tous les autres dansaient autour d'elle, comme si elle n'était pas là. Je me souviens d'avoir marché vers toi et d'avoir pensé que tu ressemblais à un fantôme, je voulais m'assurer que tu allais bien. Je me suis penché pour te demander si tu voulais un verre et tu m'as murmuré quelque chose à l'oreille. Je t'ai demandé de répéter, je me rappelle, parce que j'avais forcément mal entendu.

Il s'arrête un instant et j'attends qu'il continue. Il y a des larmes dans sa voix lorsqu'il reprend la parole.

— « Voici Leo, tu as dit. C'est ton fils. »

Comment ai-je pu me tromper à ce point ? Ce qui signifiait tout pour moi ne voulait rien dire pour lui.

— Je savais que tu avais eu des problèmes pour tomber enceinte, mais il ne m'était jamais venu à l'esprit que ton enfant pouvait être de moi. J'avais naturellement supposé que c'était celui de Tim, puis j'ai pensé que tu t'étais servi de moi pour tomber enceinte. Voilà pourquoi j'ai été aussi... hostile.

Tu as supposé que j'avais décidé de prendre en main nos problèmes d'infertilité et que j'avais couché avec toi juste pour avoir un bébé ?

— J'ai été très soulagé quand tu as accepté de ne le dire à personne. Il fallait que ce soit notre secret.

Je chérissais « notre secret ». C'était la seule chose dont nous avions l'exclusivité, juste toi et moi... ce grand secret qui nous lierait pour toujours.

— Alors voilà le truc, déclare Robert.

J'ai toujours aimé la façon dont il utilise cette phrase, souvent avant une blague ou quelque chose de léger ou de profond. J'ai toujours attendu avec impatience ce qui suivait cette introduction, et aujourd'hui ne fait pas exception. Sauf que ce ne sera pas léger et certainement pas une blague, je le sais.

— Ce soir-là, à la fête, quand tu m'as dit que Leo était mon fils, j'ai été dévasté. Je me suis senti si mal que j'ai beaucoup bu et que je me suis confié à Marek. Je me souviens de m'être réveillé le lendemain dans un état pitoyable, non seulement parce que j'avais mis ma voisine enceinte, mais aussi parce que je l'avais dit à Marek !

La voisine. Voilà tout ce que j'ai jamais été pour lui.

— Je sais, je sais qu'il est la dernière personne à qui j'aurais dû me confier, parce que Lena et lui sont comme un satané podcast.

Pendant tout ce temps, je pensais que c'était notre secret, mais tu l'as révélé à la personne la plus contre-indiquée. Beau travail ! Et moi qui voyais Tim comme un idiot...

— Donc le lendemain matin, j'ai annoncé à Wendy que je sortais courir et je suis allé chez Marek. Que j'ai pris à part pour lui demander d'oublier ce que j'avais dit et de ne jamais le répéter à qui que ce soit, pas même à Lena. Et j'ai vraiment cru qu'il avait accédé à ma requête.

Pourquoi est-ce que je sens venir un « mais » ?

— Mais au retour de son voyage scolaire au Pays de Galles, Olivia a évoqué des problèmes entre Leo et Rory Thompson... Tu te rappelles peut-être ce gamin, reprend-il après une pause. Ce n'est pas exactement le genre de gars dont rêvent des parents pour leur fille. Alors voilà le truc : Rory se moquait de Leo, il n'arrêtait pas de sortir que Leo était le fils de son voisin, ce qu'Olivia trouvait bizarre. Elle a conclu : « Rory est juste un sale type, qui harcèle Leo par pure méchanceté. » J'ai abondé dans son sens, comme quoi c'était n'importe quoi, et aussi de la calomnie, que j'en toucherais deux mots à Rory. Elle a suggéré qu'il était peut-être jaloux à cause de la rumeur selon laquelle elle sortait avec Leo.

Je sens mon cœur battre plus vite.

— J'ai essayé de cacher mon horreur et je lui ai demandé si c'était vrai. Elle a nié et m'a assuré que Leo et elle étaient juste amis. « Il est comme mon frère, papa », a-t-elle dit, ce qui m'a fait tiquer mais m'a apaisé, pour des raisons évidentes. J'ai alors pris contact avec Rory, que j'ai rencontré, et il m'a raconté les choses étranges qui s'étaient produites lors du voyage scolaire. Nous nous sommes vus dans un café, où je l'ai averti que si je l'entendais encore une fois tenir ce genre de propos, je le poursuivrais en justice et qu'avec son casier, il finirait sa vie en prison. Oui, j'ai exagéré, mais il est tellement stupide qu'il m'a cru. Je lui ai demandé de qui il tenait ce « bobard ». Il m'a répondu que Kai, le fils de Marek, le lui avait raconté pendant leur excursion au Pays de Galles. Rory aurait trouvé juste de faire savoir à Leo ce que Kai disait de lui. Bon, j'ai de sérieux doutes concernant la compassion de ce vaurien envers Leo, je pense qu'il a plutôt cherché à se faire mousser. Rory est une brute ; il traitait Leo de fils à sa maman, qui n'avait pas d'amis parce que sa mère ne l'autorisait pas à sortir après la tombée de la nuit, ce genre de choses. Il m'a ensuite raconté que, lors du voyage scolaire, Leo avait accompagné un vieux type dans sa chambre. J'ai d'abord été choqué, mais apparemment, ce type vivait près de leur auberge de jeunesse. C'était un astronome amateur qui avait un télescope dans sa chambre.

M. Venables.

— Apparemment, Leo a raconté à ce type ce que Rory colportait à propos de son père, et le vieux a menacé de tuer Rory. J'aimerais lui serrer la main.

Il s'esclaffe.

— D'après Rory, le vieux était un peu cinglé, et pendant qu'ils traînaient tous dans sa ferme, il aurait demandé à Leo s'il pouvait voir une photo de son père. Leo lui en a montré une de Tim quand il avait à peu près son âge. Comme le cliché se trouvait sur son téléphone, le vieil homme lui a demandé de le lui envoyer. Il l'a ensuite imprimé au format A4 et l'a placé à côté du visage de Leo. À l'évidence, il cherchait à se montrer gentil, en s'efforçant de rassurer Leo. Il a ordonné à Rory d'arrêter de raconter des mensonges, parce que Leo était la copie conforme de son père.

Les événements commencent à faire étrangement sens. Deux années se sont écoulées depuis le voyage, et pendant ce temps, l'état du vieil homme s'est détérioré, mais il a gardé cette photo en s'imaginant qu'il devait s'agir de personnes de sa connaissance.

— J'ai cru que le problème était réglé, que j'avais empêché Rory d'intimider Leo et préservé notre secret. Mais quand tu m'as envoyé un texto, la veille du bal, pour m'informer que Leo et Olivia n'étaient pas seulement amis, j'ai paniqué et je suis rentré plus tôt à la maison afin de voir par moi-même et d'essayer de trouver un moyen de gérer cette situation sans que personne ne découvre la vérité. Je suis arrivé après le départ des enfants et j'ai dit à Wendy que je n'approuvais pas cette relation. J'ai dû développer un mensonge que j'avais commencé à élaborer après le voyage au Pays de Galles, lorsque j'ai pensé qu'ils risquaient de se rapprocher. J'avais raconté à Wendy que Leo se droguait ; j'espérais que cela l'effraierait et la dissuaderait de les pousser l'un vers autre. Mais lorsque je suis rentré, les choses étaient manifestement allées plus loin. J'étais en colère et elle m'a accusé d'être « comme Jill », de ne pas vouloir que « nos enfants soient ensemble ».

Le téléphone de Robert sonne et il décroche.

— Oui, j'ai retrouvé mon portefeuille. Je n'en ai pas pour longtemps. Écoute, je gère la situation, ajoute-t-il, visiblement irrité. Je m'en occupe. Je te le promets, fais-moi juste confiance, d'accord ?

Il met fin à l'appel.

— C'était Wendy, murmure-t-il. J'aurais dû le lui dire il y a des années... nous aurions dû le faire tous les deux. Le soir du bal, j'avais d'ailleurs l'intention de lui parler, mais Josh était là et il avait besoin qu'on l'emmène au pub en voiture, donc, bien malgré moi, je l'ai conduit là-bas.

À peu près au moment où j'ai vu Robert partir avec Josh, Tim a appelé pour prévenir qu'il ne pourrait pas aller les récupérer à cause d'un problème à Malvern. Je savais qu'il mentait, mais je suis partie pour le lycée. C'est alors que j'ai commis la plus grosse erreur de ma vie : j'ai envoyé un texto à Leo. Je lui ai dit de me retrouver devant son établissement, parce que j'avais quelque chose à lui dire. Je pensais faire ce qu'il fallait, parce que garder le secret plus longtemps était immoral maintenant qu'il était en âge de comprendre. Mais ce que je n'avais pas réalisé à ce moment-là, c'est que cet aveu allait déclencher une série d'événements qui conduiraient finalement à la mort de mon fils. Mais quand mon fils est-il mort, exactement, et qui l'a tué ?

36
JILL

— J'étais assis dans ma voiture devant le pub quand tu m'as appelé pour me dire que tu avais envoyé un texto à Leo, raconte Robert. Qu'il était est sorti du bal pour te retrouver et que tu lui avais tout dit. Sans préambule, tu lui as sorti que Tim n'était pas son père, que c'était l'oncle Robert.

Il le fallait, j'avais peur qu'ils tombent amoureux, tous les deux, et que les choses aillent trop loin. Si ce n'était pas déjà le cas, cela risquait fort de se produire cette nuit-là. Après mes révélations, il a pleuré, puis il m'a crié dessus, m'a fait des reproches terribles. Après quoi, il a ouvert la portière pour regagner le hall du lycée à toute allure.

— Après ton appel, je me suis inquiété pour Leo. Devinant qu'il serait dévasté, je suis parti à sa recherche. J'avais espéré qu'on n'en arriverait jamais là, mais bon, nous ne nous étions pas attendus à ce qu'ils tombent amoureux, si ? Sur le moment, j'ai été en colère contre toi, mais je comprends pourquoi tu lui as parlé. Tu as eu plus de courage que moi, Jill.

J'aurais aimé que nous nous concertions. J'aurais aimé que nous partagions ce problème. Leo serait peut-être encore avec nous, si nous en avions discuté.

— J'avais peur qu'Olivia le dise à Wendy et aux garçons, donc j'ai décidé de retrouver Leo d'abord et d'essayer de lui parler. J'ai roulé aux abords du lycée et je l'ai vu se précipiter sur le chemin de derrière, en direction des bois.

J'ignorais que Robert était sur les lieux, ce soir-là. Oh mon Dieu, tout commence à se mettre en place...

— Je m'attendais à ce qu'il soit contrarié, mais lorsque je me suis approché et que j'ai voulu refermer mes bras autour de lui, il m'a repoussé avec une telle force que j'ai failli tomber. « Va te faire foutre ! » il m'a lancé, puis il s'est mis à tâtonner par terre pour ramasser une grosse branche d'arbre.

Mon pauvre enfant. Je ne me pardonnerai jamais de lui avoir dit la vérité. Si je m'étais tue, il serait probablement en vie.

— Je voulais juste le calmer, lui dire que je l'aimais et toutes les choses que j'aurais dû lui confier avant. Je voulais qu'il sache que j'étais fier de lui et que, une fois la poussière retombée, lui et moi pourrions avoir la relation d'un père avec son fils. Qu'il avait une famille toute prête à sa disposition ; qu'il était un Jones.

Il avait déjà une famille !

— Mais il était mortifié et bouleversé par sa relation avec Olivia. Il m'a lancé que nous l'avions humilié, qu'il avait l'impression d'être notre vilain petit secret. Il a supposé que toi et moi avions eu une liaison et trahi Tim qui, à l'en croire, était son seul père. « Tu ne seras jamais mon père », il m'a dit, et ça m'a fait très mal, Jill ; sa voix était remplie de haine et de dégoût.

Mon corps me picote sous la déferlante de chagrin. J'ai l'impression de revivre cette nuit-là. Pendant qu'il était dans les bois avec Robert, je n'ai cessé d'appeler Leo, mais il ne répondait pas, donc j'ai attendu devant le lycée, supposant qu'il se trouvait toujours à l'intérieur.

— Leo était là, debout, à fulminer contre moi, à se déchaîner dans un torrent de rage, de douleur et de honte. Et à juste titre.

Donc pendant qu'il s'en prenait à moi, je me tenais là et j'encaissais. Je voulais qu'il me punisse... je le méritais.

Il pleure maintenant. Je ne sais pas si j'ai envie d'entendre la suite, mais en même temps, j'ai désespérément besoin de savoir.

— Je ne voulais pas que ça arrive, Jill. Je l'aimais comme mes autres enfants et je ne leur ferais jamais de mal. Mais il me criait dessus sans lâcher son énorme branche et soudain, je l'ai vue se diriger vers ma tête. Mon instinct a pris le dessus... J'ai simplement fait un écart pour l'éviter, mais il s'est jeté sur moi. En cherchant à l'esquiver, je lui ai fait perdre l'équilibre. Il a atterri très lourdement, Jill. J'entends encore cet horrible bruit, le choc de sa tête contre une souche. Mais avant que je puisse m'approcher de lui, j'ai vu Olivia surgir des arbres. Je n'ai pas supporté de la voir. Je ne pouvais pas expliquer la situation, je n'avais pas les idées claires, alors j'ai fait ce que je fais toujours : j'ai évité le problème et je me suis enfui.

Comme quand je t'ai annoncé que Leo était ton enfant : tu es parti travailler à l'autre bout du monde... parce que tu es un lâche.

Et cette nuit-là, dans les bois, alors même que tu savais ton fils blessé, voire mort, tu l'as abandonné. Et tu t'es enfui.

— J'imagine que Wendy t'a raconté le reste, mais bien sûr Wendy et Olivia n'ont aucune idée de ce qui s'est passé, ni de mon implication. Olivia n'a pas menti en déclarant avoir trouvé Leo dans cet état, et je ne demanderais pas mieux que de dissiper tous les doutes et d'avouer la vérité. Mais dans ce cas, je briserais le cœur de tout le monde : Olivia serait dévastée, à l'instar de Leo, les garçons ne me parleraient plus jamais et Wendy me quitterait à tous les coups. Nous serions tous anéantis. Or, en ce moment, nous sommes en train de recoller les morceaux, et ils n'ont aucune idée de ce qui s'est réellement passé, ni de ma relation avec Leo.

Il reste silencieux un moment. Je pense qu'il sanglote dans ses mains. Je sanglote moi aussi, en silence.

Cet homme, l'homme que je pensais aimer, était fait de paille, comme la belle Wendy aux pieds nus et leurs trois enfants parfaits dans cette magnifique maison – tout cela n'était que mensonge.

— Si par hasard tu m'entends, Jill, je te présente mes excuses. Wendy panique à l'idée que tu te réveilles et que tu parles à la police. Mais je sais que tu ne le feras pas.

J'ai envie de le tuer.

— Wendy et moi prenons un avion pour l'Espagne, ce soir. Nous avons acheté une villa dans des collines. Nous avons obtenu un bon prix pour notre maison dans l'impasse, j'imagine que Wendy te l'a dit : nous avons pu acquérir une très belle demeure avec piscine.

Je suis ravie pour eux : ils vont sauter dans un avion, se sortir du pétrin. Je ne peux pas le laisser partir, lui, ils ne doivent pas s'en tirer comme ça, mais je me sens aussi faible que lorsque je suis arrivée ici.

— Nous y sommes très heureux : la météo est splendide, les légumes et les fruits délicieux et frais. Nous y menons tous une vie plus saine. Nous regrettons de ne pas l'avoir fait plus tôt.

Moi aussi.

Wendy et toi, vous avez tué Leo à vous deux, et ce faisant, vous avez aussi ruiné la vie d'Olivia. Je porte ma part de responsabilité, mais je sais ce qui est bien et ce qui est mal, et je dois me réveiller, il le faut.

— Alors voilà le truc, Jill. Je n'exclus pas la possibilité que tu te réveilles. J'ai vérifié toutes tes constantes, j'ai examiné ce moniteur, mais ce qui m'a vraiment inquiété, c'est ton doigt, qui s'est agité hier. Je ne pouvais pas laisser l'infirmière voir ça : elle aurait fait venir les médecins et ils auraient été pleins de faux espoirs... Je dis « faux », parce que tu ne sortiras jamais de cet hôpital. J'ai décidé que tu n'allais pas te réveiller. Je ne peux pas te laisser gâcher nos vies. Nous sommes enfin libres et heureux, nous vivons au soleil. Tu ne nous refuserais pas ça, si ? Je vais donc injecter un petit quelque chose dans la poche de ta perfusion pour t'aider à dormir. C'est un opioïde à action lente, difficilement détectable, et étant donné l'imprévisibilité des lésions cérébrales comme les tiennes, je pense que personne ne sera surpris de te voir t'éteindre.

J'essaie d'ouvrir les yeux. À l'intérieur, je hurle.

— Charmane est partie pour la journée et les autres infirmières n'ont pas l'air de se soucier beaucoup de toi. Elles savourent le panier de chocolats que je leur ai offert tout à l'heure, pour les remercier de s'occuper de ma vieille amie et voisine. Il n'y a pas de caméras dans l'unité de soins intensifs, car on doit préserver l'intimité des patients, donc personne ne saura jamais. Tu vois, j'ai pensé à tout. Je vais m'en aller maintenant. Ce ne sera pas long et je ne veux pas être là quand l'alarme de ton moniteur sonnera. Bonne nuit, Jill.

NON ! S'il te plaît, non !

37

WENDY

Un an plus tard

Notre villa en pierre blanche située dans les collines espagnoles est un véritable paradis. Nous nous réveillons chaque matin avec le soleil et une vue spectaculaire sur les anciennes oliveraies et les collines plantées de lavande. Avec d'un côté les montagnes et des paysages vallonnés et, de l'autre, la Méditerranée scintillante, j'ai l'impression d'avoir enfin trouvé ce que je cherchais. C'est comme un autre monde.

Bien que nous soyons fin janvier, le temps est assez doux ici pour que nous petit-déjeunions ensemble tous les matins, sous une voûte de citronniers. Le soir, nous mangeons dehors sur notre terrasse, et il m'arrive de flâner tranquillement dans le petit village animé, au pied de la colline, avant de boire un verre et de déguster des tapas avec nos nouveaux amis.

Josh nous a rejoints en Espagne, après avoir eu quelques problèmes avec un groupe douteux, à l'école de médecine, qui appréciait apparemment davantage les drogues que les cours. Bien que nullement impliqué dans la revente de drogue, Josh s'est vu prié de quitter l'université et menacé de poursuites judiciaires s'il ne se pliait pas à cette injonction. Il n'a absolument rien à voir avec la cargaison de kétamine retrouvée cachée dans sa résidence universitaire : comme il l'a dit lui-même, il est évident qu'il a été piégé.

J'ai donc pris le premier avion pour le Royaume-Uni, je les ai rapatriés, ses affaires et lui, et il vit maintenant avec nous, de même que Freddie, notre deuxième, venu s'établir ici avec moi après ses examens. Aujourd'hui, toute la famille de nouveau réunie vit en Espagne. À part Robert, bien sûr. Je n'aime pas en parler. Je n'allais pas non plus aborder le sujet avec mes amis d'ici, jusqu'à ce que le plus grand site d'information espagnol publie malheureusement ceci... disponible dans le monde entier, et en anglais aussi par-dessus le marché.

EL PAIS

Un médecin a été condamné aujourd'hui pour avoir « injecté un produit » dans une poche d'intraveineuse, ce qui a failli entraîner la mort d'une patiente dont il ne s'occupait pas. Le Dr Robert Jones, originaire de Worcester au Royaume-Uni, rendait visite à Jill Wilson, une ancienne voisine et amie de longue date, dans le service de soins intensifs de l'hôpital de Cardiff lorsqu'il a commis son crime.

Le Dr Jones, 52 ans, et sa femme Wendy Jones, 49 ans, se sont installés en Espagne il y a deux ans pour y commencer une nouvelle vie avec leurs trois enfants. En janvier de l'année dernière, Wendy Jones est retournée au Royaume-Uni pour passer un week-end au Pays de Galles avec son ancienne voisine, Jill Wilson, 50 ans, qui a fait une chute lors d'une randonnée pendant ce séjour et subi un traumatisme crânien. Mme Wilson a été transportée par hélicoptère à l'hôpital où elle est restée dans le coma pendant près de trois mois avant que Jones ne tente de lui administrer ce qui aurait pu être une dose mortelle d'opioïdes via sa perfusion.

Heureusement, Charmane Oke, 54 ans, infirmière en chef de l'unité de soins intensifs, qui venait retrouver une amie à l'hôpital pendant son jour de congé, est passée voir Mme Wilson puisqu'elle était sur place. Au cours de sa visite, elle a trouvé étrange que le Dr Jones quitte la salle des fournitures médicales avec un sac et a immédiatement alerté son responsable, qui a contacté la police.

« Il avait un comportement suspect et quelque chose me soufflait qu'il mijotait un sale coup », a raconté Charmane, qui travaille à l'hôpital depuis vingt-deux ans.

« J'ai gardé un œil sur le Dr Jones pendant sa visite et je l'ai entendu dire à Mme Wilson qu'elle ne se réveillerait pas, parce qu'il allait injecter des opioïdes dans sa poche de perfusion. Il était d'ailleurs sur le point de remettre la poche en place. »

À ce moment-là, l'infirmière, qui a fait preuve d'une grande présence d'esprit, s'est immédiatement précipitée pour demander de l'aide.

« J'ai retiré la poche juste à temps, pendant que mes collègues immobilisaient Robert Jones au sol jusqu'à l'arrivée de la police », a-t-elle déclaré.

L'infirmière Oke avait déjà fait part de ses inquiétudes à ses collègues lorsqu'elle avait entendu les conversations du Dr Jones et de sa femme avec la victime.

« Ils avaient été voisins, mais des problèmes avaient surgi au fil des ans », a expliqué Charmane, qui est toujours en contact avec Mme Wilson, aujourd'hui en sécurité et en bonne santé au Royaume-Uni.

L'inspecteur John Jenkins, qui a dirigé l'enquête, a précisé : « La terreur que Jones a infligée à cette femme vulnérable révèle une nature profondément dangereuse et

*calculatrice. Il s'agit d'un crime d'autant plus choquant
que cet homme était médecin. »*
*La carrière médicale de Robert Jones s'est étalée sur
vingt-cinq années, au cours desquels il a travaillé pour
Médecins sans frontières dans des pays en guerre et en
conflit.*
*Il a été condamné à la prison à vie avec une peine de
sûreté de vingt ans.*

Qui aurait pu imaginer que mon mari, médecin, se retrouverait aujourd'hui en prison pour tentative de meurtre ? J'ai d'abord refusé de croire qu'il ait seulement pu envisager une chose pareille, mais il y avait des témoins. Et quand j'ai découvert que Leo était son... que Robert et Jill avaient... eh bien, cela m'a anéantie pendant un certain temps. Je ne le lui pardonnerai jamais. Jamais.

Heureusement, mes nouveaux amis m'ont soutenue et, sans eux, je ne suis pas sûre que je serais encore là. Et puis j'ai mes nouveaux fans... Bien sûr, j'exagère un peu, n'empêche que ma boîte de réception est pleine depuis que j'ai participé à *Mon mari, ce tueur*, une émission télévisée locale consacrée aux *true crimes*. Je suis devenue une véritable célébrité et des admirateurs masculins se faufilent toujours dans ma messagerie instantanée.

Vivre ici, c'est guérir en famille, et je me sens honnêtement plus heureuse et plus épanouie que je ne l'ai été depuis longtemps. Les enfants sont ici avec moi en Espagne, les garçons prennent quelques années sans travail ni études afin de voyager, mais ils veulent d'abord monter un groupe et tourner en Espagne pendant un certain temps. Ils ont besoin de temps et d'espace pour se détendre et décompresser : ce sont des âmes créatives qui ont eu des problèmes mais qui, je l'espère, s'en sortiront. Nous avons tous eu beaucoup de choses à gérer et, même si une année a passé, j'ai encore du mal à me remettre de ce terrible week-end avec Jill. Oui, elle a tenté de me tuer, mais elle était désorientée ; le chagrin lui avait brouillé l'esprit.

La pauvre Jill n'avait plus beaucoup de raisons de vivre après la mort de Leo et le départ de Tim. Ce long week-end au Pays de Galles a été doux-amer, et pas le voyage nostalgique entre filles que j'avais envisagé, où nous aurions revécu le passé et parlé du bon vieux temps autour de quelques verres. Jill avait changé ; elle était plus tendue et à cran que jamais. Je connais maintenant la raison de son anxiété. Mon ancienne amie et voisine projetait de me tuer sous les étoiles, le dimanche soir. C'était le but de ces prétendues retrouvailles !

Bien sûr, le plus grand choc a été de découvrir la filiation de Leo. J'ai été dévastée, tout comme les enfants, et je n'ai pas pu me résoudre à parler à Robert ou à Jill pendant longtemps. Mais Robert m'a suppliée de venir le voir et j'ai finalement accepté de m'entretenir avec lui lors d'une visite surveillée en prison, au cours de laquelle il a décrit ce qu'il avait fait comme un acte de bonté. « Jill voulait tellement un bébé ; elle avait subi de nombreux traitements, sans succès. Elle m'a supplié de lui donner un bébé. Je voulais la voir heureuse, lui offrir le plus beau cadeau qu'un homme puisse faire à une femme. »

J'ai eu envie de vomir : quel menteur pompeux et imbu de sa personne que mon mari ! Et comment avait-il pu laisser son fils biologique se vider de son sang sur le sol et s'enfuir ? Cela revient à ajouter « lâche » à cette liste de traits de caractère. Le lendemain, j'ai donc écrit une longue lettre pour dire à Jill que je lui pardonnais.

Celle-ci m'a répondu qu'il s'était agi d'un coup d'un soir qu'ils avaient tous les deux regretté, et que non, elle ne lui avait pas demandé de lui faire un enfant. « J'ai été aussi surprise que tout le monde de découvrir que j'étais enceinte, a-t-elle écrit. Et même si j'aurais préféré que cette partie de jambes en l'air n'arrive jamais, j'en suis quand même heureuse, parce que j'ai eu Leo et qu'il a fait de moi une mère. »

J'ai pleuré en lisant ces mots. Je n'exclus pas que Jill ait pu avoir un petit béguin pour Robert, mais ce n'était pas réciproque : elle a mal interprété les attentions charmeuses de celui qui ne va pas tarder à être mon ex-mari, elle y a vu quelque chose de plus significatif. « Je vois la façon dont Jill te regarde, avais-je coutume de le taquiner. Elle a très certainement un faible pour le docteur Robert ! »

L'ironie de la chose, c'est que pendant qu'elle nous accusait, Tim et moi, d'avoir une liaison secrète, elle-même avait des vues sur mon mari et portait son bébé ! Elle faisait fausse route, en l'occurrence : je n'étais pas intéressée par son mari, Tim n'a jamais été mon type. C'était un homme-enfant, buveur de bière et coureur de jupons, incapable de s'occuper de sa propre femme, et encore moins de celle d'un autre. Non, je n'avais d'yeux que pour le grand, brun et beau Marek : pendant toutes ces années où mon mari était absent, c'est lui qui s'est occupé de moi, dans la chambre à coucher.

À propos de Tim, j'ai reçu il y a peu un appel de quelqu'un qui essayait de le localiser. Apparemment, sa nouvelle compagne a signalé sa disparition. Je n'ai pas pu m'en empêcher, j'ai ri à gorge déployée. « Cela ne me surprend pas du tout, j'ai répondu. Il n'a pas disparu, il est parti vivre en Australie avec une autre femme. J'ai parlé à Jill, son ex-femme, la semaine dernière. Apparemment, il vit sur la Gold Coast. Il est du genre à papillonner ; vous devriez l'imiter, au lieu de perdre votre temps à vous morfondre à cause de lui. »

Je ne sais pas comment ni pourquoi Jill l'a supporté si longtemps. Il l'a couverte de ridicule, mais elle était tellement folle de Leo (et probablement de Robert) qu'il s'en est tiré à bon compte. Il suffisait à Tim de déposer Leo à l'école pour quitter la cour de récréation avec le numéro de téléphone de la mère d'un de ses petits camarades. Et entre ses aventures, il a couché par intermittence avec Lena, la femme de Marek, tout au long de son mariage. Marek n'y voyait pas d'inconvénient, cela nous permettait de passer plus de temps ensemble. Je me demande souvent si je n'ai pas épousé la mauvaise personne, vécu la mauvaise vie. Peut-être nous sommes-nous tous fourvoyés ? Marek me manque, mais après la mort de Leo, nous nous sommes repliés dans nos bunkers respectifs. La vie telle que nous la connaissions s'est arrêtée cette nuit-là.

Parfois, lorsque les souvenirs me submergent, je m'allonge sur le sol de ma belle villa blanche, le dos sur le marbre froid, et je me repasse le film des années : jeunes mariés, nouvelles maisons, conjoints de fraîche date, nouveaux horizons, arbrisseaux qui se balancent dans le jardin. Les amitiés nouées sur le pas d'une porte, les discussions par-dessus les clôtures, les apéros dans le patio, puis les bébés, les nuits sans sommeil et les dîners chaleureux. Mais je reviens toujours à Leo ou Olivia et les ténèbres s'installent, parce qu'en fin de compte, tout se résume à ces deux bébés allongés sur un tapis dans le jardin. J'essaie donc d'éviter ces images et de me tourner vers les interminables étés au parc, à la plage, au bord de la rivière. *La rivière qu'ils ont draguée pour trouver son corps.* Et je marche dans l'obscurité, jusqu'à la clairière où j'entends ses cris, et elle est là, Olivia, debout dans un bois d'arbres mourants, serrant le corps de Leo, sa robe de bal bleu poudré tachée du sang de son frère.

38

WENDY

Ma tentative pour « épargner » à ma fille une accusation de meurtre s'est soldée par un échec catastrophique. Plus de deux ans après, elle ne s'est toujours pas remise de cette nuit où nous avons déplacé le corps de Leo. Elle est physiquement avec nous en Espagne, mais son esprit est ailleurs.

Olivia n'est pas venue en Espagne pour s'amuser ou voyager, comme je l'ai déclaré à Jill. Elle y a été emmenée par Robert, tandis que je suis restée pour effectuer mon préavis avant ma démission et attendre que Freddie passe ses derniers examens à l'université. Nous devions simplement l'éloigner de Lavender Close et du Royaume-Uni. Lorsque Robert est revenu, pendant le séjour de Jill à l'hôpital, il l'a laissée ici sous la supervision de Josh, qui a dû l'enfermer dans sa chambre presque tous les soirs pour l'empêcher de s'enfuir.

Nous avons pris la décision de l'amener ici après qu'elle avait menacé d'aller trouver la police pour raconter que nous avions jeté le corps dans la rivière. Cela nous aurait causé du tort sans servir à rien : l'affaire était pratiquement close et tout le monde avait repris le cours de sa vie. Cette déclaration à la police aurait au mieux perturbé le cours des choses et, au pire, nous aurait valu une peine de prison, à Olivia et à moi.

Jill a changé tout cela, bien sûr, ainsi que l'infirmière Oke, qui a dû passer plus de temps à écouter les conversations que Robert et moi avions avec sa patiente plutôt qu'à s'acquitter de ses tâches médicales. Elle est maintenant considérée comme une héroïne parce qu'elle a rapporté à la police tout ce qu'elle avait entendu. Robert a été arrêté sur-le-champ, et Olivia et moi avons été interrogées peu après.

Juste après l'audience de Robert, Olivia et moi sommes passées au tribunal, nous aussi.

Je suis heureuse que les tribunaux aient été plus cléments avec nous, mais comme nous n'avons pas tué Leo, il est sans doute normal que nous ne soyons condamnées qu'à des peines avec sursis. Une fois de plus, le site en ligne du journal *El Pais* a eu la gentillesse de rendre compte de tous ces fichus événements, de sorte que mes nouveaux amis ont pu se repaître des faits et que je n'avais plus nulle part où me cacher.

La mère et la fille qui ont jeté le corps du jeune garçon dans la rivière écopent de peines avec sursis

L'ancienne sage-femme Wendy Jones, 50 ans, et sa fille, Olivia Jones, 18 ans, ont été condamnées aujourd'hui à des peines de prison avec sursis pour avoir entravé le cours de la justice en dissimulant la mort de Leo Wilson, 16 ans, et en faisant disparaître son corps.
La mère et la fille ont jeté le corps du jeune homme dans une rivière pour tenter de détourner les soupçons de leur implication potentielle dans sa mort, survenue au cours d'un bal de fin d'année auquel assistaient les deux adolescents.
La police a été alertée lorsque Charmane Oke, infirmière

*en chef de l'unité de soins intensifs, s'est inquiétée du
caractère suspect de cette mort, après avoir entendu les
propos que cette mère de trois enfants ainsi que son mari,
le Dr Robert Jones, tenaient à Jill Wilson, alors patiente
de l'hôpital.*

*S'exprimant après la condamnation, l'inspectrice Emma
Hoxton a déclaré que la décision du couple de ne pas
chercher à prodiguer des soins médicaux au jeune
homme puis de déplacer le corps était un « acte cruel et
dénué d'empathie ».*

*Mme Jones a été condamnée à quatre ans de prison avec
sursis, tandis que le verdict de sa fille, Olivia Jones, ne
sera rendu que dans un mois, dans l'attente de l'expertise
psychiatrique.*

Je n'avais pas été honnête avec Jill : il m'était plus facile de
raconter que Robert m'avait quittée et que nous nous séparions
plutôt que de lui avouer la vérité. Je ne voulais pas qu'elle sache
que nous emmenions Olivia hors du pays, car cela aurait fonctionné comme un signal d'alarme pour elle, et je ne voulais pas
non plus qu'elle apprenne ce qui était arrivé à Olivia, après
cette nuit-là. Je devais brouiller les pistes et, comme elle
semblait prendre plaisir à l'idée que mon mariage échoue et que
Robert m'abandonne, j'ai opté pour cette version des faits.

Nous pensions qu'après quelques mois de thérapie et de
temps passé auprès de son père, Olivia reprendrait ses esprits et
accepterait de ne pas contacter la police et de ne parler à
personne de ce corps que nous avions déplacé. Sauf qu'elle n'a
pas repris ses esprits. Elle a cessé de parler, de manger et... ça
me brise le cœur de voir ce qu'elle est devenue.

Jill avait l'habitude de critiquer Olivia, qu'elle jugeait trop
bruyante, de condamner ses tatouages en forme de cœur, ses
jupes courtes et ses mauvais choix. Je m'en inquiétais moi aussi,
mais à présent, je donnerais n'importe quoi pour retrouver cette

fille bruyante, désordonnée et fougueuse, parce que c'est ce qu'elle était.

Mais Olivia n'est plus la même. Ma fille a été changée par tous ces événements. On dirait que son esprit a sombré dans les ténèbres, qu'elle a glissé dessous et que nous ne pouvons plus l'atteindre. Nous vivons dans une belle villa à flanc de montagne ; la vue est à couper souffle, les promenades sont magnifiques, la vie est belle, pourtant ma fille passe ses journées à fixer le vide.

Je l'ai amenée en consultation chez des médecins, des psychiatres, des psychologues, des acupuncteurs. Du consensus général, il ressort qu'elle souffre d'une réaction aiguë au stress. C'est une réponse psychologique à un événement traumatisant, comme si une clé avait été tournée cette nuit-là : elle s'est enfermée dans son esprit et dans son corps, désormais inaccessible tant mentalement que physiquement.

J'ai informé les professionnels de santé de l'impact que la mort de Leo avait eu sur Olivia, mais je ne peux me résoudre à évoquer notre transport du corps, les éclaboussures qui ont jailli lorsqu'il a atterri dans l'eau, les conséquences terribles provoquées par la nécessité de taire cet affreux secret. Je fais des cauchemars ; des images et des sons du quotidien sont susceptibles de déclencher des crises de panique chez moi, comme hier, lorsque j'ai vu un adolescent dans un café qui m'a immédiatement fait penser à Leo. J'étais assise, en train de boire un café et j'ai senti le poids de son corps dans mes bras, entendu les gémissements de ma fille. Vu son visage à la lumière de la torche, les taches de sang sur sa robe, et la peur dans ses yeux qui reflétait la mienne.

Je m'efforce de rassurer Olivia, mais c'est difficile, parce que quand j'essaie de lui dire qu'elle est quelqu'un de bien et que les gens bien commettent parfois des erreurs, elle ne réagit pas. Je me demande si j'aurais dû la laisser agir comme elle le voulait, ce soir-là : appeler la police et tenter sa chance. J'ai toujours affirmé que les enfants devaient être libres de suivre leur instinct. Mais ce soir-là, mon instinct maternel s'est réveillé et m'a poussée à intervenir, pour arranger les choses. Je l'ai donc obligée à déplacer ce corps et à garder le secret. Mais en éliminant un problème, j'en ai créé un autre, et ce nouveau problème est bien pire.

On m'a conseillé de veiller à sa sécurité et de structurer ses journées afin qu'avec un peu de chance, elle finisse par s'en sortir. Aussi est-ce ce que je fais, secondée par mes fils. Josh joue au basket avec elle dans le patio et Freddie l'accompagne dans de longues promenades. Il dit que son silence est difficile à supporter, mais il continue à lui parler, en espérant faire naître un sourire ou appeler un mot de sa part... Ironie du sort, c'est précisément la méthode qui a fonctionné avec Jill.

Il y a des bons et des mauvais jours, et nous espérons une guérison, mais sans aucune certitude de réussite. Nous nous réjouissons des rares moments où elle croise nos regards, ou s'empare d'une canette de Coca-Cola dans le réfrigérateur. Mais l'autre nuit, je me suis réveillée en sursaut, consciente d'une présence dans la chambre. C'est seulement lorsque mes yeux se sont habitués à l'obscurité que j'ai vu une silhouette bouger dans le coin de la pièce : j'ai alors réalisé que c'était Olivia, immobile, qui me regardait sans bruit depuis la pénombre.

J'ai frissonné, car cette personne qui vit à nos côtés, cette spectatrice qui regarde et attend, ce n'est pas ma fille. C'est une inconnue qui évolue dans l'ombre de nos vies. J'ai l'impression que la dernière fois où j'ai vraiment vu ma fille, c'était un soir d'été, il y a plus de deux ans. Elle agitait la main depuis la banquette de la limousine qui allait l'emmener au bal de fin de lycée. Je n'ai pas revu cette jeune fille depuis, elle me manque et je voudrais qu'elle rentre à la maison.

Aujourd'hui, je suis dans le jardin en train de planter des bulbes pour le printemps, et en levant les yeux, je la vois debout près de la fenêtre. Nos regards se croisent et, à ma grande joie, elle sourit en signe de reconnaissance, pour la première fois depuis cette terrible nuit. Mon cœur est submergé de bonheur et j'ose enfin espérer. Ce n'est rien du tout, pourtant, pour moi, c'est un pas de géant ; je ne prendrai plus jamais son sourire comme acquis.

Mon enfant n'a rien fait de mal, mais les adultes autour d'elle n'ont pas été à la hauteur. Son père a laissé Leo mourir, puis sa mère l'a forcée à déplacer un cadavre. En essayant de la sauver, je l'ai perdue. Alors quand elle lève la main pour l'agiter à mon intention, je lui réponds de même, les larmes aux yeux. J'ai l'impression que ma fille est enfin rentrée du bal.

ÉPILOGUE
JILL

À la fin de l'été 2005, ma troisième grossesse s'est soldée par une fausse couche. J'étais dévastée. Je désirais un bébé plus que tout au monde, mais les examens approfondis que la spécialiste m'a fait passer n'ont rien montré d'anormal.

« Je pense que pour aller au fond du problème, nous devons maintenant nous pencher sur le cas de votre mari, a-t-elle déclaré. Les fausses couches et les échecs de conception peuvent être dus à un ADN endommagé dans le sperme ou à une anomalie chromosomique. Cela peut même provenir de l'hygiène de vie : alcool, cigarette. Mais nous savons gérer ces difficultés-là, elles peuvent être traitées, a-t-elle ajouté. Une petite opération, quelques tests, arrêter de boire, de fumer... »

J'étais ravie. À l'instar de Tim, j'avais reproché à mon corps de ne pas être capable de porter les enfants que nous avions conçus, mais l'idée que ce n'était peut-être pas moi la fautive m'a redonné espoir. Je suis rentrée à la maison ce jour-là avec le sentiment qu'une autre porte s'était ouverte, et qu'après tout, nous pourrions être comme les autres et avoir des enfants.

Mais mon optimisme et mon bonheur ont vite été douchés par le refus catégorique de Tim, qui n'a même pas accepté de se soumettre aux premiers tests. « Je ne suis pas stérile, je refuse de renoncer à la bière et de subir des opérations et des tests médicaux invasifs pour qu'on me dise que tout va bien chez moi. »

J'aurais dû savoir qu'il appartenait à ces hommes qui considéraient l'infertilité comme un déni de leur virilité. Et aucune supplication, aucune larme au monde n'y ont rien changé : il s'est empressé de mettre fin à la conversation.

Quelques mois plus tard, voyant que j'avais un retard de règles, j'ai fait un test : positif. J'étais à fois effrayée et aux anges. Que se passerait-il si je perdais ce bébé-là, mais surtout si je ne le perdais pas ?

Je voyais enfin une petite lueur d'espoir dans les ténèbres. Pour faire écho à la minuscule graine d'espoir qui m'habitait désormais, j'ai planté un tout petit pommier. Mes hormones de grossesse, en pleine ébullition, avaient besoin d'être nourries. Je me suis dit que si cela ne marchait pas, j'aurais au moins des pommes l'été suivant.

Le jeune pommier me faisait penser à un faon aux pattes grêles. Il avait l'air si vulnérable que je craignais de le voir se briser sous le vent. Je l'ai donc fixé à un tuteur avec du ruban adhésif et je l'ai vérifié tous les jours.

Puis, quand le sang a coulé, annonçant la fausse couche, je suis sortie dans le jardin et je me suis assise près de mon petit pommier.

Cela s'est reproduit à plusieurs reprises et, chaque fois, j'ai canalisé mon chagrin en apprenant à faire pousser l'arbre, à pailler les racines et à le nourrir régulièrement, en vérifiant la terre pour s'assurer que les conditions étaient optimales. J'ai nourri cet arbre comme j'aurais nourri l'enfant que je brûlais d'avoir. Il m'a aidé à combler le vide de mon désir.

Des années plus tard, mon fils nouveau-né dans les bras, je m'asseyais sous ce pommier, je le berçais et lui répétais combien il était précieux pour moi. Mon bonheur était total. J'étais simplement heureuse que Tim soit nul en calcul, car je savais que Leo n'était pas de lui.

Ce pommier fait partie de ma vie depuis près de vingt ans. Il a survécu à mon unique enfant et me survivra probablement. Je lui suis reconnaissante de sa beauté au printemps, de son ombre en été, de ses feuilles rousses en automne et de ses branches couvertes de givre en hiver.

Tim voulait l'abattre pour construire une salle de sport. « C'est l'arbre de Leo, voyons », ai-je protesté, horrifiée qu'il ne s'en souvienne pas, mais l'avait-il jamais su ? M'avait-il seulement écoutée ? S'en souciait-il ?

Après plusieurs disputes, je lui ai suggéré de construire sa salle de sport à côté de l'arbre et il a fini par accepter. Un peu grognon, il a commencé à creuser un trou dans le jardin pour y couler les fondations de sa salle de sport. C'était au début de l'automne, et au mois de janvier suivant, comme c'est souvent le cas avec Tim, il a abandonné l'idée, et nous nous sommes retrouvés avec un énorme trou d'environ un mètre de profondeur en plein milieu de la pelouse.

Au début, je l'ai harcelé, je me suis plainte et je lui ai demandé de mener à bien son projet de construction ou de combler la fosse. Mais j'ai fini par renoncer, simplement heureuse d'avoir sauvé l'arbre, car à sa manière, ce pommier a été un ami pour moi, toujours présent, fiable et solide, contrairement à mon mari.

Puis un jour, j'ai décidé de combler moi-même la cavité béante et je me suis attelée à la tâche avec ma pelle, mais en cours de route, j'ai eu une idée. Quelques jours plus tôt, Lena m'avait confié qu'une rumeur courait, selon laquelle Tim avait l'intention de me quitter, et la nouvelle m'a fait réfléchir.

Vous vous rappelez peut-être que lorsqu'il m'a annoncé sa décision d'aller vivre avec Angela, je lui ai suggéré de rester une nuit de plus ?

« Écoute, tu sais quoi ? Pourquoi tu ne resterais pas juste ce soir ? ai-je proposé. Je nous préparerai un bon dîner, on boira notre vin préféré. Une nuit de plus ensemble, et on se dit au revoir ? »

Bien sûr, il a accepté. Pourquoi aurait-il refusé ?

« Ça me semble parfait », a-t-il répondu, trompant, de ce fait sa nouvelle petite amie, qui attendait patiemment qu'il largue sa vieille épouse.

Ce soir-là, j'ai donc préparé un repas mémorable : deux délicieuses tourtes au poulet maison, l'une agrémentée d'origan, l'autre d'une grande quantité de somnifères qu'on m'avait prescrits, écrasés au pilon dans un mortier avec de l'ail et du sel. « Tu détestes l'origan, donc je n'en ai pas mis dans la tienne, lui ai-je expliqué. J'ai fait une petite fleur en pâtisserie sur le mien, afin qu'on puisse les distinguer. Il ne faudrait pas que tu t'empoisonnes à l'origan », ai-je plaisanté en levant les yeux au ciel. Il détestait tellement l'origan qu'il aurait fait toute une histoire s'il y en avait eu dans son assiette. Il était loin de se douter qu'il allait ingérer bien pire qu'une herbe aromatique ce soir-là. Pendant qu'il dégustait ma pâte brisée et ma délicieuse sauce, il m'a fait – amabilité inhabituelle de sa part – des compliments sur le repas. Mais comme il pensait n'être plus tenu qu'à une soirée de gentillesse à mon endroit, il a limité drastiquement ses critiques.

Une fois le repas terminé, j'ai vérifié l'heure à ma montre, et quand il a commencé à pâlir et à transpirer un peu, j'ai dit : « Tu pourrais faire une dernière chose pour moi avant de partir ? J'aimerais bien que tu déplaces les planches de bois que tu as entassées dans le garage, celles que tu comptais utiliser pour construire ta salle de gym ? »

Il a affiché un air un peu penaud. « Oui, il n'est pas exclu que je les emporte un jour. Angela fait de la musculation. On a pensé construire la salle de sport dans son jardin, finalement.

— Super, ai-je répliqué. Mais j'aimerais bien que tu les déplaces sur le côté, parce que je ne peux pas entrer dans le garage et je n'arrive pas à les soulever. » Bien sûr que si, j'en étais tout à fait capable. Je faisais de la musculation depuis des années. J'étais probablement en mesure de soulever des poids plus lourds que lui, sans qu'il l'ait jamais remarqué.

Il ne se sentait pas très bien, c'était évident, mais j'ai insisté : « Je voudrais que tu les déplaces ce soir. Demain, tu oublieras et tu partiras. Je tiens à rentrer ma voiture dans le garage. Vu que tu ne seras plus là, elle a plus de risques d'être volée », ai-je ajouté, comme si sa présence masculine était si impressionnante qu'elle suffisait à dissuader les voleurs.

Son ego soigneusement brossé, il a accepté à contrecœur et nous sommes sortis tous les deux dans la nuit froide et sombre. En chemin vers le garage, je me suis approchée du gigantesque trou béant au milieu de la pelouse et j'ai allumé ma torche. « Qu'est-ce que c'est que ça ? » me suis-je écriée. Il s'est aussitôt approché, le torse bombé, mon chevalier en armure étincelante.

Même pas en rêve.

« Quoi ? Je ne vois rien. » Il avait l'air anxieux, confus, et quand il s'est saisi de mon téléphone pour utiliser la torche, j'ai remarqué que ses mains tremblaient. Parfait.

« Ça va, Tim ? ai-je demandé en reprenant mon téléphone alors qu'il se tenait là, hébété.

— Bof... je ne me sens pas super, a-t-il répondu en titubant aux abords du trou, près de mon arbre.

— Attention », lui ai-je conseillé en faisant semblant de vouloir l'atteindre.

Mais je me suis ensuite déplacée discrètement derrière lui et j'ai ramassé la lourde pelle. Il chancelait maintenant, au ras du bord, ce qui servait bien mon dessein, et je me suis cramponnée à mon outil pour me donner du courage. Prenant une grande inspiration, j'ai voulu soulever la pelle, puis j'ai perdu mon sang-froid et je l'ai laissé tomber. Incapable d'aller jusqu'au bout, je me suis détournée et j'ai commencé à regagner lentement la maison.

« Jill ! a-t-il lancé. Où tu vas, putain ? Je ne vais pas faire ça tout seul. » Sa voix était pâteuse. « Espèce de feignasse », a-t-il marmonné. Et il n'en a pas fallu davantage. J'ai décidé en cette seconde qu'il ne me parlerait plus jamais comme ça, ni lui, ni qui que ce soit d'autre. Faisant demi-tour, j'ai ramassé la pelle. Pendant que je me dirigeais vers lui dans l'obscurité, je me suis souvenue de toutes les fois où il n'était pas rentré, des anniversaires de mariage que j'avais passés seule, de l'odeur du parfum d'autres femmes, de toutes les nuits où il avait choisi une autre que moi. Et comme j'étais beaucoup plus forte qu'il ne l'avait imaginé, j'ai levé cette pelle et, juste au moment où il m'a vue, je la lui ai abattue sur la tête. Il n'en a pas fallu plus pour qu'il tombe en gémissant dans la tombe qu'il s'était creusée sans s'en rendre compte.

Après quoi, je me suis mise au travail et, munie de la même pelle, j'ai rejeté toute la terre dans le trou, sur lui. Il faisait nuit, le jardin est dissimulé aux regards extérieurs et, à l'époque, avant mon accident, j'étais très en forme et très habile dans le maniement d'un outil de jardin.

Une semaine plus tard, quand j'ai eu la certitude qu'il ne sortirait pas de terre et que j'étais en sécurité, je suis partie pour le Pays de Galles. Encouragée par mon succès dans le jardin avec Tim, j'ai organisé notre week-end entre filles, où j'espérais venger la mort de mon fils en poussant une Wendy pompette du haut d'une colline. Mais il me semble finalement que ce premier succès avec Tim a plutôt relevé de la chance du débutant, en tout cas ça n'a pas fonctionné une deuxième fois avec Wendy. Heureusement, personne n'a soupçonné que j'avais essayé de la tuer, sauf elle, bien sûr. Mais elle a eu assez à faire lorsque l'infirmière Oke a révélé au monde entier leurs méfaits, à Olivia, Robert et elle. Par conséquent, elle a renoncé à s'en prendre à moi.

J'étais partie au Pays de Galles en janvier, avec l'intention de m'absenter un week-end, mais je ne suis rentrée chez moi qu'en mars après avoir passé près de trois mois à l'hôpital. Dire que j'ai été soulagée de retrouver le jardin tel que je l'avais laissé est un euphémisme. Le sol s'est joliment tassé, il y a même un peu d'herbe qui pousse dessus maintenant, et quand Lena m'a demandé pourquoi j'avais comblé ce grand trou, je lui ai expliqué que j'avais l'intention d'aménager un potager. « Je croyais que Tim voulait construire une salle de sport, s'est-elle étonnée.

— Oui, mais comme il ne va pas revenir, la maison est à moi, et c'est à moi d'en décider maintenant », ai-je répondu. Puis j'ai inventé à mon mari cette histoire de nouvelle vie sur la Gold Coast avec une énième conquête. Personne ne cherchera Tim de sitôt.

Cela fait plus de deux ans que j'ai perdu Leo, mais je me sens proche de lui ici, et le matin, j'emporte souvent ma tasse de thé dans le jardin pour m'asseoir près de l'arbre et lui parler.

Ce matin, le temps est frais mais ensoleillé, et je passe mes doigts le long de l'écorce, admirant les petites grappes rose pâle de fleurs odorantes, disséminées sur les branches et le sol comme des confettis. Plus tard, la chaleur de l'été m'apportera des pommes pour les crumbles et les confitures, et mon arbre regorgera d'espoir, de fruits et de vie, parce que j'ai planté cette graine avec tout mon amour.

J'ai perdu mon père à l'âge de six ans, et c'est la perte la plus douloureuse que j'aie jamais subie, jusqu'à ce que je perde ma mère, puis mes bébés, et enfin Leo. Chacune de ces pertes m'a privée d'une partie de moi, de ce que j'étais et de ce que je suis. Aujourd'hui, je suis une personne assez différente, façonnée par le deuil. Mais ici, dans le jardin, je peux parler à papa et maman, à mes bébés et à Leo – même à Tim, qui a essayé de me quitter, mais que je ne pouvais laisser partir. Il est donc resté ici et, au bout de vingt-cinq ans, mon mariage m'apporte enfin la sécurité à laquelle j'aspire. Je sais exactement où il est chaque nuit, ce mari fidèle que j'ai toujours souhaité.

Ce soir, je me tiendrai près du pommier, je lèverai les yeux vers le ciel et je verrai une multitude d'étoiles scintiller sous la voûte céleste. La constellation du Lion. Quand le vent fait bruisser ses feuilles et ses branches, j'entends sa voix, et quand le soleil passe à travers, je vois son sourire. Je souris alors moi aussi, car je sais que, pendant seize ans, j'ai été la maman la plus chanceuse du monde.

UNE LETTRE DE SUE

Merci beaucoup d'avoir choisi de lire *Épouse, mère, menteuse*. Si vous avez aimé ce livre et que vous souhaitez être tenu·e au courant de mes dernières parutions, il vous suffit de vous inscrire en cliquant sur le lien ci-dessous. Votre adresse électronique ne sera jamais communiquée et vous pourrez vous désinscrire à tout moment.

france.bookouture.com/subscribe/

J'ai toujours voulu aller observer les étoiles, et récemment, j'ai eu l'occasion de me tenir une nuit au sommet d'une colline, dans une réserve de ciel étoilé où l'absence de pollution lumineuse transforme la voûte céleste en une nuit de la Saint-Jean. Il y avait plus d'étoiles que de ciel, éparpillées, scintillantes, filantes... C'était complètement irréel. Nous étions seuls dans un paysage isolé, très sombre, sans personne à des kilomètres à la ronde. Le ciel était spécial, à couper le souffle, mais en tant qu'autrice de thrillers, j'y ai aussi vu un potentiel : le genre de ciel qui ne demande qu'à servir de toile de fond à un meurtre. Alors, pendant que je regardais ces étoiles, l'histoire a commencé à germer dans ma tête.

Après une longue discussion avec mon éditrice, j'ai rapidement emmené deux amies proches passer un long week-end sous ce ciel meurtrier, et même moi, je n'étais pas sûre de savoir laquelle allait survivre pour raconter l'histoire. C'est une histoire sur le bien, le mal et la laideur de l'amitié, sur la façon dont, à l'instar d'une histoire d'amour, elle peut aussi bien être une longue lune de miel que tourner au vinaigre. Et lorsque l'amitié a déjà viré à l'aigre, un week-end peut paraître aussi long que l'éternité.

J'espère que vous avez pris autant de plaisir à lire *Épouse, mère, menteuse* que j'en ai eu à l'écrire, et si c'est le cas, je vous serais très reconnaissante de rédiger un commentaire. Il n'est même pas nécessaire de rédiger une longue phrase : chaque mot compte et me fait plaisir. J'aime connaître votre avis et cela fait vraiment la différence pour inciter de nouveaux lecteurs à découvrir l'un de mes romans.

J'adore recevoir des messages de mes lecteurs, donc n'hésitez pas à me contacter. Vous me trouverez sur les réseaux sociaux.

Merci beaucoup d'avoir lu ce livre,

Sue

 facebook.com/suewatsonbooks

REMERCIEMENTS

Comme toujours, je remercie chaleureusement la merveilleuse équipe de Bookouture, qui est formidable, me soutient et transforme avec expertise mes idées en livres papier et électroniques.

Merci à Helen Jenner, ma fantastique éditrice et amie, qui me laisse parler pendant des heures de tout et de rien lors de nos brainstormings, devant un « café virtuel ». Mais grâce à elle, nous terminons toujours ces conversations avec l'idée aboutie de mon prochain livre !

Un grand merci à l'adorable bêta-lectrice qu'est Harolyn Grant, qui lit toujours mon travail avec un œil aiguisé, qui remarque des tas de détails qui m'échappent et me fait toujours rire avec ses notes hilarantes. Alors Harolyn, s'il vous plaît, continuez à être ce que vous appelez une « chipoteuse », c'est votre super pouvoir !

Un grand merci à Su Biela, qui passe un temps enviable en super vacances, mais qui a la gentillesse de glisser une bêta-lecture entre ses pauses au soleil. Elle aussi a un œil de médecin légiste, capable de relever les moindres détails ! Et un remerciement spécial à Anna Wallace, qui a fait une brillante lecture finale avec un peigne aux dents particulièrement fines !

Merci, comme toujours, à ma merveilleuse famille et à mes amis qui me soutiennent et m'écoutent parler du nombre de mots qu'il me reste à écrire, alors même qu'ils le savent tous : si je parlais moins et que j'écrivais plus, mes livres seraient terminés bien plus tôt !